한국 고전가요의
별들을 찾아서

한국 고전가요의 별들을 찾아서

초판발행일 | 2021년 11월 27일

지은이 | 정재민
펴낸곳 | 도서출판 황금알
펴낸이 | 金永馥

주간 | 김영탁
편집실장 | 조경숙
인쇄제작 | 칼라박스
주소 | 03088 서울시 종로구 이화장2길 29-3, 104호(동숭동)
전화 | 02) 2275-9171
팩스 | 02) 2275-9172
이메일 | tibet21@hanmail.net
홈페이지 | http://goldegg21.com
출판등록 | 2003년 03월 26일 (제300-2003-230호)

값은 뒤표지에 있습니다.

ISBN 979-11-6815-008-9-03810

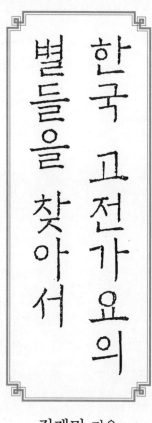

한국 고전가요의
별들을 찾아서

정재민 지음

황금알

고전가요의 별! 우리 마음속의 별!

깊은 밤! 하늘엔 셀 수 없이 많은 별들이 반짝거립니다. 어둠이 짙을수록 별은 더욱더 밝게 빛납니다. 별빛은 그들이 건네는 은근한 눈빛이요 다감한 미소이며, 나직한 목소리로 건네는 즐거운 대화입니다.

별들은 길고 깊은 이야기 자락을 밤하늘에 온통 풀어 놓곤 합니다. 흥미로운 이야기의 곡절을 따라가다 보면, 때로는 아름답고 따스하며, 때로는 애절하고 가슴 저린 가락들이 들려옵니다. 어느새 밤하늘은 한 폭의 거대한 수묵화 혹은 웅장한 선율을 뽑아내는 오케스트라가 됩니다. 우주가 처음 형성되었을 때부터 그러했을 터이고, 또한 무한한 영겁의 미래까지도 그러하리라 생각합니다.

밤하늘에 펼쳐진 별들의 풍광을 구경하듯, 또는 둘레길을 걸으면서 길가에 피어난 크고 작은 풀꽃들의 노래에 귀 기울이듯, 이 책은 우리 고전가요의 아름다운 정취를 둘러본 에세이를 모아 엮은 책입니다. 둘러보고 또 둘러보다 보면, 예전엔 보지 못했던 새로운 풍광이 눈에 들어옵니다. 그냥 스쳐 지나갔던 새로운 노랫가락이 귀에 들어옵니다.

고전가요는 고대에 처음 그 모습을 드러낸 이후 삼국시대, 통일신라, 고려, 조선을 거쳐 개화기에 이르기까지 장구한 역사를 지니고 있습니다. 또한, 그 폭도 넓고, 장르와 형태도 다양합니다. 말로 이루어진 민요나 무가와 같은 구비가요도 있고, 문자를 사용하여 개인이 창작한 시가도 있습니다. 향가나 시조, 경기체가, 한시처럼 정형적인 가요도 있고, 악장이나 가사 같이 비교적 자유로운 형식의 가요도 있습니다. 이처럼 우리 고전가요는 강물처럼 유장한 물결을 이루어 지금까지 유유히 흘러왔습니다.

이 책은 전체 5개의 장으로 구성하였습니다. 제1장은 사랑과 이별에 관한 노래들을 다루었으며, 제2장은 가족과 친구에 대한 시가들을 살폈습니다. 제3장은 늙음과 죽음의 문제를 언급한 가요들을 추슬렀으며, 제4장은 사회와 정치와 관련된 이야기를 담은 작품들을 모아 보았습니다. 마지막 제5장에서는 일상과 풍류를 읊은 가요들을 뽑아 대략의 모습을 둘러보았습니다. 그렇지만, 지면 관계상 고전가요의 극히 일부 작품만 다룰 수밖에 없었음을 미리 밝혀둡니다. 고전가요를 대표하는 작품 위주로 선정하되, 가급적 다양한 장르를 섭렵하고자 하였습니다.

몇몇 작품은 낯설게 느껴질 수도 있을 겁니다. 그럼에도 그들 역시 우리 고전가요의 빛나는 별들 중의 하나임을 이해해주길 바랍니다. 둘레길은 직선으로 뚫린 고속도로가 아닙니다. 대체로 이리저리 굽을 대로 굽은 골목길이거나 인적이 드문 들길이나 산길인 경우가 허다하지요. 이것이 바로 우리가 일삼아 둘레길을 걷는 까닭입니다. 이와 마찬가지로 조금 생소한 가요들도 깊은 곡절과 정서를 담고 있답니다.

시인 김광섭은 「저녁에」라는 시에서 "저렇게 많은 중에서/ 별 하나가 나를 내려다본다/ 이렇게 많은 사람 중에서/ 그 별 하나를 쳐다본다// 밤이 깊을수록/ 별은 밝음 속에서 사라지고/ 나는 어둠 속에 사라진다// 이렇게 정다운/ 너 하나 나 하나는/ 어디서 무엇이 되어/ 다시 만나랴" 하고 노래했습니다. 언젠가는, 꼭 한 번, 만났으면 좋겠다는 간절한 뜻이겠지요.

별은, 우리가 바라볼 때 비로소 별이 됩니다. 둘레길은, 우리가 그 길을 따라 걸을 때 비로소 길이 됩니다. 고개를 들어 하늘의 별들을 바라보듯, 그리고 아주 천천히 둘레길을 따라 걸어가듯, 이 책은 별빛 같은 고전가요와 그 이야기를 들려줄 것입니다. 풀꽃 같은 고전가요들을 데리고 나와 손잡고 동행할 것입니다. 어디서 무엇이 되어 우리 고전가요와 다시 한번 만났으면 합니다. 오늘 밤에도 고전가요의 별들이 우리들 마음속에서 별처럼 빛날 것입니다.

2021년 10월에
단풍이 고운 불암산을 바라보며 쓰다

차례

제4부 사회와 정치

제5부 일상과 풍류

제1부

사랑과 이별

사랑의 고백! 구애와 유혹의 변주

강릉과 삼척 중간쯤에 '헌화로(獻花路)'라는 길이 있다. 해돋이 명소로 유명한 정동진에서 시작하여 심곡마을, 금진해안을 거쳐 옥계면에 이르는 약 3㎞ 정도 되는 해안도로다. 한쪽은 수십 미터 높이의 암벽이 해안을 따라 아슬아슬하게 굽이치고, 또 다른 한쪽은 동해바다의 푸른 물결이 넘실대는 길! 그래서 동해바다와 가장 가까운 길이라는 애칭이 붙었다.

그다지 길지 않지만 헌화로는 참으로 아름답다. 해안절벽은 수직의 각도로 우뚝 서 있다. 그 절벽에는 고생대의 퇴적층이 고스란히 노출되어

있어 오가는 사람들의 눈길을 끈다. 층층이 겹쳐진 무늬는 찰진 시루떡 같다. 억만년의 세월이 만들어낸 시간의 흔적이다. 그 시간의 한쪽 끄트머리에 지금 우리가 살고 있다는 점을 생각하면, 헌화로는 저절로 고개가 숙여지는 숙연한 길이기도 하다.

헌화로! 꽃을 꺾어 바친 길이란 뜻이다. 두말할 것도 없이 신라 향가인 〈헌화가(獻花歌)〉에서 따온 이름이다. 〈헌화가〉는 암소를 끌고 가던 어떤 노인이 수로부인(水路婦人)을 사모하여 철쭉꽃을 꺾어 바치며 지어 불렀다는 이야기를 품은 낭만적인 노래다. 그래서 그런지 헌화로는 사랑하는 사람과 함께할 때 더욱 매력적이다.

어느 해 봄날, 헌화로를 따라 걸으면서 생각에 잠겼던 적이 있다. 수로부인에게 꽃을 꺾어 바친 노인의 행위는 구애일까 유혹일까? 과연 구애와 유혹의 차이는 무엇일까? 구애나 유혹 둘 다 사랑을 고백하는 방식인데, 너무도 다른 느낌을 주는 곡절은 무엇 때문일까?

희생적 사랑의 세레나데 : 견우노옹의 〈헌화가〉

〈헌화가〉는 『삼국유사』에 실린 수로부인 이야기 속에 들어있다. 신라 제33대 성덕왕(재위 702~737) 시절에 순정공(純貞公)이 강릉태수로 부임하게 되었다. 때는 꽃들이 피어나기 시작하는 초봄이었다. 일행은 서라벌에서 바닷가 쪽으로 나와서 해안을 따라 북상하는 노정을 택했다. 경주를 벗어나 오랜만에 따뜻한 봄 햇살과 시원한 바닷바람을 즐기고 싶었던 것이다.

일행은 경치 좋은 바닷가에 이르러 점심을 먹었다. 옆에는 천 길 절벽이 병풍처럼 둘러서 있었다. 가파른 벼랑이었지만, 일렁이는 푸른 바다와 어울려 몹시 아름다웠다. 수로부인도 가마에서 내려 사방을 둘러보았다.

그때 낭떠러지 위에 활짝 핀 꽃이 눈에 들어왔다. 진홍빛 철쭉꽃! 부인은 그 꽃을 갖고 싶었다.

"누가 저 꽃을 꺾어 올 수 없나요?"

그러나 곁에 있던 사람들은 아무도 나서지 않았다.

"절벽이 너무 가팔라서 사람이 올라갈 수 없습니다."

모두들 고개를 가로저었다. 그때 암소를 끌고 가던 노인이 나섰다. 그는 선뜻선뜻 절벽을 기어 올라가 철쭉꽃을 꺾어왔다. 그리곤 노래를 지어 부르며 꽃을 바쳤다. 이 노래가 바로 4구체 향가 〈헌화가〉이다.

딛배 바회 ᄀᆞᆺ히	자줏빛 바위 끝에
자ᄇᆞ온 손 암쇼 노ᄒᆡ시고	잡으온 암소 놓게 하시고
나ᄒᆞᆯ 안디 붓ᄒᆞ리샤ᄃᆞᆫ	나를 아니 부끄려하시면
곶ᄒᆞᆯ 것가 받ᄌᆞᆹ오리이다	꽃을 꺾어 받자오리이다 (양주동 현대어역)

자줏빛 바위는 해안가에 있는 검붉은 빛깔의 바위다. 동해안을 따라가다 보면 흔히 볼 수 있는 바위였을 게다. 그런 바위 옆에 암소를 놓아 두고, 만일 부인께서 부끄러워하지 않는다면 철쭉꽃을 꺾어 올리겠다는 내용이다. 특별한 설명이 필요한 구절도 없고, 낯설거나 난해한 표현도 없다.

그래서 그런지 지금까지 가요 자체보다는 이른바 배경설화에 대한 관심이 더 많았다. 가장 논란이 된 것 중의 하나는 노인의 정체가 무엇이냐 하는 것이었다. 고상한 선승(禪僧) 혹은 도교적 신선이라는 주장도 있고, 문자 그대로 시골의 평범한 노인이거나 여인을 탐내는 사나운 사내라는 의견도 있었다. 또한, 수로부인의 정체에 대해서도 무당이냐 아니냐를 두고 흥미로운 견해들이 제기되어 왔다.

이와 더불어, 시의 내용과 의미를 해석하는 데 있어서도 다양한 논의들이 진행되어 왔다. 하지만 몇몇 국면은 다시 한번 생각해볼 필요가 있다. 우선 눈여겨볼 부분은 노인이 암소를 놓았다고 하지 않고, 수로부인이 암소를 놓게 했다는 표현이다. '놓게 하다'의 주어는 수로부인이다. 수로부인은 절세의 미인이었다. 높은 산이나 큰 연못을 지날 때마다 신령이 나타나 부인을 빼앗아 갔다고 한다. 그 정도로 수로부인은 매력적인 미모의 소유자였다. 비너스에 견줄만한 한국판 미의 여신이라 하지 않을 수 없다.

따라서 노인이 암소를 놓게 된 까닭도 여기에서 찾을 수 있다. 수로부인의 치명적 아름다움이 노인으로 하여금 고삐를 놓게 한 것이다. 고삐를 놓았다는 것은 무슨 뜻인가. 수로의 미모에 반하여 그동안 고수해왔던 삶의 태도나 방식을 바꾸었다는 것을 의미한다. 노인이 스님이었다면 파계를 결심했다는 의미이고, 그저 평범한 노인이었다면 고백을 결심했다는 뜻일 게다. 또한, 부끄럽게 여기지 않는다면 꽃을 꺾어 바치겠다는 것도, 세속적 남녀관계 그 이상의 초월적 사랑의 경지에 이르렀음을 암시한다.

일반적으로 〈헌화가〉는 민요계열에 속하는 서정시로 분류한다. 그 근거는 다양하다. 형태적 측면에서 〈헌화가〉는 민요에서 두루 나타나는 4구체 혹은 두 줄 형식의 짧은 노래이다. 표현적 측면에서 화려한 수식어나 비유 대신 일상적인 말을 그대로 쓰고 있다. 내용적 측면에서 남녀 사이의 진솔한 마음과 은근한 정서를 담고 있어 이해하기 어렵지 않다.

아울러, 문화적 측면에서는 남자가 여자에게 혹은 여자가 남자에게 물건을 바치면서 구애하는 풍습과 연관이 있다. 『시경』을 보면 이러한 구애 풍습의 일면을 보여주는 멋진 작품이 여럿 실려 있다.

바라건대 둘째 도련님아
우리 마을을 넘나들지 마세요.

내가 심은 버드나무를 꺾지 마세요.
어찌 감히 그것이 아까워서일까
부모님이 두렵기 때문이에요.
둘째 도련님도 그립지만
부모님의 말씀이
또한 두렵답니다.

 - 〈장중자(將仲子)〉 제1연

어떤 낭자가 둘째 도련님의 구애를 만류하는 시가이다. 아마 예전에는
집에 버드나무를 심어 울타리로 삼는데 그것을 꺾어 구애하는 풍속이 있
었나 보다. 낭자는 도련님을 깊이 연모한다. 그렇지만 사랑과 부모님 말씀
사이에서 오락가락한다. 도련님을 보고 싶은 마음도 간절하고, 부모님 말
씀 또한 두렵다는 것이다. 따라서 낭자는 사랑을 거절한다기보다 일시적
으로 구애를 유보하고 있다고 보여진다. 이별의 통보나 사랑의 종말을 원
치 않는다는 말이다. 도리어 그 이면에는 도련님의 저돌적인 구애를 기다
리는 듯한 역설적인 느낌도 있다. 젊은 남녀 사이의 살가운 '밀당(밀고 당
기기의 줄임말)'을 보는 것 같다.
　이처럼 〈장중자〉는 구애의 풍속을 담은 민요풍의 시가인데, 〈헌화가〉
와 닮은 구석이 있다. 둘 다 나무를 꺾어 구애의 마음을 드러낸다는 점이
다. 도련님은 버드나무를 꺾고, 노인은 철쭉꽃을 꺾는다. 버드나무나 철
쭉꽃은 둘 다 봄을 대표하는 식물이며, 마음 설레는 열정적 사랑을 상징
한다. 그런 나무를 꺾는다는 것은 사랑의 성취를 의미한다. 이렇게 두 시
가는 남자가 나무를 꺾어 사랑을 표현하는 구애의 노래라는 점에서 동일
하다.
　그러나 이것만으로 헌화가의 성격을 다 드러냈다고 하기에는 부족하다.
무언가 '신의 한 수'가 빠진 듯한 느낌이다. 그것은 바로 청춘과 중년이라

는 세월의 무게 차이 때문이 아닐까. 〈장중자〉의 시적화자는 처녀이고 그 대상은 총각이다. 질풍노도의 시기를 보내는 청춘 남녀가 부르는 구애의 노래다. 따라서 너무나 자연스럽고 아름답다.

하지만 〈헌화가〉는 사뭇 다르다. 시적화자는 노인이고 그 대상은 수로부인이다. 노인이 미혼인지 기혼인지는 알 수 없으나, 수로부인은 분명 남편이 있는 기혼여성이다. 그녀가 몇 살이나 먹었는지 모르지만 중년 여성이었을 것으로 추정된다. 중년을 훌쩍 넘긴 두 남녀가 부르는 구애의 노래! 이것이 〈헌화가〉의 독특한 면모이다.

그러므로 〈헌화가〉에 나타난 구애는 뜨겁지 않으면서 은근하다. 저돌적이지 않다. 신중하고 희생적인 자세로 상대에게 다가간다. 천 길 낭떠러지를 두려워하지 않고 담담하게 여성의 요구를 채워준다. 자신의 능력을 과시하지도 않고 자신의 욕망을 앞세우지도 않는다. 노인의 구애에는 애틋함이나 설렘, 간절함이 겉으로 표출되지 않는다. 그렇기 때문에 더더욱 깊고 진지하게 느껴진다. 진솔하면서도 완숙하다. 이삼 월쯤 불어오는 꽃샘바람처럼 차갑지도 않고 뜨겁지도 않다. 어떤 특별한 보상도 바라지 않는, 오로지 상대방의 행복을 위한 희생적 사랑의 고백이다. 이것이 바로 완숙한 사랑의 신비가 아닐까.

시끌벅적하고 싱그러운 사랑의 고백 : 4구체 향가 〈서동요〉

조용하고 신비한 분위기를 띤 〈헌화가〉와 달리, 청춘 남녀가 부르는 시끌벅적한 사랑 고백의 노래도 있다. 『삼국유사』에 실린 〈서동요(薯童謠)〉가 그것이다. '서동'은 마를 캐어 파는 아이를 지칭하는 일반명사이다. 접미사처럼 쓰이는 '~동'은 통상적으로 어린아이를 나타낸다. 가축을 돌보는 아이를 목동(牧童)이라 하고, 땔나무를 하는 아이를 초동(樵童)이라 부

무왕과 선화공주의 능으로 추정되는 익산 쌍릉

르는 것과 같다. 쌍둥이, 막내둥이, 귀염둥이, 바람둥이 등에 쓰이는 '~둥이'도 마찬가지이다.

이렇게 마를 캐어 파는 아이의 이야기를 『삼국유사』에서는 백제의 무왕(武王, 재위 600~641)과 관련지어 전하고 있다. 무왕설화는 크게 탄생, 혼인, 왕위 등극, 미륵사 창건 등 네 개의 삽화로 이루어져 있다. 이들 중 〈서동요〉와 직접 관련된 것은 첫 번째와 두 번째 삽화이다.

첫 번째 삽화는 무왕의 신이한 탄생을 담고 있다. 무왕의 어머니는 과부였다. 그녀는 궁궐 남쪽에 있는 연못 근처에 집을 짓고 홀로 살았다. 그러다가 연못에 사는 용과 관계를 맺어 사내아이를 낳았다. 아이는 재주와 도량이 헤아릴 수 없을 정도로 뛰어났다. 하지만 가난하여 마를 캐다가 파는 일로 생업을 삼았다. 그래서 사람들이 서동이라고 불렀다는 것이다.

이런 이야기는 신이한 존재와 인간 사이의 결혼 이야기라 하여 신혼담(神婚談) 또는 신인교구담(神人交媾談)이라 부른다. 이렇게 초월적 존재와 관계를 맺어 태어난 인물은 비범하다. 단군이나 주몽처럼 나라를 세웠다거나, 비형랑(鼻荊郞)처럼 하룻밤 사이에 돌다리를 완성했다는 등 탁월한 능력을 지니고 있다. 따라서 첫 번째 삽화는 무왕이 왕위에 오를 만한 영웅적 자질을 갖춘 인물임을 드러내는 이야기이다.

두 번째 삽화는 선화공주와의 혼인담이다. 신라의 진평왕(재위 579~632)에게는 3명의 공주가 있었는데, 그중 셋째인 선화공주가 가장 아름다웠다. 아름다운 공주에 대한 소문은 경주를 넘어 백제까지 퍼져 마침내 서동의 귀에까지 들어갔다. 그날부터 서동의 마음속에 공주가 자리 잡았다. 어떻게든 한번 만나보고 싶었다. 시간이 흐를수록 공주를 향한 그리움과 욕망도 강해졌다.

'어찌하면 선화공주를 만날 수 있을까?'

고민 끝에 서동은 머리를 스님처럼 깎고 서라벌로 찾아갔다. 바랑 속에는 마가 잔뜩 들어있었다. 그는 경주 뒷골목을 돌아다니면서 아이들에게 마를 나누어 주었다. 며칠 동안 계속 마를 나누어주자 아이들은 스스럼없이 다가왔다. 그때쯤 서동은 노래를 지어 아이들에게 따라 부르게 했다.

善化公主니리믄	선화공주님은
눔 그슥 어러 두고	남몰래 짝 맞추어 두고
薯童 방을	서동 방을
바매 알흘 안고 가다	밤에 알을 안고 간다 (김완진 현대어역)

큰소리로 부를수록 더 굵은 마를 나누어 주었다. 아이들은 경쟁적으로 노래를 불러댔다. 노래는 순식간에 퍼져서 급기야 궁궐에까지 알려졌다. 조정 관리들은 공주를 벌해야 한다고 아우성쳤다. 왕은 할 수 없이 공주를 먼 곳으로 쫓아내기로 했다.

공주가 유배지로 가는 도중에 한 총각이 나타나 모시고 가기를 청하였다. 공주는 총각과의 만남을 기뻐하며 그를 믿고 따라가 몰래 정을 통하였다. 그제야 총각은 자신이 바로 서동임을 고백했다. 공주는 동요의 징험을 믿게 되었으며, 함께 백제로 건너가 살게 되었다.

이야기대로라면 〈서동요〉는 무왕이 선화공주를 얻으려고 의도적으로 지어낸 노래다. 하지만, 일국의 왕이 될 사람이 마를 캐어 팔 까닭도 없고, 불순한 동요가 퍼졌다고 하여 공주를 유배시킬 까닭도 없다. 이야기는 이야기일 뿐이다. 아마 〈서동요〉는 그 당시 아이들이 부르던 동요였을 게다. 이것이 무왕과 혼인한 선화공주 이야기와 결합하여 흥미 있는 이야기를 만들어냈을 가능성이 크다. 〈서동요〉가 4구체 혹은 두 줄 형식의 짧은 노래라는 점도 이를 뒷받침한다.

그렇다면 〈서동요〉의 성격을 어떻게 보아야 하는가. 선화공주를 만나기 위해 지었다는 점을 감안한다면, 〈서동요〉는 청춘 남녀가 주고받은 구애의 노래다. 그런데 노래가 불러온 결과만 본다면 제법 심각하다. 사실 공주는 추호의 부끄러운 행동도 하지 않았다. 그럼에도 불구하고 처녀의 몸으로 유배형에 처해졌다. 서동은 처음부터 공주를 곤경에 빠뜨릴 생각이 있었을까? 자신의 욕망만 추구하는 에고이스트(egoist)인가? 아마 그렇지는 않았으리라.

우리도 어렸을 적에 〈서동요〉와 비슷한 노래를 불렀던 기억이 있다.

얼레리 꼴레리 얼레리 꼴레리
누구누구는 ○○를 좋아한대요.

이런 노래를 부르면서 어떤 친구를 손가락질하며 놀렸었다. 통상 '○○'에는 얼굴도 예쁘고 인기도 많은 소녀의 이름이 언급되었다. 그 소녀와 친해지고 싶어서 혹은 소녀의 마음을 독차지한 소년이 부러워서, 이런 노래를 불렀었다. 사춘기 아이들의 유치하고 짓궂은 장난이며 놀이였다.

〈서동요〉를 퍼트렸던 서동의 생각도 우리의 어릴 적 치기어린 장난과 어슷비슷했다고 본다. 절세미인으로 소문난 공주를 만나고 싶어서, 또한 그녀와의 뜨거운 사랑을 성취하기 위해서 장난스런 노래를 지어 퍼뜨렸을 것이다. 〈서동요〉가 악의적으로 퍼뜨린 흑색선전으로 느껴지지 않음도 바로 이 때문이다. 따라서 조금 시끌벅적하긴 하지만, 〈서동요〉는 봄날처럼 싱그러운 구애의 노래로 우리에게 다가온다.

향락의 문화가 만든 뒤틀린 유혹의 노래 : 고려가요 〈쌍화점〉

구애의 노래는 아름답고 뜨겁다. 그만큼 직설적이고 본성적이다. 하지만 인류의 문화가 발달하고 종교와 철학이 깊어지면서 구애의 노래는 새로운 국면을 맞이하게 된다. 왜냐하면 이들은 인간이 지켜야 할 도덕과 윤리를 앞세우면서 감성보다는 이성을, 본성의 표출보다는 절제를 우선시하기 때문이다.

우리나라도 삼국시대에 불교와 유교가 확산하면서 청춘 남녀가 부르는 뜨거운 구애의 노래는 점차 수면 아래로 그 모습을 감추게 되었다. 그 대신 불교적 금욕주의와 유교적 절제주의가 맞물려 구애의 노래를 억누르는 사회적 분위기가 형성되었다. 이렇게 금욕적이고 엄격한 도덕심을 강조하는 사회적 풍조는 조선시대 말기에 이르기까지 장구한 세월 동안 위세를 떨쳤다. 아니 지금, 이 순간까지도 그 효력이 남아있다.

그러나 원나라의 지배를 받았던 고려 말기에 잠깐 구애와 유혹의 노래가 수면 위로 얼굴을 내밀었다. 구애인지 유혹인지 그 경계를 알기 어려울 정도이지만, 구애의 노래 전통에 비추어 나름대로 의미 있는 출현이라 하겠다.

雙花店(雙花店)*에 雙花(雙花) 사라 가고신던
회회(回回)아비* 내 손모글 주여이다
이 말ᄉᆞ미 이 점(店) 밧긔 나명들명
다로러거디러*
죠고맛감 삿기광대 네 마리라 호리라
더러둥셩 다리러디러 다리러디러 다로러거디러 다로러
긔 자리예 나도 자라 가리라
위 위 다로러거디러 다로러
긔 잔디 ᄀᆞ티 덦거츠니* 업다 (제1연)

*雙花店(雙花店): 만두가게 *회회(回回)아비: 이슬람인 혹은 북방 계통의 사람
*다로러거디러: 악기소리를 표현한 조흥구 *덦거츠니: 거친 것 또는 지저분한 곳

雙花店(雙花店)은 만두를 파는 가게다. 회회아비는 누구인지 알 수 없으나 일반적으로 몽고인 또는 북방계 이민족으로 추정한다. 가사의 내용으로 보면, 어떤 여인이 만둣가게에 갔더니 회회아비가 손목을 잡았다는 것이다. 그런데 여인은 회회아비의 손길을 적극적으로 뿌리치지 않는다. 소문이 날 것을 은근히 걱정하면서도 얄미울 정도로 태연하다. 게다가 소문이 나더라도 새끼광대가 지어낸 말이라고 둘러대겠다고 너스레를 떤다.

여인의 욕망은 여기서 끝나지 않는다. 또 다른 여성 화자가 등장하여, 선뜻 그 자리에 자기도 자러 가겠다고 덧붙인다. 게다가 회회아비와 동침했던 그 자리처럼 거친 것이 없었다고 칭송한다. '거칠다'라는 어휘가 무슨 뜻인지 논란 중이지만, 불륜을 찬양하는 듯한 충격적 발언이 아닐 수 없다. 이러한 칭송은 2연에서는 삼장사의 주지스님, 3연에서는 우물 속의 용, 4연에서는 술집 주인을 대상으로 하여 반복된다. 이처럼 〈雙花店〉은 불륜을 소재로 한 외설적 내용이 가득하다. 이 때문에 〈雙花店〉을 비롯한 〈만전춘(滿殿春)〉, 〈이상곡(履霜曲)〉 같은 고려속요는 남녀상열지사(男女

相悅之詞)라는 오명 아닌 오명을 뒤집어썼다.

이들 고려속요는 『악장가사(樂章歌詞)』에 실려 있는데 대체로 13~14세기경 고려가 원나라에 복속되었던 시기에 지어졌다. 그중에서 〈雙花店〉은 충렬왕(재위 1274~1308) 때에 지어졌다. 충렬왕은 원나라 황실과 통혼한 최초의 왕이며, 칭기즈 칸의 손자로 원나라 세조가 된 쿠빌라이의 사위였다. 이후 고려의 왕은 부마국으로서 원나라에 충성을 다한다는 뜻으로 왕의 호칭에 '충(忠)'자를 넣었다. 25대 충렬왕, 26대 충선왕, 27대 충숙왕, 28대 충혜왕, 29대 충목왕, 30대 충정왕까지 6대에 걸친 왕들이 '충'자를 사용했다.

이들 임금들은 세자 시절에 원나라에 인질로 잡혀가 그곳에서 청소년기를 보냈다. 사람의 일생에서 중요한 시기인 청소년기를 타국에서 보내고, 부왕이 죽은 후에 귀국하여 왕위에 올랐다. 혼인도 마음대로 할 수 없었다. 원나라 황실에서 정해주는 여인과 혼인해야 했다. 그렇게 원나라 사람처럼 살다가 갑자기 귀국하여 왕위에 올랐으니 나라를 제대로 다스릴 수 없었다.

이들은 권문세족과 손을 잡고 퇴폐적인 황음에 빠졌다. 권문세족들은 자기 집안의 권세를 유지할 수 있고, 왕은 그들에게 정치를 맡긴 채 향락에만 몰입할 수 있었다. 각자의 이익을 위해 누이도 좋고 매부도 좋은 방식을 택한 것이다. 왕을 위한 연회에는 전국의 이름난 기녀와 무녀, 악공들이 동원되었다. 이들은 남녀 간의 뜨거운 사랑을 노래한 민요를 가져다가 임금을 연모하는 노래 또는 음란하고 외설적인 향락의 노래로 전환했다. 고려속요는 이렇듯 슬픈 역사가 빚어낸 아이러니 같은 존재였다.

〈雙花店〉도 마찬가지이다. 구애 시가의 전통에서 보면 〈雙花店〉은 구애 혹은 유혹의 흔적을 내포하고 있는 노래로 볼 수 있다. 일단 회회아비가 여인의 손목을 잡는 행위는 구애의 행위로 보인다. 물론 청춘남녀의 티

없이 순수한 구애는 아니다. 중년의 기혼남녀가 벌이는 에로틱한 애정행 각이지만, 여전히 구애의 행위로 볼 여지는 남아있다. 회회아비의 구애에 대해 여인은 싫다고 거절하지 않는다. 도리어 거부감 없이 받아들인다. 그 리고는 불륜 스캔들이 널리 알려진다 해도 새끼광대 탓으로 둘러대겠다고 한다. 참으로 대담하면서도 뻔뻔스러운 태도이다.

〈쌍화점〉을 음미하다 보면 여인은 회회아비의 구애를 부끄럽게 생각하 기보다 도리어 이를 기다려온 듯한 느낌까지 풍긴다. 좀 더 비틀어 말한다 면, 여인은 회회아비의 프러포즈를 자랑하고 싶어 하는 것이 아닌가 하는 생각도 든다. 이런 점에서 〈쌍화점〉은 향락의 문화가 만들어낸 뒤틀린 욕 망의 노래임이 틀림없다. 하지만 구애 시가의 전통에서는 구애와 유혹의 흔적을 내포하고 있다는 점에서 의미 있는 징검다리가 아닌가 한다.

유희화된 구애 혹은 유혹의 변주 : 황진이의 시조 〈청산리 벽계수야〉

한편, 조선시대에는 구애 또는 유혹을 소재로 한 고급 유희가 존재했던 것 같다. 이런 흥미진진한 장난은 주로 사대부 같은 양반계층에서 많이 이 루어졌는데, 기녀들의 시조에서 그 예를 찾을 수 있다.

청산리(靑山裏) 벽계수(碧溪水)야 수이 감을 자랑마라
일도(一到) 창해(滄海)ᄒ면 다시 오기 어려오니
명월이 만공산(滿空山)ᄒ니 쉬여간들 엇더리 (황진이)

조선중기 개성지방의 명기였던 황진이가 벽계수를 유혹하기 위해 지 었다는 시조이다. 벽계수(碧溪水)가 누구인지 명확하게 알려진 바는 없다. 다만, 종실 사람으로 절개가 굳었다고 전해진다. 벽계수는 평소부터 황진이가 유혹하더라도 절대 넘어가지 않을 것이며, 오히려 내쫓아 버릴 것이라는 호언을 남발했다. 이 말을 전해 들은 황진이가 사람을 시켜 벽계수를 개성으로 유인해 오게 한다. 그때 황진이가 나귀를 타고 지나가면서 이 노래를 부르니, 벽계수가 노래에 취해 말에서 떨어졌다는 이야기도 있다.

시조의 내용은 단순하다. 계곡물이 한번 바다에 당도하면 다시 돌아올 수 없듯이, 우리의 삶도 한번 지나가면 돌이킬 수 없으니, 밝은 달 아래 하룻밤 쉬었다 가는 것이 어떻겠냐는 것이다. 여인이 보내는 은근한 유혹의 말이다. 벽계수는 푸른 계곡물이자 호언장담을 일삼았던 종실을 가리키고, 명월은 하늘에 뜬 밝은 달이자 황진이 자신의 기명(妓名)이기도 하다. 자연물과 사람 이름을 중의적으로 대비시켜, 콧대 높은 사내를 유혹하는 아름다운 시조가 만들어졌다.

그런데 황진이가 벽계수를 유혹한 이유는 사랑 때문이 아니다. 그저 사내의 콧대를 한번 꺾어놓자는 것뿐이었다. 절개 운운하는 사대부의 허세를 무너뜨리고 싶었으리라. 황진이가 낙마한 벽계수에게 왜 자신을 쫓아버리지 못하느냐고 비아냥거린 것도 이 때문이다. 황진이는 벽계수를 시작으로 지족선사, 소세양, 서경덕에게까지 유혹의 손길을 뻗친다. 그 결과 지족선사는 파계했고, 소세양은 선비로서의 맹세를 저버렸다. 그러나 화담 서경덕은 몇 년 동안의 유혹에도 끝내 무너지지 않았다고 한다. 4전 3승 1패! 이것이 황진이가 거둔 유혹의 성적표이다.

그런데 황진이가 벌인 유혹의 행각은 전혀 불편하지 않다. 오히려 상쾌하고 통쾌하게 느껴진다. 그녀의 목적은 사랑의 성취가 전부는 아니었다. 고상하고 진지한 것들에 대한 도발이 목적이었다. 자신을 천시하는 세상에 대한 소심한 복수이자 상층민을 대상으로 벌이는 일종의 놀이이며 유희가 아니었을까. 이렇게 황진이의 시조는 구애의 노래를 즐거운 유희처럼 만들어 버렸다는 데에 그 가치가 있다.

풍요를 기원하는 구애의 민요들 : 〈모내기노래〉, 〈댕기노래〉, 〈줌치노래〉

문자로 기록된 구애의 노래는 그 흔적만 남아있거나 유희화되는 모습을 띠는 등 약화하는 모습을 보이지만, 구비문학 분야에서는 최근까지도 구애의 노래가 활발하게 전승되고 있다. 구애의 민요는 본래 생활과 노동의 현장에서 불렀기 때문에 이는 아주 자연스러운 현상일 뿐이다.

먼저, 경남 함양지방에서 채록된 〈모내기노래〉를 보기로 한다.

> 삼가합천 공골못에
> 연실따는 저처자야
> 연실던실 내따줄게
> 요내품에 잠을자게

이 민요는 모내기할 때 부르는 노래로 내용상으로 연정요(戀情謠), 기능상으로 노동요에 속한다. 노랫말 속에 담긴 내용은 단순하다. 연실을 따는 힘든 노동을 대신해줄 테니 자기에게 시집오라는 것이다. 총각이 처자에게 건네는 직설적인 구애의 노래이다.

이렇게 직설적인 가사를 쓴 이유는 두 가지이다. 하나는 고된 노동의 고통을 잊기 위함이다. 모내기는 뙤약볕 아래서 온종일 허리를 굽히고 하는 힘든 노동이다. 이때 부르는 민요는 고통을 잊게 하는 진통제이다. 또 하나의 이유는 풍요에 대한 소망이다. 젊디젊은 총각과 처녀는 새봄처럼 생명력이 충만한 존재다. 이들의 뜨거운 사랑처럼, 모가 무럭무럭 자라나서 풍년이 들기를 바란다는 것이다. 유사(類似)는 유사를 낳는다는 믿음 아래 주술을 걸고 있다.

운보 김기창의 모내기 그림

이와 비슷한 노래는 다양한 형태로 전해진다.

    배꽃일네 배꽃일네
    총각수건이 배꽃일네
    배꽃같은 수건밑에
    화룡같은 눈매곱네
    그눈매가 욕심나니
    요내품에 잠을자게

일명 〈배꽃일네〉는 처자가 총각에게 바치는 구애의 노래이다. 배꽃같이 눈부신 하얀 수건, 그 밑에 호롱불같이 반짝이는 눈매가 매력적이라는 것이다. 그런 총각을 바라보면서 자기 품으로 들어오라고 한다. 배꽃과 호롱불을 대비시켜 총각을 보고 황홀경에 빠진 처자의 마음을 보여준다. 구애 같기도 하고 유혹 같기도 하지만, 산뜻하고 신선한 사랑을 느끼게 해준다.

> 아침이슬 상추밭에
> 뽈똥꺾는 저큰아가
> 뽈똥이사 꺾네마는
> 고운손목 다적신다
> 남의종이 아니드면
> 이내첩을 삼을것을
> 엇다총각 그말마라
> 남의종도 속량하면
> 백성되기 아주쉽다

'뽈똥'은 꽃이 피는 줄기를 말한다. 상추는 잎을 따먹는 채소인데 오래되면 줄기가 자라나 꽃이 피게 된다. 꽃이 피면 잎이 작아지고 질겨져서 더 이상 잎을 따먹을 수 없다. 오랫동안 상춧잎을 따먹기 위해서는 줄기가 자라지 못하게 막아야 한다. 그래서 상추는 뽈똥을 꺾어주어야 한다.

하지만 뽈똥을 꺾는 처자를 바라보는 총각의 마음은 안타깝기만 하다. 밭일을 하는 동안 처자의 고운 손목이 이슬에 젖기 때문이다. 그러니 자기에게 시집오면 이슬에 젖지 않게 해주겠다고 하면서도 '남의 종'이라서 안타깝다고 혀를 찬다. 사랑의 고백인지 아니면 정념적 유혹인지 그 경계가 어정쩡하다. 처녀도 그러한 총각의 내면을 환히 들여다보며, 속량해주면 된다고 투덜대듯 대꾸한다. 어찌 되었든 청춘 남녀의 '밀당'처럼 풋풋한 생명력과 활기가 느껴지는 구애의 노래라 할 만하다.

다음은 여성들이 주로 부르는 〈댕기노래〉를 보자.

㉮ 잃었다네 잃었다네
　궁초댕기 잃었다네
　주었다네 주었다네
　김통인이 주었다네.
㉯ 통인통인 김통인아
　주운 댕기 나를 다오
　우리 아배 돈준 댕기
　우리 어매 씩인 댕기
　우리 형님 접은 댕기
　주운 댕기 나를 다오.
㉮ 내사 내사 못 주겠다
　암탉 장닭 앞에 놓고
　꼬꼬재비 할 제 주마
㉯ 그래도 내사 싫다
㉮ 병풍에 그린 닭이
　벽장 앞에 칠 때 주마
　동솥 걸고 큰솥 걸고
　세간 살 때 너를 주마
㉯ 통인통인 김통인아
　잔말 말고 나를 다오

　통인 ㉮와 처자 ㉯가 서로 말을 주고받는 형태의 민요이다. 통인은 관
서에서 잡일을 하는 하급관리이고, 처자는 아직 혼인하지 않은 미혼여성
이다. 두 사람이 주고받은 말을 아우르면 한 편의 이야기가 된다. 즉, 처
자가 가족들이 마련해준 소중한 댕기를 잃어버리고, 김통인이 그것을 주

웠다는 것이다. 댕기를 돌려달라고 하자 통인은 자기와 혼인해주면 댕기를 주겠다고 버틴다. 일종의 구애를 한 셈이다. 처자는 통인의 구애를 거절한다. 하지만 통인은 절대 그냥 돌려줄 수 없으며 세간살이를 마련하면 돌려주리라고 한다. 이에 처자는 잔말 말고 돌려달라고 다시 한번 거절한다.

이러한 내용에 따른다면, 〈댕기노래〉는 구애의 노래에 해당한다. 댕기는 처녀를 상징하는 사물이다. 처녀의 순수성에 대한 비유적 표현이라 할 수 있다. 따라서 댕기를 줍는 행위는 처자와의 혼인을 뜻하며, 댕기를 돌려주지 않는 행위는 구애에 대한 강렬한 의지를 드러낸다. 그렇지만 총각의 구애는 쉽사리 성취되지 않는다. 처자의 거부가 계속되기 때문이다. 결국 이 노래는 총각과 처녀가 서로 밀고 당기는 사랑의 실랑이를 다룬 구애의 노래이다.

〈댕기노래〉와 비슷한 발상을 가진 것으로 〈줌치노래〉가 있다.

⑺ 나무 심어 나무 심어
　낙동강에 나무 심어
　그 나무가 자라나서
　열매 하나 열었다네
　무슨 열매 열었던고
　열매 하나 따다가
　햇님일랑 안을 넣고
　달님이랑 겉을 대어
　줌치 하나 지어내서
　중별 따서 중침 놓아
　상별 따서 상침 놓아
　무지개로 선 두르고

당홍실로 귓밥 쳐서
동래 팔선 끈을 달아
한길 가에 걸어 놓고
올라가는 구감사(舊監司)야
내려오는 신감사(新監司)야
저 줌치를 구경하소
(나) 그 줌치는 누구 솜씨로
누가 누가 지어냈소
(가) 어제 왔던 순금씨와
아래 왔던 선이씨와
둘의 솜씨 지어냈네
(나) 저 줌치를 지은 솜씨
은을 주랴 금을 주랴
(가) 은도 싫고 금도 싫고
물명주 석 자 수건
이 내 허리 둘러주소

나무를 심었더니 그 나무에서 해와 달이 열렸다고 했다. 여기서 이 나무는 세상을 상징하는 '우주나무'이다. 우주나무는 세상의 중심이며 생명의 근원을 상징하는 신화적 사고의 산물이다. 그런 나무에 달린 해와 달, 별과 무지개를 따서 주머니를 만들었다는 것이다. 따라서 처자가 만든 이 주머니는 평범한 주머니가 아니다. 생명을 잉태하는 아기집에 비유된다. 해와 달, 별 같이 위대한 인물을 생산할 수 있는 초월적 주머니라 할 만하다.

그런 주머니를 큰길가에 걸어두고 여자 (가)와 남자 (나)가 대화를 주고받는다. 먼저 여자가 남자에게 주머니를 구경하라고 청한다. 남자는 주머니를 지은 솜씨를 칭찬하며 누가 지었는지 물어본다. 여자가 주머니를 지은 처자의 이름을 알려준다. 남자는 주머니 값으로 은을 줄지 금을 줄지 묻는다. 여자는 금은 대신 허리에 물명주 수건을 둘러 달라고 청한다.

여기서 주목되는 부분은 여자가 보여주는 적극성이다. 비범한 주머니를 지어낸 사람도 여자이고, 그 주머니를 큰길에 내건 사람도 여자이다. 또한 주머니값으로 물명주 수건을 둘러 달라고 청하는 사람도 여자이다. 물명주 수건을 두르는 행위는 자기와 혼인해 달라는 비유적 표현이다.

그에 비해 남자는 여자의 속마음을 알아채지 못한다. 숙맥처럼 물질적 보상만 치르려 한다. 그 결과 여자의 구애는 실패하고 만다. 남자들은 여자의 말에 감추어진 비밀을 풀지 못하는 어리석은 모습을 보여준다. 결국 여자는 우주적 차원에서 신화적 비밀을 제시하는 탁월한 존재라면, 남자는 현실적이고 물질적인 시각을 가진 평범한 존재일 뿐이다.

〈댕기노래〉와 〈줌치노래〉는 이야기를 내포하고 있는 노래로 장르상 서사민요(敍事民謠)에 속한다. 둘 다 잃어버린 물건을 소재로 하여 총각과 처자가 실랑이를 벌인다는 이야기가 들어있다. 이들 서사민요는 여성들이 길쌈이나 바느질 같은 일을 하며 부르는 여성 노동요이다. 길쌈과 바느질은 모내기나 논매기처럼 힘들고 격렬한 노동은 아니다. 그렇지만 굉장히 긴 시간 동안 동일한 동작을 반복해야 하는 몹시 지루한 노동이다. 그러한 지루함을 이겨내기 위해 노래 속에 길고 재미있는 이야기를 엮어 넣은 것이다. 이런 점에서 〈댕기노래〉와 〈줌치노래〉 같은 구애의 노래는 노동의 고통을 잊게 해주는 진통제 또는 마취제 같은 역할을 하는 한편, 아름다운 사랑을 하고픈 여성들의 소망이 담겨 있다고 할 것이다.

사랑은 휴식처가 아니다!

누구나 한 번쯤 읽어보았음직 한 고전명저 『사랑의 기술』에서 에릭 프롬은 "사랑은 휴식처가 아니다!"라고 말 했다. 사랑은 함께 움직이고 활동하며 성 장해야 한다는 것이다. 또한 자아도취에 서 벗어나 객관적이고 겸손한 태도를 보 여야 사랑을 성취할 수 있다고 했다. 진 정으로 성숙한 사랑이란, 필요하기 때문 에 사랑하는 것이 아니라, 사랑하기 때문 에 필요한 사랑이라고도 했다.

에릭 프롬(1900~1980)

우리는 흔히 사랑하는 사람에게서 위로받기를 원한다. 그 따뜻한 품속 에서 편히 쉬기를 바란다. 상대에게서 계속 관심받기를 기대한다. 물론 이 런 것도 사랑의 일부이긴 하다. 하지만 이는 미숙하고 어리석은 사랑에 불 과하다. 지속 가능성이 매우 낮은 사랑일 뿐이다.

진정한 사랑이란 내가 먼저 상대방에 대하여 끊임없이 관심을 갖는 것 이다. 자기중심적 사랑에서 벗어나 나와 그대 사이의 유익한 교환이 이루 어져야 한다. 그대가 나의 휴식처인 만큼 나도 그대의 휴식처가 되어 주 어야 한다. 만약 그대의 어깨에 기대고 싶다면 먼저 내 어깨를 내줄 수 있 어야 한다. 이기적 태도를 버리고 먼저 상대를 존중하는 자세를 가져야 한다.

최근 들어 '데이트 폭력'이 급증한다고 한다. 데이트! 이 얼마나 마음 설 레는 말인가. 그런데 데이트 폭력이라니……. 참으로 두 낱말의 연결이 어 색하기 짝이 없다. 어불성설이 아닐 수 없다.

데이트 폭력이 일어나는 까닭은 진정한 사랑의 의미를 깨닫지 못했기 때문이다. 사랑은 상대방을 소유하는 것이 아니다. 이기적 자아도취도 안 된다. 그런 사랑은 왜곡된 욕망일 뿐, 성숙한 사랑이 아니다. 사랑은 움직 일 수 있다. 활활 타오를 때도 있고 차가운 재처럼 식어버릴 때도 있다. 때로는 격렬하게 다투기도 하고 급기야 헤어지기도 한다.

그러므로 이별도 사랑의 성장 과정임을 알아야 한다. 이별을 받아들이는 것도 사랑의 일부임을 받아들여야 한다. 만해(萬海) 한용운(韓龍雲 1879~1944)이 〈님의 침묵〉에서 노래한 것처럼, "황금의 꽃같이 굳고 빛나던 옛 맹서는 차디찬 티끌이 되어서 한숨의 미풍에 날아"갈 수도 있고, "이별은 뜻밖의 일이 되고 놀란 가슴은 새로운 슬픔에 터"질 수 있음을 받아들여야 한다. 그래야만 데이트 폭력도 사라지고, 당신의 사랑도 이별의 슬픔을 딛고 일어날 수 있다. 더욱 든든하게 성장하여 아름다운 꽃송이를 피울 수 있다. 폭풍은 나무를 쓰러트릴 수도 있지만, 나무를 한층 더 굳세게 만든다. 때로는 이별도 그렇다.

이별의 정한과 격조

　남원에 가면 시내 한복판에 광한루(廣寒樓)라는 누각이 있다. 광한루의 원래 이름은 광통루(廣通樓)였다. 세종 때의 정승 황희(黃喜 1363~1452)가 잠시 남원에 유배되었을 때, 이곳에 작은 정자를 짓고 경치를 즐겼다. 그 후 전라도관찰사로 부임한 정인지(鄭麟趾 1376~1478)가 누각을 크게 짓고, 이름을 광한루로 바꾸었다. 달나라의 미인 항아(姮娥)가 사는 월궁(月宮)처럼 아름다운 누각이라는 뜻이다.

　광한루는 춘향과 이도령이 처음 만났다는 바로 그 장소이다. 이 때문일까? 광한루와 춘향가는 떼어낼 수 없는 한몸이 되어 버렸다. 광한루가 만

광한루

남의 장소라면 이별의 장소는 어디일까. 그곳은 바로 남원 근교에 있는 오리정(五里亭)이다.

이때 춘향이 이별주 차릴새 풋고추 저리김치 문어 전복 곁들여 환소주 꿀물 타서 향단에게 들이고 세대삿갓 숙여 쓰고 오리정으로 나가 이도령을 기다릴새, 이때 이도령 나와 춘향과 이별할 제, 이별이야 이별이야 청강의 원앙새 놀라 떠나간 듯하고 광풍의 날린 봉접 가다가 돌치난 듯 석양은 재를 넘고 정마는 슬피울 제 나삼을 부여잡고 한숨질 눈물지니, 이도령 이른 말이,
"그린 사랑 한테 만나 이별 말자, 백년기약 죽지 말자, 한테 있어 잊지 말자, 처음 맹세 일조에 이별할 줄 어이 알리."
춘향이 거동 보소. 이마를 나직하고 옥 같은 두 귀밑에 진주 같은 눈물을 흘리면서 이별주 가득 부어 이도령님께 권하면서,
"첫째 잔은 인사주요 둘째 잔은 근원주요 셋째 잔은 이별주오니 부디부디 백년언약 잊지 마오."
- 〈열녀춘향수절가〉

이처럼 오리정은 이별의 장소로 유명하다. 춘향이의 애절한 눈물이 뒤범벅된 별리(別離)의 현장이다. 그뿐만이 아니다. 오리정 근처에는 춘향이의 '눈물방죽'도 있고 '버선밭'이라 불리는 곳도 있다. 이도령이 떠나가자 춘향이가 그 자리에 주저앉아 펑펑 울었는데, 그 눈물이 고여 방죽이 되었다는 것이다. 또한 분을 이기지 못한 춘향이가 신고 있던 버선을 벗어 이도령에게 집어던졌는데, 그 버선이 떨어진 밭이라는 것이다.

모두 다 지어낸 이야기이리라. 하지만 분명한 것은, 우리가 모두 춘향이의 애절한 마음을 지금 이 순간에도 공감할 수 있다는 점이다. 그 까닭은 분명하다. 이별 없는 삶이란 도저히 생각할 수 없기 때문이다. 생이별이든 사별이든 이별 없는 인생은 없다. 이별은 늘 쓰리고 아프다. 그 이별

의 쓰라림은 묵은 생채기가 되어 우리들 가슴에 남아있다. 가슴 저린 별리의 정(情)과 한(恨)이 되어, 밤하늘의 은하수처럼 우리들 마음을 가로질러 흐른다.

서정을 태동시킨 이별노래 : 고대가요 〈황조가〉

모든 사람들이 다 흔쾌히 동의하지 않겠지만, 때로는 이별이 사랑보다 강하다는 생각이 든다. 그만큼 이별의 충격은 세차고 갑작스럽다. 만인지상의 자리에 오른 임금에게조차 이별은, 어느 날, 문득, 눈앞에 다가온다.

고구려의 두 번째 임금 유리왕은 왕비 송씨(松氏)가 죽은 후, 골천 사람의 딸 화희(禾姬)와 한나라 사람의 딸 치희(雉姬)를 계비로 삼았다.

『삼국사기』에 실린 〈황조가〉

한꺼번에 두 여인을 맞아들인 탓일까. 두 여인은 서로 다투기 일쑤였다. 잠시도 화목한 날이 없었다. 왕은 할 수 없이 동서 양쪽에 두 개의 궁을 짓고 각기 따로 살게 하였다.

훗날 왕은 기산(箕山) 지방으로 사냥을 나갔다가 7일 만에 돌아왔다. 그 사이 두 여인은 한바탕 크게 다투었다. 화희가 치희를 꾸짖었다.

"너는 한나라의 천한 여인인데 어찌 이리 무례한가?"

화희의 말이 비수처럼 치희의 마음을 찔렀다. 치명적인 모욕이었다. 치희는 부끄러움을 이기지 못하고 그길로 자기 집으로 돌아갔다. 왕이 달려가 치희를 데려오려 했으나 그녀는 끝내 돌아오지 않았다. 홀로 돌아오는 길, 유리왕은 나무 밑에 앉아 자신의 외로운 처지를 생각하며 노래를 지어 불렀다.

펄펄 나는 저 꾀꼬리	翩翩黃鳥
암수 서로 정다운데	雌雄相依
외로워라 이 내 몸은	念我之獨
뉘와 함께 돌아갈고	誰其與歸

왕이 지은 것이라고 보기 어려울 정도로 진솔한 마음이 묻어난다. 물론 유리왕 자신이 지은 순수 창작물이라고 확언할 수는 없지만, 적어도 사랑을 거절당한 남성의 외로운 마음을 잘 담아낸 민요풍의 노래임에는 틀림이 없다. 즐겁고 행복한 꾀꼬리의 모습과 버림받아 쓸쓸한 자신의 처지를 대비시켜 이별의 외로움을 부각시킨 명편이라 할만하다.

〈황조가〉는 우리 고대가요의 대표작이자 서정시가의 만물이다. 우리나라 서정시의 첫머리를 장식하는 작품이라는 말이다. 이런 점에서 〈황조가〉는 서정의 발생을 보여주는 노래 또는 서정시가의 출발점이라 할 수 있다.

여기서 서정을 배태시킨 단서가 바로 남녀 간의 이별이라는 점을 눈여겨볼 필요가 있다. 일반적으로 볼 때, 유리왕은 강제로 치희를 끌고 올 수 있었을 것이다. 충분히 그럴만한 힘을 가지고 있었을 텐데, 유리왕은 굳이 그렇게 하지 않았다. 자신의 권위와 힘을 앞세우지 않고, 때로는 이별의 불가피성을 인정하는 것! 이 점이 바로 우리 민족 고유의 정한을 보여주는 좌표가 아닌가 생각한다.

『악장가사』 표지와 〈가시리〉

곰삭힌 정과 한의 노래 : 고려가요 〈가시리〉와 〈서경별곡〉

조선초기에 편찬된 『악장가사』에는 24편의 고려가요가 실려 있다. 그
중의 하나가 이별의 정한을 노래한 것으로 유명한 〈가시리〉이다.

가시리 가시리잇고 나는
브리고 가시리잇고 나는
위 증즐가 태평성대

날러는 엇디 살라 ᄒ고
브리고 가시리잇고 나는
위 증즐가 태평성대

잡사와 두어리마ᄂᆞᆫ
선ᄒ면* 아니올셰라 나는
위 증즐가 태평성대

셜온님* 보내ᅌᆞ노니 나는

가시는 듯 도셔오쇼셔 나는
위 증즐가 태평성대

*선ㅎ면: 서운하다. 역겹다. 그악스럽다 *셜온님: 서러운 님 혹은 곱고 아름다운 님

〈청산별곡〉, 〈사모곡〉, 〈쌍화점〉 등과 더불어 우리나라 사람이라면 누구나 들어봤음직 한 고려가요이다. 이 노래는 본디 백성들이 부르던 민요였다. 궁궐의 잔치에서 불리게 되면서 '위 증즐가 태평성대'라는 다소 고급스러운 여음구 또는 후렴구를 얻게 되었다. 그러다 보니 노랫말의 내용은 남녀 사이의 슬픈 이별을 이야기하고 있는데, 후렴은 태평성대를 운운하는 모순된 모습을 보인다.

하지만 그나마 다행이라 여겨야 한다. 만약 궁궐로 유입되지 않았더라면 〈가시리〉는 영원히 전해지지 않았을 가능성이 매우 크다. 원래의 형태와 달라졌을지라도, 궁궐에서 불렸기에 지금 우리가 천여 년 전의 민요를 접할 수 있게 된 것이다. 참으로 아이러니한 운명의 노래가 아닌가 한다.

그뿐만이 아니라, 〈가시리〉는 남녀 사이의 이별의 정과 한을 고도로 승화시킨 작품으로도 유명하다. 1, 2연은 떠나는 임에 대한 안타까움과 버림받은 이후의 두려움을 노래한다. 이 정도는 그리 특별한 정서라고 하기 어렵다. 그러나 3, 4연은 임의 마음을 상하지 않게 하려는 마음과 곧 돌아오기를 기원하는 호소를 읊조린다. 임의 입장을 먼저 생각하는 정(情)과 함께, 자신의 감정과 요구를 억제하는 애절한 한(恨)이 어우러져, 한층 격조 높은 이별의 경지를 보여준다.

〈가시리〉는 비극적이지만 처절하지 않다. 그렇다고 냉랭하거나 매정하지도 않다. 과도하게 넘치지도 않고 모자라지도 않는다. 체념이나 좌절에 매몰되지 않고, 재회를 소망하며 기다리겠다고 고백한다. 그만큼 연정과

눈물이 절묘하게 균형 잡혀 있다. 그 묘한 조화가 〈가시리〉를 더욱 애련하고 아름다운 노래로 만든다.

한편, 〈가시리〉와 짝을 이루는 노래로 〈서경별곡〉이 있다. 반복되는 구절과 여음을 제외한 모습은 다음과 같다.

서경(西京)이 셔울히마르는
닷곤디 쇼셩경 고외마른*
여히므론* 질삼뵈 ᄇ리시고
괴시란디 우러곰 좃니노이다

구스리 바회예 디신ᄃᆞᆯ
긴히ᄯᆞᆫ 그츠리잇가
즈믄히를 외오곰 녀신ᄃᆞᆯ
신(信)잇ᄃᆞᆫ 그츠리잇가

대동강 너븐디 몰라셔
비내여 노혼다 샤공아
네 가시 럼난디* 몰라셔
녈비예 연즌다 샤공아
대동강 건넌편 고즐여
ᄇ타들면 것고리이다

*닷곤디 쇼셩경 고외마른: 닦은 데 소성경(평양)을 사랑하지만
*여히므론: 여의기보다   *럼난디: 음란한 줄, 욕심 많은 줄

전체 3연으로 구성되어 있는데, 1연은 어떻게든 임을 따르겠다는 다짐을 보여준다. 길쌈하던 베를 버리겠다는 것은 마치 고기 잡는 어부가 그물을 버리는 것과 같다. 여인으로서 모든 것을 걸겠다는 뜻이며, 사랑해주

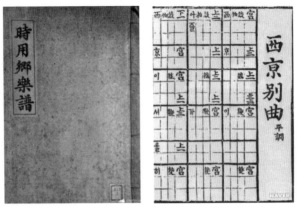

『시용향악보』표지와 〈서경별곡〉

신다면 끝까지 따르겠다는 결연한 맹세의 표현이다.

2연은 임에 대한 절대불변의 사랑을 노래한다. 혹자는 2연이 동떨어진 내용을 담고 있어서 다른 연과의 유기성이 떨어진다고 저평가하기도 한다. 그럴 소지도 있겠으나, 꼭 그렇게 볼 필요는 없다. 1연의 다짐을 더욱 견고하게 뒷받침하는 한편, 진정한 사랑의 본질은 신의(信義)임을 천명하는 연으로 볼 수도 있다.

3연은 사공에 대한 원망으로 시작한다. 화자는 왜 배를 내놓았느냐고 사공을 타박한다. 엉뚱한 타박이다. 그만큼 화자는 예민하고 초조하다. 왜냐하면 임은 강을 건너가기만 하면 다른 여인을 취할 것이 분명하기 때문이다. 임의 변심은 미래의 일이 아니라 기정사실에 가깝다. 그래서 '너의 아내가 바람난 줄도 모르고 배에 태웠느냐?'고 사공을 몰아세운다. 화자의 깊은 사랑과 원망이 함께 도드라지는 대목이다.

이것이 바로 〈가시리〉와 〈서경별곡〉이 전해주는 이별의 정과 한이다. 정에 치우치지도 않고 한에 몰입하지도 않는다. 이처럼 곰삭힌 정과 한이 한데 어우러져 애련하면서도 아름다운 이별의 경지를 보여준다.

격조를 품은 이별시의 백미 : 정지상의 한시 〈송인〉

이별시라고 하면 누구나 떠올리는 작품 중 하나가 정지상(鄭知常 ?~1135)의 〈송인(送人)〉이라는 한시이다. 정지상은 우리 한시의 수준을 한 계단 끌어올렸다고 평가를 받는 천재시인이다. 하지만 그의 일생에 대해서는 알려진 바가 거의 없다. 그 이유는 당대의 라이벌이었던 김부식(金富軾 1075~1151)과의 대결에서 패배했기 때문이리라.

정지상은 1135년(인종 13년)에 발생한 묘청(妙淸 ?~1135)의 난에 연루되어 참수형에 처해진 비운의 주인공이다. 당대 최고의 시인이자 반란의 주모자! 이것이 바로 정지상에게 붙여진 역설적 수식어이다.

『고려사(高麗史)』에는 정지상의 죽음이 이렇게 기록되어 있다. "김부식은 평소 정지상과 더불어 문단의 명성이 자자했는데, 이로 인해 원한이 쌓여 묘청과 내응했다는 빌미로 정지상을 죽였다." 이규보(李奎報 1168~1241)가 쓴 『백운소설(白雲小說)』에는 정지상이 죽은 후 그의 혼령이 나타나 김부식의 음낭을 잡아당겨 깜짝 놀라 죽었다는 황당한 이야기도 실려 있다. 이럴 정도로 정지상과 김부식은 한 치의 양보도 없는 호적수였으며, 이것이 천재시인의 운명을 바꾸어 버렸다고 해도 과언은 아닐 것이다.

조선의 아홉 번째 임금인 성종 9년(1478)에 편찬된 『동문선(東文選)』에는 정지상이 지은 〈송인〉이라는 시가 두 편 남아있다.

(1) 뜰 앞에 잎 하나 떨어지고   庭前一葉落
    마루밑 온갖 벌레 슬피 우네   床下百蟲悲
    홀홀히 떠남을 말릴 수 없다만   忽忽不可止
    유유히 어디로 떠나가는가   悠悠何所之

한 조각 마음은 산이 다한 곳	片心山盡處
외로운 꿈에 달빛 밝을 때	孤夢月明時
남포에 봄 물결 푸르러지면	南浦春波綠
그대여! 뒷기약 잊지 마시오	君休負後期

(2) 비 개인 긴 언덕엔 풀빛이 푸르른데   雨歇長堤草色多
남포로 임 보내며 슬픈 노래 부르네   送君南浦動悲歌
대동강 물이야 어느 때 마를거나   大同江水何時盡
해마다 이별 눈물 더하는 것을   別淚年年添綠波

두 작품은 제목은 같지만 여러 가지 면에서 다르다. 한시의 형식상 (1)은 오언율시이고 (2)는 칠언절구이다. (1)의 계절적 배경은 가을이고 (2)는 봄이다. 내용으로 볼 때, (1)은 기약을 잊지 말아 달라는 훗날에 대한 당부가 두드러져 있다면, (2)는 임을 떠나보내는 화자의 애처로운 마음이 강조되어 있다.

하지만 두 작품은 기실 하나의 연작시처럼 느껴지기도 한다. 첫 번째 한시의 화자는, 쓸쓸한 가을날 홀홀히 떠나가는 임을 말릴 수 없다고 하면서, 새봄이 돌아오면 다시 돌아오라고 애원한다. 임과의 재회를 믿고 임을

유유히 흐르는
대동강의 모습

기다리겠다는 속내를 드러내고 있다.

이별의 고통은 오로지 남은 자의 몫이다. 하지만 화자는 한 조각 마음이 다하고, 외로운 꿈으로 밤을 밝히면서까지, 임에 대한 원망을 삭혀낸다. 생선의 형해(形骸)가 스러질수록 젓갈의 맛은 깊어진다. 그렇듯 화자는 가을의 쓸쓸함 속에서 이별의 슬픔을 삭이고 있다.

두 번째 한시는 봄날의 푸르른 풀빛 강물에 비추어 이별의 슬픔을 고조시킨다. 영원히 마르지 않는 대동강 물처럼, 이별의 서러움은 크고 오래 간다는 것이다. 그러나 임에 대한 원망은 드러내지 않는다. 이별의 슬픔을 넘어서는 경지에 도달한 화자로서, 원망 따위의 정서는 이미 그 형해를 알아보기 힘들 정도로 삭여냈음을 보여준다.

이별의 색깔 혹은 슬픔의 빛깔은 무슨 색일까. 두 작품에서는 모두 푸른색으로 칠해져 있다. 남포의 물결도 푸르고 비 개인 언덕의 풀빛도 푸르다. 온통 푸른빛으로 채색된 슬픔이 두 작품에 드리워져 있다. 따라서 두 작품은 둘이면서 하나이기도 하다. 함께 묶어서 감상할 때, 이별시의 백미로서 더욱 맛깔스런 풍미를 맛볼 수 있다.

신분 혹은 남녀의 벽을 넘는 법 : 기녀들의 이별시조

한편, 이별의 시가를 말할 때 빠뜨릴 수 없는 것이 기녀들의 이별노래들이다. 가장 대표적인 것이 황진이의 시조이다.

어져 내 일이야 그릴 줄을 모로던가
이시라 ᄒ더면 가랴마ᄂ 제 구티야
보내고 그리ᄂ 정(情)은 나도 몰라 ᄒ노라 (황진이)

개성에 있는 황진이의 무덤

임을 떠나보낸 직후의 심정을 노래한 작품이다. 임이 떠나면 그리워할
줄 몰랐느냐고, 붙잡으면 님이 떠났겠냐고 반문한다. 그리곤 스스로 임을
보내놓고 굳이 그리워하는 제 마음을 모르겠다고 했다. 적극적으로 만류
하지 못한 점을 후회하는 것 같기도 하고, 그러한 자신을 토닥이며 위로하
는 자기연민 같기도 하다.

그렇다면 왜 구태여 임을 붙잡지 않았을까. 가장 손쉬운 답은 남녀와 신
분의 벽 때문이라고 할 수 있다. 황진이의 신분은 기녀였다. 기녀는 생체
적으론 여성이었으나 사회적으론 여성이 아니기도 했다. 모든 여성들에
게 목숨보다 소중하게 강조되었던 정절의 의무도 기녀들에겐 요구되지 않
았다. 노류장화(路柳墻花)라는 말처럼, 그녀들은 아무나 꺾을 수 있는 길가
의 버드나무 혹은 담장 밑에 피어있는 꽃과 같은 사물적 존재에 불과했다.

또 하나의 답은 고려속요에서 그 단서를 찾을 수 있다. 즉, 이별의 정한
을 노래한 우리민요의 전통을 수용했다는 것이다. 예를 들면 '잡사와 두어
리마ᄂᆞᆫ 선ᄒᆞ면 아니올셰라'와 같은 〈가시리〉의 정서를 새로운 방식으로
표현해냈다고 할 만하다. 결국 남녀와 신분이라는 사회적 한계와 민요의
전통이 중첩되어, 이와 같은 절창이 탄생할 수 있었다고 본다.

한편, 이런 모습은 다른 기녀의 시조에서도 찾을 수 있다.

꿈에 뵈는 님이 신의(信義) 업다 ᄒ건마ᄂ
탐탐(貪貪)이 그리올 제 꿈 아니면 어이 보리
져 님아 쑴이라 말고 ᄌ로ᄌ로 뵈시쇼 (명옥)

명옥(明玉)의 시조는 이별 이후의 외로움과 그리움을 담고 있다. 한번 떠나간 임은 돌아오지 않는다. 그저 꿈속에서만 임을 만날 뿐이다. 그나마 꿈속에서조차 자주 나타나지 않는다. 눈물을 흩뿌리며 헤어졌건만, 화자의 처지는 갈수록 외로울 뿐이다.

나아가 이 작품에는 임의 변심을 의심하는 화자의 속내가 드러난다. 초장에서, 임은 이미 오랫동안 연락이 두절되었을 뿐만 아니라, 신의조차 없는 실망스런 존재로 그려진다. 떠나간 임이 행여나 변심했을까 안절부절 초조해하는 여인의 모습이 선하게 떠오르는 작품이다.

그런데도 떠나간 임을 그리워하며 임과의 재회를 기원하는 화자의 마음은 황진이의 작품과 일맥으로 상통한다. 오랫동안 소식이 끊어졌지만, 게다가 변심했을 것으로 의심되지만, 임에 대한 사랑은 변함없음을 진술한다. 이처럼 기녀들의 이별시조는 신분적 한계 속에서도 사랑의 불변성을 노래하는 여인의 심정을 잘 보여준다.

이별노래의 생생한 민낯 : 〈아리랑〉과 이별의 민요들

아마 〈아리랑〉을 모르는 한국인은 없을 것이다. 웬만한 외국인들도 아리랑을 한두 구절 따라 부른다. 그만큼 〈아리랑〉이라는 민요는 한국을 대표하고 한국문화를 상징하는 핵심적인 아이콘 중의 하나이다.

〈아리랑〉은 사실 하나의 노래가 아니다. '아리랑 아리랑 아라리요' 하는 후렴구가 들어간 일군의 노래를 통칭하는 말이다. 〈아리랑〉은 정선, 밀양, 진도와 같이 특정지역을 기반으로 하고 있으며, 이들 지역아리랑은 각각 고유한 개성과 미의식을 보유하고 있다. 콩나물, 선지, 김치 등과 같이 들어가는 재료에 따라 그 맛이 달라지는 해장국과 같다.

정확한 통계가 있는 것은 아니지만, 〈아리랑〉 중에서 가장 널리 알려진 것은 이른바 신민요 아리랑일 것이다.

> 아리랑 아리랑 아라리요
> 아리랑 고개로 넘어간다
> 나를 버리고 가시는 님은
> 십 리도 못가서 발병 나네
> 청천 하늘엔 별도 많고
> 우리네 살림살인 말도 많다
> 아리랑 아리랑 아라리요
> 아리랑 고개로 넘어간다
> 풍년이 온다네 풍년이 온다네
> 이 강산 삼천리에 풍년이 온다네
> 산천초목은 젊어만 가고
> 인간의 청춘은 늙어만 가네
> 아리랑 아리랑 아라리요
> 아리랑 고개로 넘어간다

이 노래는 본래 나운규(羅雲奎 1902~1937) 감독이 1926년에 만든 영화 〈아리랑〉의 주제곡이다. 그래서 새로 만들어졌다고 하여 〈신아리랑〉이라고도 부른다. 〈신아리랑〉은 영화의 인기를 타고 자연스럽게 온 나라로 퍼져 나

영화감독 나운규

갔다. 그뿐만 아니라 해외에서 활동하는 한인들을 통해 세계적으로 알려졌다. 그 결과 오늘날에는 한국을 대표하는 노래로 명실상부하게 자리 잡게 되었다.

그러나 이 노래가 급속히 확산된 것은 영화의 인기 때문만은 아니다. 그 이면에는 가깝게는 일제 강점기의 민족적, 시대적 비애가 깔려 있을 뿐만 아니라, 멀게는 우리나라의 전통적인 정한의 맥락과 맞닿아 있다. 〈황조가〉에서부터 기녀들의 이별시조에 이르기까지, 천여 년을 이어온 정한의 역사가 작용했다는 말이다. 특히, '십 리도 못 가서 발병이 난다'라는 구절은 정한의 깊이와 폭을 확대한 가사라고 평가할 만하다. 진짜 발병이 났으면 좋겠다는 원망, 곧바로 되돌아오리라는 기대, 이별을 받아들일 수 없다는 반발, 어쩔 수 없다는 체념 등등의 정서가 사기대접에 담긴 비빔밥처럼 잘 비벼져 있다. 그 맛은 달고, 쓰고, 또한 때때로 맵다.

한편, 민요 중에는 다양한 색깔과 맛을 전해주는 이별노래가 전해지고 있어 흥미롭다.

(1) 남포혈 기튼(깊은) 밤에 돗대치는 저 사공아
    너는 무슨 헐 일없어 귀중심처 무침(묻힌) 님을
    부질없이 실어다가 동서방이 웬일인가 (정읍)

(2) 인제가면 언제나 오실라나 오실 날이나 일러를 주게
    조고마한 조약돌이 커드란 광석이 되야
    서중(석정) 맞거든 오실라나 대천이라 한가운데
    물이 말러 논치고 밭갈거든 오실라나
    뒷산이 무너져 평지가 되거든 오실라나
    태산이 평지가 되고 평지가 태산이 되거든 오실라나
    평풍에 그린 황계수탉 저른(짧은) 목을 질게 빼어

두 날개를 툭탁치고 울거든 오실라나
올날이나 일러주오 죽어서 영이별은
남들도 다하거니와 생의 생이별
생초목이 불이 붙네 이 내 눈물이 악수(약수) 되면
불을 끄련마는 눈물을 흘리되 간 곳 없고
회회리 광풍 모진 바람만이 일어난다 (정선)

(3) 님아님아 정든님아 날 버려라 날 버려라
네가 싫어 날 버리면 말도 없고 슝(흉)도 없고
내가 싫어 널 버리면 말도 많고 슝도 많고
님아님아 정든님아 싫은 듯이 날 버려라 (여천)

세 노래 모두 임동권 교수가 수집한 『한국민요집』에 실린 민요들이다.
⑴은 임을 실어 나르는 뱃사공을 원망하는 노래이다. 얼핏 보면 〈서경별
곡〉과 유사한 듯하지만, '동서방이 웬일인가' 하는 푸념이 매우 외설적으
로 해석될 소지를 안고 있다.

⑵는 떠나가는 임에게 돌아올 날을 알려달라고 애원하면서 온갖 불가능
한 조건들을 늘어놓는다. 그런데 마지막 부분에서는 애원을 넘어서서 원
망과 분노를 토로한다. 서서히 고조되던 정서가 결말에 이르러 한꺼번에
터져 나온 것이라 할 수 있다.

⑶에서는 여성화자의 속마음을 여과 없이 드러낸다. 아예 자신을 버려
달라고 임에게 청한다. 어정쩡한 관계를 유지하는 것보다, 오히려 싫다고
확실하게 의사를 표명하고 관계를 끊어주는 것이 더 낫다는 것이다. 다소
과도한 듯하지만, 화자의 말은 제법 진실하게 들린다.

다음은 부부 사이의 이별을 다소 해학적으로 다룬 노래들이다.

가는 놈아 가는 놈아 샛자장개(새장가) 가는 놈아
하늘같은 부모 두고 바다같은 전답 두고
더벅머리 자식 두고 반달같은 각시 두고
샛자장개 가는 놈아 한모퉁이 돌아가다
가매우장 뿟어지고 두모탱이 돌아가다
피 석 동이나 흘러주소 (해남)

찢일년아 발길년아 대전통편 목빌년아
병든 가장 잠들여 놓고 어린 자식 젖 떼놓고
새벽단장 곱게 허고 단보짐 싸기가 웬말이냐
너도 청춘 나도 청춘 누가 잘되나 두고 보자 (정읍)

앞의 노래는 새장가를 가는 남편에게 퍼붓는 아내의 저주이고, 뒤의 노래는 새벽에 몰래 도망치는 아내에게 퍼붓는 남편의 악담이다. 점잖지 못한 욕설과 상말이 가감 없이 드러나 있다. 그런데도 천박하거나 저급하게 들리지 않는다. 오히려 유쾌한 웃음이 히죽히죽 터져 나오게 만든다.

무슨 연유인가. 아마도 이별의 생생한 민낯을 보여주고 있기 때문이리라. 멀쩡한 부인을 두고 새장가를 가는 남편이 밉지 않을 리가 없다. 정분이 나서 야반도주하는 아내가 원망스럽지 않을 까닭이 없다. 이렇듯 이별 민요에는 상대방에 대한 미움과 원망의 정서가 걸러지지 않은 채 그대로 노출되어 있다.

이와 같이 이별민요 속에는 가공되지 않은 원석같이 생생하게 살아있는 감정이 고스란히 드러나 있다. 곰삭은 정한의 전통 측면에서 본다면 다소 생경하게 느껴질 수도 있다. 그렇지만 일상 속의 생기 있고 발랄한 정서가 그대로 살아 꿈틀거린다. 이것이 이별민요의 애절한 정한을 해학적 웃음으로 전환하는 흥이 아닐까 생각한다.

격조 있는 별리를 위하여

우리민족은 이별의 그 순간에도 자신의 슬픔을 억누르며 떠나가는 상대를 배려하는 정한의 전통을 가지고 있다. 정은 사랑보다 보편적인 정서이며, 한은 원망보다 더 격조 높은 정서이다. 정한의 전통을 수동적이고 소극적이라 폄하하는 의견도 있지만, 꼭 그렇지만은 않다. 스스로 감정을 절제하고 보편성을 지향함으로써 궁극적으로 인간성의 파탄을 막을 수 있다.

특히, 인스턴트 컬쳐(instant culture) 또는 스낵 컬쳐(snack culture)가 유행하는 작금의 시대에는 정한의 전통이 전해주는 메시지를 무겁게 받아들일 필요가 있다. 요즘에는 사랑이라는 미명 아래 벌어지는 저급한 사건들이 너무 많다. 스토킹, 데이트 폭력, 성폭력, 가정폭력, 저급한 이혼풍조 등등이 그런 경우이다.

정한의 참된 힘은 인내와 끈기를 밑바탕으로 하여 상대방의 변화를 기다릴 수 있게 하는 데 있다. 산등성이를 오를 때, 한 걸음만 쉬었다 가도 숨쉬기가 편해진다. 조금만 기다려주면 상대는 반드시 변하게 마련이다.

태어날 때부터 완전무결한 사람은 없듯이, 남녀 사이에 처음부터 완벽한 사랑은 없다. 사랑도 긴 시간을 두고 채우고 가꾸어야 한다. 마치 화단에 꽃씨를 뿌리고, 정성스레 물과 양분을 주어야만, 아름다운 꽃이 피는 것과 같다. 때로는 이별조차 사랑을 키우는 자양분이 될 수 있다. 따라서 상대를 성급하게 끌고 가려 하지 말고 마음을 여유 있게 가져 보자. 슬픔과 분노를 터뜨리기 전에 먼저 스스로 자신의 생각과 감정을 삭이는 시간을 갖는 것도 좋은 방법이다. 이것이 바로 정한의 전통이 우리에게 던지는 화두이다.

기녀의 사랑과 숙명

국보 135호로 지정된 혜원(慧苑) 신윤복(申潤福 1758~?)의 풍속도 화첩에는 30여 점의 그림이 실려 있다. 각각의 그림은 그다지 크지 않다. 요즘에 많이 사용하는 B4 사이즈 정도다. 크기로만 본다면 대작의 반열에 들기는 어렵다. 그럼에도 이 화첩 속에는 18세기의 다양한 이야기가 녹아들어 있어 흥미롭다. 이것이 바로 혜원의 풍속화첩이 지닌 대작의 참된 면모이다.

우선 그림 속에 담긴 인간들의 군상이 매우 다양하다. 양반네들은 답청놀이나 뱃놀이를 즐기며 풍류를 만끽한다. 여인네들은 냇가에서 치마를 걷어붙인 채 빨래에 한창이다. 몇몇 여인들은 우물가에서 수다를 떨고, 지나가던 선비는 음

신윤복의 풍속화 〈월하정인〉(위)과 〈월하밀회〉(아래)

흉한 눈빛으로 그녀들을 훔쳐본다. 한량들은 유곽에 모여 술잔을 기울이기도 하고, 거나해진 술기운에 힘입어 싸움판이 한창이다. 무녀는 신명나는 굿판을 벌이고, 탁발승은 고개를 숙여 인정을 구걸한다. 이렇듯 혜원의 풍속화첩은 18세기 우리 선조들의 표정과 일상을 보여주는 사실적 기록화이다.

이들 그림 중에서 특히 〈월하정인(月下情人)〉과 〈월하밀회(月下密會)〉와 같은 작품은 남녀 간의 애정행각을 적실하게 그려낸 것으로 유명하다. 그러나 전혀 선정적이거나 외설적이지 않다. 서로 바라보는 청춘남녀의 시선이 사뭇 애틋하고 낭만적이다. 도리어 은밀한 만남을 야릇한 눈길로 엿보는 또 다른 여인의 모습이 우리를 슬쩍 웃음 짓게 만든다.

〈월하정인〉이나 〈월하밀회〉를 음미하다 보면, 절로 우리 시가사에 이름을 남긴 기녀들의 이름이 떠오른다. 홍장, 황진이, 이매창, 소춘풍……. 제법 많은 기녀들이 흥미로운 이야기와 함께 수준 높은 작품을 남겼다. 따라서 이들 기녀들이 남긴 시조와 한시를 중심으로 그녀들의 사랑과 눈물의 편린을 어루만져 보는 것도 나름대로 의미 있는 일이라고 할 수 있다.

우리나라 최초의 몰카 사건 : 홍장-박신의 로맨스와 시조

흥미로운 로맨스와 시조를 남긴 가장 오래된 기녀는 아마 홍장(紅粧)이 아닐까 한다. 그녀는 조선 초기 강릉관아에 소속된 관기였다. 그녀는 개국공신의 반열에 오른 박신(朴信 1362~1444)과의 진솔한 사랑 이야기로 후세에 이름을 남겼다.

이성계가 조선을 세운 그 이듬해인 1393년, 박신은 강릉도안렴사(江陵道按廉使)에 제수되었다. 그때 강릉부사는 조운흘(趙云仡 1332~1404)이었다. 두 사람은 성리학을 지배이념으로 선포한 새로운 왕조의 목민관으로서, 백성들을 보살피는 일에 온 힘을 다했다.

이 무렵 박신은 갓 서른을 넘긴 '이립(而立)'의 연배였다. 풋풋한 혈기가 한창 왕성하던 때였다. 조운흘은 때때로 박신을 불러 연회를 즐겼는데, 이 때 홍장이라는 기녀가 박신의 마음을 사로잡았다. 큐피드의 화살을 맞은 듯, 두 남녀는 사랑의 늪에 빠져들었다. 사대부와 기녀라는 신분의 장벽에도 불구하고, 경포의 물처럼 맑고 순수한 사랑이었다.

그렇지만 기녀의 사랑은 오래 지속하기 어려웠다. 관기와 맺은 사랑은 더욱 그러했다. 관원이 교체되면 자연스레 헤어질 수밖에 없는, 전제된 이별을 받아들여야만 하는, 숙명의 사랑이었다. 어느덧 1년 남짓의 세월이 후다닥 지나갔다. 박신도 한양으로 올라오라는 왕의 부름을 받았다. 그러자 조운흘은 슬쩍 장난기가 발동했다. 며칠 후 조운흘은 박신을 불러 태연히 말했다.

"며칠 전에 홍장이 갑자기 죽어서 신선이 되어 떠났다네."

"뭐, 뭐라구? 홍장이 죽었다구?"

모두 조운흘이 지어낸 거짓말이었다. 그러나 박신은 깜짝 놀라 말을 더듬었다. 왜 죽었는지 물어볼 경황도 없었다. 그녀의 죽음이 자신 때문인 것 같았다. 한양으로 데려가 달라던, 그렁그렁한 눈매가 삼삼하게 떠올랐다. '그래, 데려가마!' 하고 답하지 못한 자신이 원망스러웠다. 박신은 두문불출하며 홍장의 죽음을 슬퍼했다. 조운흘의 속임수에 제대로 걸려든 셈이었다.

박신이 한양으로 떠나기 전날 밤, 조운흘은 경포대에서 송별연을 열었다. 잔치가 한창 무르익을 즈음 순풍을 타고 배 한 척이 다가왔다. 배 안에는 붉은 옷을 차려입은 한 여인이 춤을 추며 노래를 불렀다. 박신은 자신도 모르게 중얼거렸다.

"하늘에서 선녀가 내려왔구나!"

경포대에 세워진 홍장과
박신 조각상: 뒤쪽에 있는
큰 바위가 바로 홍장암이다.

문득 홍장이 그리워 눈가에 눈물이 주르르 흘렀다. 잠시 후 배가 가까이 다가왔다. 박신은 비몽사몽 간에 선녀의 아름다운 자태에 흠뻑 취했다. 그런데 배에서 내린 선녀가 박신 앞으로 천천히 다가왔다.

"아니! 그대는……."

바로 죽어서 선녀가 되었다던 홍장이었다. 사람들은 손뼉을 치며 크게 웃었다. 그제야 박신도 조운흘에게 깜빡 속았음을 알아챘다. 강릉부사가 박신을 놀려주기 위해 꾸민 '몰카'의 전말이 드러난 것이다. 조선초기 경포대에서 펼쳐진 우리나라 최초의 '몰카' 사건이 아닐까 한다.

훗날 홍장은 떠나간 박신을 그리워하는 시조 한 수를 남겼다.

한송정(寒松亭) 둘 붉은 밤에 경포대에 물결잔 제
유신(有信)ᄒ 백구(白鷗)는 오락가락 ᄒ건마는
엇디타 우리 왕손(王孫)은 가고 아니 오는고

한송정과 경포대는 홍랑과 박신이 함께했던 추억의 공간이다. 그 추억의 흔적을 서성거리면서 홍랑은 행복했던 옛일들을 돌이켜본다. 그러나 한번 떠나간 임은 되돌아오지 않는다. 갈매기만도 못한 임에 대한 한탄이요 타박이다. 사회적 공물(公物)이었던 관기로서 어쩔 수 없는 현실이었다. 기녀의 운명적 비애가 느껴지는 대목이다.

훗날 조운흘(趙云仡)은 홍장을 아껴 경포호 근처의 바위를 '홍장암(紅粧巖)'이라 이름 붙였다고 한다. 송강(松江) 정철(鄭澈 1536~1593)은 〈관동별곡〉에서 이른바 '홍장고사(紅粧故事)'를 언급한 바 있으며, 신후담(愼後聃 1702~1761)은 〈홍장전〉을 지어 그들의 연정을 소설로 엮었다. 어찌 되었든 경포대를 배경으로 한 홍장과 박신의 로맨스는 진정한 사랑이란 무엇인지 재삼 생각게 한다. 진실한 사랑은 시대를 뛰어넘는 강한 생명력을 지니고 있음이 틀림없다.

아름다운 게 죄? 개성 만점의 개성 기녀 : 황진이의 한시와 시조

황진이는 기녀의 대명사이다. 그녀만큼 흥미진진한 일화를 많이 남긴 기녀는 드물다. 그녀가 스스로 기녀가 된 까닭도 남다를 뿐만 아니라, 그녀가 파계시키거나 명망을 무너뜨린 남성 편력 이야기도 달래무침처럼 새콤달콤하다.

황진이의 어머니는 앞을 못 보는 장님이었다는 이야기가 있는데, 진위는 알 수 없다. 다만, 그녀가 황진사라는 양반의 서녀(庶女)라는 점은 사실인 것으로 보인다. 조선시대에는 서얼금지법이 있어서 서자나 얼자는 아무리 학식이 높아도 과거에 응시할 수도 없었고 관직에 나아갈 수도 없었다. 서녀 역시 사대부의 첩이 되는 것이 최상의 선택이었다. 그런데 황진이는 그런 평범한 길을 택하지 않았다. 왜 그랬는지 전해주는 아주 재미있는 야담이 있다.

황진이가 열대여섯 살쯤 되었을 무렵이었다. 동그스름한 얼굴에 초승달같이 단정한 눈썹, 깊숙한 눈매에 쪽 뻗은 콧대, 윤곽선이 또렷한 입술! 막 피어나는 목련이랄까 장미라고 할까. 말 그대로 절세의 미모였다. 소문은 널리 퍼져 나갔다. 사내들의 조바심도 달아오르긴 마찬가지였다. 그때 마을 총각 하나가 황진이를 사모하다가 상사병에 걸려 그만 죽고 말았다.

총각의 상여가 진이의 집 앞에 이르러 꿈쩍도 하지 않았다. 아무리 힘을 써도 소용없었다. 점쟁이를 불러 점을 치니 황진이의 옷을 얻어다 혼을 위로해주면 된다고 했다. 사람들이 황진이의 치마저고리를 얻어다 관을 덮을 주었다. 그제야 총각의 상여가 움직이기 시작했다.

총각의 딱한 죽음을 전해 들은 황진이는 자책감에 시달렸다.

'천하디천한 나 때문에 멀쩡한 총각이 죽었구나! 안타깝고 또 안타깝도다. 첩살이를 하여 한 남자에게 매이는 것보다, 차라리 기녀가 되어 뭇 남정네를 사귀어보는 것이 어떠한가?'

그 길로 황진이는 집을 떠나 스스로 기녀가 되었다. 그녀가 교유하고 싶어 했던 남성은 어떤 사람이었을까? 〈작은 편백나무 배[小柏舟]〉라는 한시를 보면 짐작할 수 있다.

덤덤히 물 위에 뜬 작은 편백나무 배	汎彼中流小柏舟
몇 해나 한가로이 푸른 물가에 매여 있는가	幾年閑繫碧波頭
훗날 사람들이 누굴 먼저 건네려는지 묻는다면	後人若問誰先渡
문과 무를 두루 갖춘 만호후라 하리라	文武兼全萬戶侯

편백나무로 만든 작은 배 하나가 둥실둥실 물 위에 떠 있다. 바람이 불면 부는 대로, 물결이 일면 이는 대로, 작은 배는 흔들리며 누군가를 기다린다. 그렇게 몇 년이 지나가더라도, 한가로운 흔들림을 즐기면서 물가에 매여 있겠단다. 훗날 사람들이 '누구를 먼저 태우려고 그러느냐?'고 묻는다면, 학식과 무예를 함께 갖춘 만호후를 먼저 건네주겠다고 한다.

여기서 '소백주'는 바로 황진이 자신을 비유한 객관적 상관물이다. 기녀는 남성의 선택을 기다리는 슬픈 운명의 여인이다. 그러나 황진이는 선택받는 기녀가 되기를 거부한다. 되레 강을 건네주고 싶은 남자를 자기가 택하겠다고 토로한다. 수동적 존재가 아니라 능동적 존재로서의 삶을 살아가겠다는 자존감이 엿보이는 대목이다.

황진이의 처지는 양가집 딸과는 판이하게 다르다. 정조를 지킬 의무도 없을뿐더러 남성을 택할 권한도 없다. 관아에 속한 관기는 더욱 그렇다. 그럼에도 황진이는 아무 남성에게나 자신을 허락하지 않겠다고 다짐한다.

그녀는 인간의 천성을 부정하면서 성인군자인 척하는 남성들을 무너뜨린 것으로 유명하다. 우선 당대인들에게 생불이라 존경받았던 지족선사(知足禪師)를 유혹하여 파계시켰다. 또한, 딱 한 달만 황진이와 지낸 후에 미련 없이 헤어지겠다고 공언했던 소세양(蘇世讓 1486~1562)의 맹세도 한낱 휴지조각으로 만들어 버렸다.

달빛 어린 뜨락에 오동잎 지고	月下庭桐盡
서리 속에 들국화는 누렇구나	霜中野菊黃
누각은 높아서 하늘에 닿을 듯	樓高天一尺
사람은 천 잔 술에 취해 있네	人醉酒千觴
유수곡은 거문고같이 차갑고	流水如琴冷
매화곡은 피리에 서려 향기롭다네	梅花入笛香
내일 아침 서로 이별한 뒤에는	明朝相別後
정은 푸른 물결처럼 끝이 없으리	情與碧波長

마침내 약속했던 한 달이 다 지났다. 마지막 밤, 두 사람은 석별의 자리를 가졌다. 가을 달은 휘영청 밝은데 국화는 차가운 서릿발 속에서도 노랗게 피어 있다. 술잔은 끝없이 이어지고, 거문고와 피리 소리는 남정네의

애간장을 녹였을 게다. 바로 그날 밤, 황진이는 〈소세양 판서 대감을 떠나보내며(送別蘇判書世讓)〉라는 애처로운 시 한 편을 지어 바친다. 결국 소세양은 다음 날 아침에 길을 떠나지 못했다. "나는 지조가 높은 사람이 아니다!"라고 자책하면서 며칠 더 머물다 떠났다고 한다.

하지만 황진이에게도 끝내 넘지 못한 벽이 하나 있었다. 바로 화담(花潭) 서경덕(徐敬德 1489~1546)이다. 화담은 제 발로 찾아온 황진이를 내치지 않았다. 그녀는 재색을 내세워 화담을 유혹했다. 그러나 화담은 이불을 덮어주고 나갈지언정 그녀와 끝내 한 이불을 덮지 않았다. 그 후 황진이는 화담의 고매한 인품을 진심으로 사모하여 평생 동안 스승으로 모셨다고 한다.

두 사람 사이에는 서로 주고받았다고 알려진 화답시조가 전해진다.

(1) ᄆᆞᆷ이 어린 후(後)니 ᄒᆞᄂᆞᆫ 일이 다 어리다
　　만중운산(萬重雲山)에 어늬 님 오리마ᄂᆞᆫ
　　지ᄂᆞᆫ 닙 부는 ᄇᆞ람에 힝여 귄가 ᄒᆞ노라 (서경덕)

(2) 내 언제 무신(無信)ᄒᆞ여 님을 언지 속엿관ᄃᆡ
　　월침삼경(月沈三更)에 온 뜻이 젼혀업니
　　추풍(秋風)에 지ᄂᆞᆫ 닙 소리야 낸들 어이 ᄒᆞ리오 (황진이)

(1)은 서경덕이 황진이를 그리워하며 지은 시조다. 초장은 자신의 어리석음에 대한 자책과 후회를 드러낸다. 황진이를 일부러 멀리했던, 그러는 한편으로 그녀에 대한 그리움에 사로잡힌 자신이 어리석다는 내면의 고백이다. 구름으로 겹겹이 둘러싸인 깊은 산! 굳이 떠나보낸 임이 찾아올 까닭이 없다. 그러나 낙엽 지는 소리, 바람 부는 소리에도 행여나 임이 오시는가 하고 귀를 기울인다. 마음속 깊숙한 곳에 연모하는 여인을 품었으니,

강세황의 송도기행첩에 실린 〈박연폭포〉

인지상정이라 하지 않을 수 없다.

(2)는 황진이가 지은 화답시조이다. 화자는 임에 대한 신의를 지켰을뿐더러 속인 적도 전혀 없었다. 어디 그뿐이랴. 달이 기울고 삼경에 될 때까지 님을 기다린다. 그런데도 임은 찾아올 기미조차 없다고 원망한다. 그렇지만 그녀 또한 낙엽 소리에 귀를 기울이며 임에 대한 희망의 끈을 놓지 않는다. 사랑과 원망, 기다림과 포기의 경계를 넘나드는 애틋한 마음이 전해온다. 플라토닉 러브의 참모습을 보여주는 좋은 사례다.

이처럼 황진이는 탁월한 용모와 재주로 일세를 풍미했던 기녀였다. 그녀 스스로 기녀가 되었으며, 허세 가득한 남성들의 위선을 무너뜨렸다. 또한 자신과 화담, 박연폭포를 묶어 송도삼절(松都三絕)이라 자칭할 정도로 자존감도 높았다. 서녀라는 신분적 한계와 더불어 남성들이 내세운 허위의 벽을 넘어선 도전의 여인이었다.

연회를 휘어잡는 분위기 메이커! : 소춘풍의 희학적 시조

기녀의 역할 중 하나가 연회에 참여하여 기예를 선보이는 한편, 흥취를 고조시키는 일이다. 때로는 거문고나 가야금 연주로 사람들의 심금을 울리기도 하고, 때로는 부채춤이나 칼춤으로 사람들의 어깨를 들썩이게 만들어야 한다. 흥겨운 민요도 부르고 낭창낭창한 시조창도 불러야 한다. 이러저러한 재주로 흥을 돋우어 잔치마당에 신명이 흘러넘치게 해야 한다. 이런 측면에서 조선중기 성종 때의 기녀 소춘풍(笑春風)은 분위기 메이커로서 그 이름을 날렸던 것으로 보인다.

그녀는 함경도 영흥지방의 관기였다. 용모가 아름다울 뿐만 아니라 그 때그때 상황에 맞추어 시조를 잘 짓는 재치와 순발력이 특출했다. 이러한 남다른 솜씨 때문에 그녀는 선상기(選上妓)에 뽑혀 궁궐 연회에 참여하곤 했다. 선상기는 재예가 뛰어난 지방 기생을 궁궐로 뽑아 올리는 기녀를 지칭한다.

어느 날 성종은 문무백관을 위한 큰 연회를 열었다. 그 자리에 소춘풍도 불려갔다. 술이 몇 순배 돌았을 즈음, 성종은 평소 총애하던 소춘풍에게 "옛 곡조를 쓰지 말고 즉석에서 새로운 노래를 지어 부르라."는 하교를 내렸다. 소춘풍은 잠시의 머뭇거림도 없이 거문고 줄을 퉁기기 시작했다.

> 당우(唐虞)를 어제 본듯 한당송(漢唐宋)을 오늘 본듯
> 통고금(通古今) 달사리(達事理)ᄒ는 명철사(明哲士)를 엇더타고
> 저 셜 씌 역력(歷歷)히 모르는 무부(武夫)를 어이 조츠리

'당우'는 요순시대를 말하고 '한당송'은 말 그대로 한나라, 당나라, 송나라 때를 가리킨다. 모두 중화의 문물이 번성했던 시대다. 지금의 조선

이 바로 그러한 성대에 못지않다는 아부 섞인 칭송이다. 나아가 이러한 태평성대가 다 명철한 문신들 덕분이라고 한껏 추켜세운다. 그리곤 때와 장소도 잘 분간하지 못하는 어리석은 무부들을 어찌 따르겠느냐고 깎아내린다.

그러자 무관들이 술렁거렸다. 한갓 기녀의 노랫가락으로 치부하기엔 그 내용이 너무 지나치지 않은가 하는 불평이 튀어나왔다. 술잔을 집어 들던 임금도 잠시 멈칫했다. 잔치 분위기가 싸늘해졌다. 그러나 소춘풍은 태연자약했다. 숨을 고르려는 듯 그녀는 잠시 쉬었다가 두 번째 노래를 이어 갔다.

전언(前言)은 희지이(戱之耳)라* 내 말슴 허믈 마오
문무일체(文武一體)인줄 나도 잠간(暫間) 아옵거니
두어라 규규무부(赳赳武夫)* 아니 좃고 어이리

*전언(前言)은 희지이(戱之耳)라: 앞에서 한 말은 웃고자 한 말이라
*규규무부(赳赳武夫): 씩씩하고 용감한 무인

앞의 노래는 장난에 불과하니 흠잡지 말라고 청원한다. 별다른 의도가 담긴 것이 아니라, 그저 실없이 웃자고 한 말이라는 게다. 그리고는 문무가 하나임을 잘 알고 있으니, 씩씩하고 용맹한 무인들을 따르겠다고 둘러친다. 무신들을 일부러 욕보이려는 고의적 의도가 없었으니, 그냥 퉁치고 말자는 격이다.

그러자 이번엔 문관들이 웅성거렸다. 문관을 버리고 무관을 따르겠다는 내용에 모두들 불쾌한 기색들이 역력했다. 소춘풍은 앞에 놓인 술잔을 들어 목을 축였다. 얼굴엔 어느새 장난스런 미소가 번졌다. 잠시 뒤 그녀는 동반과 서반을 번갈아 둘러보며, 세 번째 노래를 불렀다.

제(齊)도 대국(大國)이오 초(楚)도 역대국(亦大國)이라

됴고만 등국(騰國)이 간어제초(間於齊楚)* ᄒ여시니

두어라 이 다 죠흔이 사제사초(事齊事楚)* ᄒ리라

제와 초가 모두 대국인데, 조그만 등나라가 그사이에 놓여있는 형국이라 했다. 제와 초는 문관과 무관을, 등나라는 소춘풍 자신을 비유한 말이다. 자기는 문신과 무신이라는 고래 사이에 낀 '새우' 같은 신세에 불과하다고 토로한다. 따라서 문신과 무신이 모두 좋다고 하면서 둘 다 섬기겠다는 말로 마무리 짓는다.

참으로 교묘하면서도 영리한 솜씨다. 감히 임금 앞에서 문신과 무신의 무리를 들었다 놨다 하는 배짱도 대단하다 하겠다. 기녀라는 신분적 특성과 함께, 잔치마당이라는 공간적 성격 때문에, 이러한 희학이 가능했을 것으로 본다. 어찌 되었든 간에, 소춘풍은 연회의 흥취를 한껏 끌어올리는 재주가 탁월했던 분위기 메이커라고 할 만하다.

매창에 빗긴 달을 사랑했던 기녀 : 이매창의 한시와 시조

여기저기 얻어먹는 일은 배우지도 않았고	平生不學食東家
오직 매창에 빗긴 달만 사랑했다네	只愛梅窓月影斜
사람들은 그윽하고 깊은 내 뜻도 모른 채	時人未識幽閑意
뜬구름이라 손가락질하며 잘못 알고 있다네	指點行雲枉自多

전북 부안의 명기로 이름난 이매창(李梅窓 1573~1610)의 〈쓸쓸한 마음 [愁思]〉이라는 칠언절구다. 일찍이 그녀를 사모했던 한 과객이 지어준 시

전북 부안에 있는 매창공원: 매창의
무덤과 함께 시비가 위치해 있다.

에 화답한 것이라고 한다. 그런데 왜 이렇듯 산산한 제목을 붙였을까.

매창은 평생 동가숙서가식(東家宿西家食) 하는 것을 배우지 않았다고
했다. 이리저리 떠돌며 얻어먹거나 아무 데서나 잠자지 않았다는 것이다.
그러면서도 오로지 '매창에 빗긴 달'만 사랑했다고 고백한다. 천하고 가난
한 처지이지만, 또한 웃음과 기예를 파는 기녀에 불과하지만, 아무 남자에
게나 몸을 맡기지 않았던 매창의 외골수 같은 정신이 드러나는 대목이다.

그러나 세상 사람들은 그녀의 깊은 뜻을 알아주지 않는다. 아니 알려고
하는 마음조차 없었을지 모른다. 기녀는 여기저기 떠도는 뜬구름 같은 여
인으로 간주하며, 절개도 없는 여인이라 손가락질하며 능멸한다. 기녀에
대한 사회적 선입견과 신분적 우월감이 빚어낸 조선시대의 우울한 풍경
이다.

하지만, 매창이 살았던 그 당시에 이러한 사회적 풍토는 당연한 일이
기도 하다. "기생 주제에 절개가 다 무엇이냐?" 하면서 그녀를 비웃었으
리라. 시를 지어 그녀를 넘보려 했던 양반 과객도 크게 다르지 않았을 것
이다. 〈쓸쓸한 마음〉, 그녀의 '쓸쓸한 마음'이 잔뜩 묻어나는 제목이다.

매창은 아전의 딸로 계유년에 태어났다. 그 때문에 이름조차 계생(癸生)
혹은 계랑(癸娘)이라 불렸다. 그녀와 10여 년 동안 시로써 교유했던 허균

(許筠)은 "계랑은 부안의 기생으로 시를 잘 짓고 문장을 알았으며 노래를 잘 부르고 거문고를 잘 탔다. 성품이 고결하여 음란한 것을 좋아하지 않았다. 내가 그 재주를 사랑하여 거리낌 없이 사귀었다. 비록 우스갯소리로 즐기긴 했지만 난잡한 지경까지 이르진 않았다."라고 평하였다. 이것만 보아도 매창의 성품이 굳고 깨끗하며 몸가짐이 정숙했음을 능히 짐작할 수 있다.

그렇다면 그녀가 평생을 두고 오로지 사랑했다는 '매창에 빗긴 달'은 누구일까. 아마 촌은(村隱) 유희경(劉希慶 1545~1636)이었을 것으로 추정한다. 그는 천민 출신으로 임진왜란 때 의병을 일으킨 공으로 통정대부에 오른 입지전적인 인물이다.

특히, 그는 한시를 잘 지었던 당대의 시객(詩客)이었다. 백대붕(白大鵬 ?~1592), 최기남(崔起南 1559~1619) 등과 더불어 풍월향도라는 시모임을 주도하기도 했으며, 정업원(淨業院) 근처에 살면서 집 뒤의 시냇가에 돌을 쌓아 대를 만들어 침류대(枕流臺)라고 이름 짓고 그곳에서 당대의 유명한 문인들과 교류하며 즐겼다.

유희경이 매창과 만나게 된 계기는 그의 유명세 덕분이었다. 촌은은 젊었을 적에 백대붕과 함께 부안에 놀러 간 적이 있었다. 그 무렵 매창도 촌은의 높은 이름을 익히 들어 알고 있었다. 매창은 촌은 일행을 찾아가 "두 분 중 어느 분이 촌은이신지요?" 하고 물었다. 이후 두 사람은 시로써 사귀며 깊이 연모하게 되었다. 이후 매창은 촌은을 평생의 정인으로 받아들였으며 절개를 지켰다.

그러나 운명의 질투인가 시대의 장난인가. 머지않아 임진왜란이 일어났다. 유희경은 의병을 일으켜 싸우다가 한양으로 올라갔다. 어쩔 수 없는 이별이었다. 하지만 이별 이후에도 두 사람의 사랑은 여전했다.

임진년 계사년에 왜적이 쳐들어왔을 때   謫下當時壬癸辰
나의 근심과 한, 뉘와 더불어 풀어내리   此生愁恨與誰伸
아름다운 거문고로 홀로 외로이 난곡을 타며   瑤琴獨彈孤鸞曲
맥없이 삼청 바라보면서 떠난 임 그리워하네   恨望三淸憶玉人

매창이 지은 〈옛날을 그리워하며[億昔]〉라는 시다. 왜적이 침입했다는 소식에 매창은 이별을 직감했던 것 같다. 그때의 걱정과 회한을 누구와 함께 풀어낼 수 있겠는가 하는 탄식에서 그녀의 여성적 육감이 고스란히 읽혀진다. 불안한 예감이 더 잘 맞는다고 했던가. 그들의 별리는 곧 현실이 되고, 홀로 남겨진 여인은 외로움과 그리움이 시달린다.

이화우(梨花雨) 흣쑤릴 제 울며 잡고 이별ᄒ 님
추풍낙엽(秋風落葉)에 저도 날 싱각ᄂ가
천리(千里)에 외로운 꿈만 오락가락 ᄒ노매

매창이 겪어야 했던 이별의 아픔을 잘 드러낸 작품이다. 임란은 1592년에 일어났으니, 그해 매창의 나이는 스무 살! 막 피어난 꽃봉오리 같은 나이였다. 두 사람은 전란이 일어난 직후 헤어졌던 것 같다. 봄비처럼 흐느끼는 '이화우', 즉 '배나무 꽃비'는 매창의 처지를 뜻한다. 또한, 두 사람 사이에 놓인 굴곡진 사랑에 대한 비유적 표현이다.

그러나 땅과 바다에서 크고 작은 싸움이 계속되었다. 이별의 시간은 길어지고 그리움은 깊어만 갔다. 어느새 계절은 가을로 바뀌었다. 홀로 남겨진 여인은 가을바람 속에 흩날리는 낙엽을 바라보면서 '임이 나를 잊은 건 아닐까?' 하고 불길한 상상을 펼친다. 무심한 임에 대한 서운함이 살짝 엿보이는 부분이다.

실제로 〈규방의 원망[閨怨]〉이라는 시를 보면, 임에 절절한 그리움과 함께 원망의 정서가 뚜렷하게 나타나기도 한다.

그리운 마음은 말로 다할 수 없어	相思都在不言裡
밤새워 뒤척이다 머리칼은 반백 되었네	一夜心懷鬢半絲
임 그리워 아픈 제 마음 알아보고 싶거든	欲知是妾相思苦
헐거워진 금가락지 끼워 시험해 보시구려	須試金環減舊圓

떠나간 임에 대한 그리움이 사무쳐 잠도 못 이루고, 머리칼은 명주실처럼 하얗게 되었다는 것이다. 그뿐만이 아니다. 통통했던 손가락은 금가락지가 헐거울 정도로 가늘어졌다고 했다. 아마도 그녀는 몸을 상할 정도로 극심한 상사병에 시달렸던 것으로 추정된다. 오죽하면 내가 얼마나 고통스러운지 야윈 손가락에 금가락지를 끼워 시험해 보라고 했을까.

이후 유희경과 매창이 다시 만났음을 확인할 수 있는 기록은 없다. 다만, 허균과 이귀 같은 문인들과 교유했다는 기록은 남아있다. 그러나 결코 난잡한 사귐은 아니었다. 요즘 젊은이들 말로 '여자 사람 친구'로서 시를 지으면서 우의를 나누는 관계였던 셈이다.

매창은 서른여덟 살에 요절했다. 허균(許筠 1569~1618)은 〈계랑의 죽음을 슬퍼하며[哀癸娘]〉이라는 만시를 지어 뛰어난 시기의 죽음을 안타까워했다. 또한 그녀가 죽은 지 45년 후에 무덤 앞에 비석이 세워졌으며, 58년 후엔 그녀의 한시집 『매창집(梅窓集)』이 간행되었다. 조선시대에 보기 드문 기녀의 시집이다.

희작(戲作)인가? 명작인가? : 수작시조의 묘미와 현장성

수작시조(酬酢時調)는 각종 연회나 모임에서 사대부와 기녀가 서로 주고받은 시조를 말하는데, 생생한 현장성(現場性)과 재치있는 연행성(演行性)을 보여준다는 데에 그 묘미가 있다. 사대부와 기녀 사이의 미묘하고 대범한 밀고 당김을 담고 있는 탓이다. 먼저, 임제(林悌 1549~1587)와 기녀 한우(寒雨)가 주고받았다는 작품부터 보기로 한다.

북창(北窓)이 묽다커늘 우장(雨裝)업씨 길을 난이
산에는 눈이 오고 들에는 츤비로다
오늘은 츤비 맛잣시니 얼어 잘까 ᄒ노라 (임제)

어이 얼어 잘이 므스 일 얼어 잘이
원앙침(鴛鴦枕) 비취금(翡翠衾)을 어듸 두고 얼어 자리
오늘은 츤비 맛자신이 녹아 잘까 ᄒ노라 (한우)

『해동가요(海東歌謠)』에 의하면, 유달리 호방했던 임제가 당대의 명기였던 한우를 만나 이 노래를 지어 하룻밤 운우의 정을 나누었다고 한다. 두

임제의 문학을 기리는 백호문학관

작품의 내용을 보건대, 아마 남성 측에서 먼저 유혹의 손길을 건넸을 것으로 보인다. '찬비'는 '한우'의 우리말 표현이다. 찬비를 맞았다는 것은 한우에게 매혹되었음을 의미한다. 이렇게 여성의 이름이 갖는 의미를 그대로 이용하여 은근한 정을 건네는 솜씨가 풍류남아답다.

때로는 은근함이 더 간절하고 강하게 느껴지기도 한다. 한우는 임제의 마음을 꿰뚫고 있는 듯, 얼어 잘 필요가 없이 찬비 맞은 몸을 따습게 녹이라고 화답한다. 남녀 사이에 저울질하는 재주에 군더더기가 없다. 깔끔하고 시원스럽다. 상대를 향해 날리는 펀치가 능수능란하고 세련되어 있다. 두 사람 모두 아마추어가 아니라 프로에 가깝다.

정철(鄭澈 1536~1593)과 진옥(眞玉)이 주고받은 수작시조도 유명하다.

옥(玉)을 옥(玉)이라커늘 번옥(燔玉)*만 너겨써니
이제야 보아ᄒ니 진옥(眞玉)일시 젹실ᄒ다
내게 슬송곳 잇던니 쑤러볼가 ᄒ노라 (정철)

철(鐵)이 철(鐵)이라커늘 무쇠 섭철(鐵)*만 너겨써니
이제야 보아ᄒ니 정철(正鐵)일시 분명ᄒ다
내게 골블무* 잇던니 뇌겨 볼가 ᄒ노라 (진옥)

*번옥(燔玉): 사람이 만든 인조 옥 *섭철(鐵): 순수하지 못한 쇠
*골블무: 골풀무, 즉 여성의 성기

'번옥'은 돌가루를 구워 만든 인공 옥이고, '섭철'은 무쇠를 두드릴 때 떨어지는 부스러기를 가리킨다. 둘 다 값싸고 하찮은 물건에 불과하다. 그런데 자세히 보아하니 진옥과 정철처럼 귀하고 값비싼 존재라는 것이다. 그러므로 '살송곳'으로 뚫어보고 '골불무'로 녹여보겠다고 들이댄다. 살송곳과 골불무는 각기 남녀의 성기를 은유한 표현이다.

결국, 이 두 작품은 남녀 사이의 성적 교합을 노골적으로 표현했다는 점에서 상당히 낯 뜨거운 내용을 담고 있다. 아마 남성인 정철이 먼저 수작을 걸었지 않았을까 추정한다. 성별과 신분, 지위와 명성에 비추어 보았을 때 남성 측의 위상이 탁월하기 때문이다.

그런데 더욱 놀라운 것은 진옥의 즉각적 반응이다. 그녀는 한 치의 망설임도 없이 정철의 노골적 제안을 곧바로 되받아친다. 기녀라는 비천한 신분이지만 전혀 기가 꺾이지 않았다. 도리어 더 공격적이고 도발적이다. 어찌 되었든 염치와 체면을 중시했던 조선시대에 '19금'에 가까운 작품이 지어졌다는 것이 특이하다. 일견 대범하면서도 놀라운 일이다.

한편, 조선후기가 되면 남녀 사이에 일대일로 주고받은 수작시조는 매우 드문 편이다. 다만, 17,8세기에 살았던 다복(多福)과 김수장(金壽長 1690~?)의 작품을 통해 조선후기 수작시조의 변화된 모습을 대략 짐작할 수 있다.

북두성(北斗星) 기우러지고 오경오점(五更五點)* ㅈ자간다
십주가기(十洲佳期)는 허랑(虛浪)타 ㅎ리로다
두어라 번우(煩友)흔* 님이니 시와 무슴 ㅎ리오 (다복)

북두성(北斗星) 기우러지고 오경오점(五更五點) ㅈ자갈 졔
귀 닉은 예리성(曳履聲)*이 이 분명흔 님이로다
출문간(出門看) 함소상희(含笑相喜)*는 금 못 칠싸* ㅎ노라 (김수장)

*오경오점(更五點): 새벽녘　*번우(煩友)흔: 친구가 많음
*예리성(曳履聲): 신발 끄는 소리
*출문간(出門看) 함소상희(含笑相喜): 문 밖에 나와 보며 웃음을 머금고 서로 기뻐함
*금 못 칠싸: 값으로 칠 수 없을까

'오경오점'은 새벽 4,5시를 가리킨다. '십주'는 김수장의 호이자 신선이 사는 섬을 뜻하는 중의적 표현이다. 이를 보면 다복은 새벽까지 김수장을 기다렸지만, 그의 '아름다운 약속[佳期]'은 지켜지지 않았음을 알 수 있다. 그런데도 다복은 임을 시샘하지 않겠다고 체념한다. 밤새 어울릴 벗들이 많기 때문이란다.

한편, 김수장은 날이 샐 무렵에야 다복을 찾아온다. 그리곤 그녀의 시조를 차용하여 화답한다. '예리성'은 신발 끄는 소리다. 체념했던 다복은 신발을 끌면서 서둘러 달려 나와 임을 맞이한다. 대문 밖에서 웃음을 머금고 서로 즐거워하는 모습이야말로 값을 먹일 수 없을 정도라는 것이다.

그렇지만 다복과 김수장의 수작시조에서는 임제와 한우, 정철과 진옥의 수작시조와 같은 생기발랄함은 느껴지지 않는다. 남녀 상호 간의 은근한 정서적 교감도, 여성 측의 도발적 발언도, 그 자취를 찾아보기 어렵다. 그 이유는, 조선후기 기녀들은 질탕한 유흥공간에서 상품화된 존재로 간주되면서 이런 현상이 나타났다고 한다.

"진정 기방에 아무 일도 없었을까?" : 〈기방무사〉의 진실

기녀의 시조와 한시 속에는 복잡다단한 삶의 흔적들이 고스란히 담겨 있다. 박신과 홍랑의 로맨스, 황진이의 도도함, 매창의 개결함, 소춘풍의 대범함, 한우와 진옥의 은근함이 그러한 좋은 예라 할 것이다. 일반적으로 말해서, 기녀의 삶은 대체로 중세시대 남성들의 문화에 순응적으로 길들여졌을 것으로 짐작한다. 그네들의 사랑도 일시성을 띤 한계적 사랑이라는 특성을 가지고 있다. 이런 점에서 기녀의 사랑과 이별은 다분히 숙명적이라 하지 않을 수 없다.

하지만 그녀들은 문학 행위를 통해서 자신의 정체성을 끊임없이 추구했

신윤복의 〈기방무사〉(妓房無事, 왼쪽)와 〈청루소일〉(靑樓消日, 오른쪽):
기방에는 아무 일도 없고, 한가하다는데 진짜 그랬을까 의문이다.

으며, 발랄한 예술적 발상으로 자신의 존재감을 발휘했다. 이 과정에서 기녀들이 택한 저항의 무기는 바로 인간적인 사랑과 눈물이 아니었을까. 때로는 사랑이 신분보다 강한 법이다.

이쯤에서 다시 혜원의 풍속도 화첩으로 돌아가 보자. 혜원의 풍속도 중에는 제법 많은 그림이 기녀 혹은 주막을 소재로 하고 있다. 그런 류의 그림 중 유달리 눈에 띄는 것이 바로 〈기방무사(妓房無事)〉와 〈청루소일(靑樓消日)〉이라는 작품이다. '기방에 아무 일도 없다'거나 '청루에서 한가하게 하루를 보낸다'라는 뜻이다. 그런데 제목과는 다르게 그림의 내용은 '진정 아무 일도 없었을까?' 하는 생각이 들 정도로 무겁게 느껴진다. 즐겁기보다 삭막한 기운이 솔솔 풍겨난다.

두 작품 모두 기녀와 기생오라비가 등장한다. 전모(氈帽)를 푹 눌러쓴 기녀의 나이는 그다지 많지 않을 것으로 보인다. 그녀는 고개를 잔뜩 수그리고 시선을 내리깐 채 안마당으로 들어선다. 아마도 양반들 잔치마당에 불려갔다가 돌아오는 길이리라. 기생오라비는 문지방에 비스듬히 누워서 혹은 방안에 편안한 자세로 앉아 있는데, 어린 기녀를 바라보는 그의 시선이 예사롭지 않다. 불순함이 물씬 풍기는 폭력적 눈빛이다. 주모의 시선 역시 바늘처럼 따갑다. 이처럼 혜원이 그려낸 기방의 모습은 전혀 무사하거나 한가하지 않다. 어찌 보면 혜원은 기녀의 아름다운 외모가 아니라 그녀를 짓누르는 기방의 왜곡된 현실을 그려내고 싶었던 것일지도 모르겠다.

제2부

가족과 친구

부부간의 애정과 도리

이중섭의 그림 〈부부〉(1953년작)

2016년, 한국 현대미술을 대표하는 화가 중의 한 사람인 이중섭(李重燮 1916~1956)이 탄생 100주년을 맞이했다. 그가 남긴 그림 중에 〈부부〉라는 작품이 있다. 푸른빛 날개를 펼친 수탉과 붉은빛 날개를 펼친 암탉이, 한 몸이 되어 열정적으로 입맞춤을 하는 모습을 그린 것이다.

암탉 위에 올라선 수탉은 날개도 늘어뜨리고 머리도 늘어뜨리고 있다. 수탉의 위엄을 상징하는 꼬리도 한껏 떨어뜨렸다. 자신의 모든 것을 헌신하는 모양새다. 이와 반대로, 암탉은 두 날개를 넓게 벌려 수탉의 사랑을 받아들인다. 꼬리도 치켜들고, 기다란 모가지도 곧추세웠다. 극한의 반가움과 그리움이 고스란히 느껴지는 모습이다.

그림 속에서 수탉과 암탉이 나누는 사랑은 범접할 수 없이 숭고하다. 여기에는 배경의 역할이 크게 작용한다. 검은빛, 푸른빛, 붉은빛, 흰빛의 줄무늬가 풍기는 기운은 예사롭지 않다. 노을이 켜켜이 물든 바다 같기도 하고, 처음으로 열린 태초의 하늘 같기도 하다. 이러한 신비로운 배경 속에서, 수탉과 암탉은 세속을 초월한 온전한 사랑의 완성을 보여준다.

이 작품은 단순하면서도 소박하게 그려졌다. 하지만, 찬찬히 들여다볼수록 이 그림은 우리들에게 근본적인 질문을 던진다. 부부란 무엇인가? 부부간의 진정한 사랑과 행복이란 무엇인가? 이에 대한 답변은, 이중섭의 그림뿐만 아니라 우리가요에서도 찾을 수 있다. 특히, 부부간의 사랑과 도리를 읊은 노래들을 모아 읽어보면, 선조들의 깊은 혜안을 엿볼 수 있다.

지아비를 걱정하는 달빛 같은 사랑 : 〈정읍사〉

우리가요 중에서 부부애를 읊은 가장 오래된 작품은 백제노래로 알려진 〈정읍사(井邑詞)〉이다.

> 둘하 노피곰 도두샤
> 어긔야 머리곰 비취오시라
> 어긔야 어강됴리
> 아으 다롱디리
> 져재* 녀러신고요
> 어긔야 즌디*를 드디욜세라
> 어긔야 어강됴리
> 어느이다 노코시라
> 어긔야 내 가논디 졈그룰셰라*
> 어긔야 어강됴리
> 아으 다롱디리

*져재: 시장　　*즌디: 진흙탕이나 환락가　*졈그룰셰라: 저물까 두렵습니다

『악학궤범』에 실려 있는 〈정읍사〉

『악학궤범』에 실린 것을 그대로 옮긴 것이다. 전체 11행으로 이루어져 있지만, 뜻이 있는 언사로 이루어진 행은 6행뿐이다. '어긔야 어강됴리'나 '아으 다롱디리'와 같은 행은 뜻이 없는 행이다. 흥을 돋우는 조흥구(助興句) 혹은 해금이나 가야금 같은 악기 소리의 구음(口音)으로 보고 있다.

『고려사』에 따르면, 〈정읍사〉는 행상을 나간 지아비가 밤길을 다니다가 해로운 일을 범할까 두려워하는 여인의 마음을 수렁물의 더러움에 기탁하여 지었다고 한다. 즉, 가족의 생계를 위해 먼 곳으로 장사를 나갔다가 돌아오지 않는 남편의 안위를 걱정하는 아내의 애타는 마음이 담긴 노래라는 것이다.

그러나 가사의 맥락을 재삼 음미해보면, 남편에 대한 아내의 다채로운 속내를 찾아볼 수 있다. 가장 먼저 눈에 띄는 것은 남편에 대한 걱정이다. 행상이란 이곳저곳 정처 없이 떠도는 숙명을 타고난 직업이다. 그렇다 보니 항상 위험에 노출될 수밖에 없다. 도적이나 산짐승 같은 외부적 위험도 있고, 질병이나 환락 같은 내부적 위험도 있다. 집에 남아있는 아내는 이러한 외적, 내적 위험을 우려하며 가슴을 졸인다.

그러나 걱정과 우려만 있는 것은 아니다. 아내는 남편이 무사하기를 바라고, 하루빨리 돌아오기를 소망한다. 행여나 '즌디'를 디딜까 염려하는 부분에서는 아내의 은근하고 따뜻한 애정이 느껴진다. '즌디'는 질퍽질퍽한 진흙탕 혹은 남녀의 값싼 욕망이 거래되는 화류항(花柳巷)을 의미한다. 아내는 밤길도 마다하지 않고 고생하는 남편에게 연민의 감정도 느끼면서, 또한 동시에 혹여 일어날지도 모를 남편의 부정행위를 내심 우려한다. 설사 요조숙녀라고 해도, 한 사람의 여성으로서 느낄만한 이중적 정서라고 할 수 있다.

〈정읍사〉에는 남편에 대한 잔잔한 걱정과 근심, 은근한 애정과 연민, 절절한 그리움과 기다림이 층층이 교직되어 있다. 그것은 섬섬옥수로 짜낸 고운 비단이자 투박한 손마디로 짜낸 거친 무명과 같다. 그 사랑은 결코 화려하지도 않고 애간장이 녹을 정도로 애절하지도 않다. 뜨겁지도 않고 차갑지도 않다. 그저 맑은 달빛같이 잔잔하고 깊다. 유난히 달빛이 밝았던 그 날 밤, 아내는 밤새 잠들지 못했으리라.

실개울처럼 이어지는 망부가의 명맥 : 〈선운산〉과 〈거사련〉

한편, 〈정읍사〉와 유사한 내용을 가진 망부가(望夫歌)가 몇 편 더 있었다고 한다. 〈선운산(禪雲山)〉 역시 백제에서 불렸던 노래다. 장사(長沙)에 사는 한 사람이 부역을 떠났다가 돌아오지 않았다고 한다. 그 처가 남편을 그리워하며 선운산에 있는 바위 위에 올라가 이 노래를 불렀다는 것이다.

선운산 가비(좌)와 서정주 시비(우) : 선운사 입구에 나란히 서서 오가는 사람들의 마음을 달래준다.

익제 이제현 초상

하지만 안타깝게도 〈선운산〉의 노랫말은 전해지지 않는다. 다만, 동백꽃으로 유명한 선운사(禪雲寺) 입구 한쪽에 서 있는 '선운산 가비(歌碑)'가 그 존재를 말없이 증언하고 있을 뿐이다. 그나마 가비 옆에는, 미당(未堂) 서정주(徐廷柱 1915~2000)의 〈선운사 동구〉 시비가 함께 서 있어 외롭지 않다.

〈거사련(居士戀)〉은 고려시대 때에 불리어진 속악 중 하나이다. 어떤 사람이 객지에 나갔다가 돌아오지 않았다. 그러자 아내가 까치와 거미에 비유하여 노래를 지어 불러 남편이 돌아오기를 바랐다. 원래의 우리말 가사는 전해지지 않는다. 그러나 익재(益齋) 이제현(李齊賢 1287~1367)이 한문으로 번역해둔 시가 남아있어 그런대로 아쉬움을 달래준다.

까치는 울타리 꽃가지에서 우짖고	鵲兒籬際噪花枝
거미는 침상머리에서 거미줄을 뽑네	蟢子床頭引網絲
내 낭군 돌아올 날 머지않았거니	余美歸來應未遠
신령이 먼저 사람에게 알려주네	精神早已報人知

우리민족은 아침에 까치가 울면 반가운 손님이 찾아온다고 믿었다. 아침 거미도 마찬가지이다. 반가운 손님이 찾아오거나, 멀리 떠났던 사람이 돌아온다는 좋은 길조로 받아들여졌다.

이런 속신에 기대어 아내는 낭군이 돌아올 날이 머지 않았다고 확신한다. 낭군의 귀환은 이미 결정되어 있다는 것이다. 그러므로 신령이 까치와 거미 같은 미물을 미리 보내어 알려주었다고 단언한다. 자기 주문의 일종이라 할까. 남편의 무사귀환을 염원하는 아내의 간절한 마음을 느끼게 해주는 작품이라 하겠다.

하여간 애틋하고 가슴 저린 부부애를 읊은 노래는 시대를 바꾸어가면서 계속 지어지고 불리어졌던 것 같다. 비록 가사가 제대로 전해지지는 않았지만, 〈정읍사〉계열의 망부가는 실개울처럼 끊이지 않고 이어져 왔음이 분명하다. 그러나 고려말기 이후 성리학이 지배이념으로 자리 잡게 되면서, 담백하고 애련한 망부가의 명맥은 미약해진 것으로 보인다. 안타깝지만 어쩔 수 없는 현실이다.

애정보다 도리가 먼저다! : 경기체가 〈오륜가〉 제4장과 시조 〈오륜가〉

부부 사이의 진실한 애정을 읊은 시가의 전통이 미약해진 반면, 조선시대에는 부부간의 성리학적 도리를 노래한 시가들이 줄줄이 지어졌다. 그 첫머리는 세종 14년(1432)에 지어진 경기체가 〈오륜가(五倫歌)〉인데, 그중 제4장에서 부부유별의 도리를 다루고 있다.

男有室 女有家 天定其配
남유실 려유가 텬뎡기비

納雙雁 合二姓 文定厥祥
납솽안 합이셩 문뎡궐샹

情勢好合 如鼓瑟琴 夫唱婦隨
졍셔호합 여고슬금 부챵부슈

위 和樂ㅅ景 긔 엇더ᄒ니잇고
　화락 경

남자에겐 아내 있고 여자에겐 남편
있으니 하늘이 정해준 짝이로다

기러기 한 쌍 올려 두 성씨 합할 새
아름답게 그 상서 정해지도다

정으로 호합하여 거문고 비파를 켜듯
부부가 서로 화합하도다

아! 이렇게 화목하고 즐거운 모습이
어떠합니까?

百年偕老 死則同穴 百年偕老 死則同穴	백년 해로한 후 죽어서 함께 묻히기를
빅년히로 ᄉ즉동혈 빅년히로 ᄉ즉동혈	백년 해로한 후 죽어서 함께 묻히기를
위 言約ᄉ景 긔 엇더ᄒ니잇고	아! 굳게 약속하는 그 모습이 어떠합
언약 경	니까?

경기체가는 고려말기에 발생하여 조선전기까지 유행하다 사라진 독특한 형식의 정형시이다. 주요 향유층은 성리학은 신봉했던 신흥사대부였다. 그들은 관인의 이상을 드러내기 위해서 혹은 지배이념으로 선택한 성리학적 관념을 부각하기 위해서 경기체가를 지었다.

경기체가 〈오륜가〉 역시 이런 배경 아래 지어진 작품이며, 총 6개 연으로 이루어져 있다. 이 중 제4연에서 부부유별의 문제를 다루고 있는데, 부부가 합심하고 화락하면 일가가 화평하다는 내용이 주요 골자다. 여기서 여고슬금, 부창부수, 백년해로 같은 표현은 부부관계의 중세적 가이드라인을 보여주는 부분이라 할 수 있다.

한편, 새로 건국된 조선이 점차 안정된 이후에는 오륜을 소재로 한 연시조가 대거 등장했다. 주세붕과 송순, 정철, 박인로, 김상용, 박선장이 〈오륜가〉 계열에 속하는 연시조를 남겨 하나의 전통처럼 되었다.

좌로부터 주세붕, 정철, 김상용 초상

(1) 지아비 밭 갈나 간 디 밥고리 이고 가

　반상을 들오디 눈섭의 마초이다

　친코도 고마오시니 손이시나 다르실가 (주세붕, 오륜가)

(2) 한 집안 거느리니 안과 밖이 같으랴

　부부의 사이야 엄케 하면 친하리니

　더욱이 사랑의 뜻이야 쫓아남을 알괘라(송순, 오륜가)

〈오륜가〉 계열의 연시조 중 가장 먼저 지어진 주세붕과 송순의 작품
이다. (1)에서 주세붕은 거안제미(擧案齊眉)의 예를 들면서 남편을 '손님'
과 같이 공경하라고 강조한다. 거안제미는 『후한서』에 나오는 맹광(孟光)
이라는 여인의 일화를 말한다. 그녀는 몸집이 크고 얼굴이 검은 추녀였지
만, 남편이 일을 마치고 돌아오면 밥상을 눈썹 높이로 들고 가서 바쳤다고
했다. 이는 남편이 대한 극진한 공경을 뜻한다.

(2)는 본래 한역되어 전해지던 것을 우리말로 복원한 작품이다. 송순 역
시 부부 사이의 관계를 안과 밖, 엄과 친의 상하관계로 규정한다. 안과
밖이 동등할 수 없듯이, 부부 사이에도 엄격한 구별이 있어야 한다는 말
이다. 그렇게 하면 자연스럽게 서로 친숙해지고, 사랑도 저절로 생겨난다
는 논리이다. 주세붕에 비해, 남녀의 구별을 한층 더 직설적으로 강조하고
있다는 점이 특징적이다. 그렇지만 현대를 살아가는 우리들의 시각에서
바라볼 때, 아내를 엄하게 대해야만 그 뒤를 따라서 정과 사랑도 생겨난다
는 생각은 다소 억지스럽게 느껴진다.

(3) 흔 몸 둘혜 논화 부부를 삼기실샤

　이신 제 흠씌 늙고 주그면 흔 디 간다

　어디서 망녕의 쩌시* 눈 흘긔려 흐느뇨(정철, 훈민가)

⑷ 부부라 히온 거시 놈으로 되여 이셔

여고슬금(如鼓瑟琴)*ᄒ면 긔 아니 즐거오냐

그러코 공경곳 아니면 즉동금수(卽同禽獸)* ᄒ리라(김상용, 오륜가)

⑸ 두 성(姓)이 ᄒ 디 모다 함ᄭᅴ 늘거 죽쟈ᄒ니

백년 정호(情好)야 이예서 더랴마ᄂᆞᆫ

그려도 공경홀 줄 모ᄅᆞ면 저구(雎鳩)* 아니 있느냐(김선장, 오륜가)

⑶은 국문시가의 역사에 한 획을 그은 송강 정철의 〈훈민가〉 중 하나이다. 이 시에서 특별한 대목은 부부를 본래부터 하나의 존재로 인식하는 점이다. 하나였던 존재가 둘로 나누어졌을 뿐, 부부는 근본적으로 일심동체(一心同體)라는 말이다. 그러므로 망령스럽게 함부로 눈을 흘기지 말라고 권고한다. 여기서 눈흘김의 주체는 남편이 아니라 아내를 염두에 둔 표현일 게다.

⑷와 ⑸는 조선후기에 지어진 것인데 그 내용과 시상이 비슷하다. 김상용과 김선장은 부부를 본래부터 남남이며, 혼인을 이성(二姓)의 결합으로 본다. 그러므로 거문고와 비파처럼 서로 화락하고 사이좋게 지내는 것도 좋지만, 그에 더하여 아내가 남편을 공경하여 떠받들어야 한다고 했다. 그렇지 않으면 짐승과 다를 바 없다는 것이다.

한편, 박인로는 25수로 이루어진 장편의 〈오륜가〉를 남겼는데, 그중에서 부부유별의 도리를 다룬 것이 5수이다.

⑹ 부부ㅣ 이신 후에 부자 형제 삼겨시니
　부부 곳 아니면 오륜이 가즐소냐
　이 중에 생민(生民)*이 비롯하니 부부 크다 ᄒ로라

　사람 내실 적의 부부 ᄀᆺ게 삼겨시니
　천정배필(天定配匹)이라 부부 ᄀᆺ치 중ᄒᆯ 소냐
　백년을 아적 삼아* 여고슬금(如鼓瑟琴) ᄒ렷로라

　부부를 중(重)타ᄒᆫ둘 정(情)만 중케 가질 것가
　예별(禮別) 업시 거처ᄒ며 공경 업시 조ᄒᆯ소냐
　일생에 경대여빈(敬待如賓)을 기결(冀缺)*같이 ᄒ오리다

　부부 삼길 적의 하 중케 삼겨시니
　부창부수ᄒ야 일가천지(一家天地) 화(和)ᄒ리라
　날마다 거안제미(擧案齊眉)을 맹광(孟光) 갓게 ᄒ여라

　남으로 삼긴 거시 부부 ᄀᆺ치 중ᄒᆯ넌가
　사ᄅᆷ의 백복(百福)이 부부에 가잣거든
　이리 중ᄒᆫ ᄉ이에 아니 화(和)코 엇지 ᄒ리(박인로, 오륜가)

　　　　　*생민(生民): 백성 또는 백성을 낳음　　*아적 삼아: 아침처럼 여겨서
　　　　　　　　　　*기결(冀缺): 춘추시대 때 진나라 사람 각결을 말함

　천정배필, 여고슬금, 부창부수 같은 표현은 이미 이전 작품에서 사용되었던 것으로, 참신한 맛은 없다. 부부가 화락하게 지내면서도 아내는 남편을 공경해야 한다는 생각도, 역시 새로운 것은 아니다. 또한 맹광의 거안제미도 일찍이 다른 작품에서 언급된 바 있다. 이와 같이 박인로의 〈오륜가〉는 이전에 지어진 〈오륜가〉의 종합본 같은 느낌이 짙다.

거안제미는 선조들이 즐겨 그렸던 그림 소재 중 하나였다.

그렇지만 박인로의 〈오륜가〉에서 눈에 띄는 부분은 부부의 비중을 제법 높게 설정하고 있다는 점이다. 부부는 새 생명을 탄생시키는 '생민'의 시작이며 나아가 온갖 복의 근원이라고 했다. 이 때문에 부부는 오륜의 기본이 되는 중요한 존재라는 것이다. 따라서 부부는 정답고 화목하게 지내는 한편, 예별과 공경을 잊지 말아야 한다고 권고한다.

결국 연시조 〈오륜가〉 중에서 부부유별의 도리를 다룬 작품들의 일관된 내용은, 부부는 정서적으로 화락하게 지내되, 항상 남편을 공경하고 예법을 지켜야 한다는 것이다. 문제는 그 예법이란 것이 부부 또는 남녀 간의 불평등한 상하관계로 파악하고 있다는 점이다. 만약, 친화와 예법이 균형을 갖추었다면, 또한 남편과 아내의 관계를 좀 더 평등하게 인식했다면, 〈오륜가〉는 쉽게 결혼하고 쉽게 헤어지는 오늘날까지도 큰 의미를 가질 수 있으리라.

부부애를 읊은 애틋한 시편들 : 〈베잠방이〉부터 〈도망〉까지

격식과 예법을 강조하는 〈오륜가〉와 더불어, 조선시대에 지어진 시가 중에서 지아비와 지어미 간의 애틋한 정을 보여주는 작품이 몇 편 전해진다.

> 뵈 줌방이 호뮈 메고 논밧 가라 기음 미고
> 농가(農歌)을 보로며 달을 씌여 도라 오니
> 지어미 슐을 거르며 내일 뒷밧 미옵세 ᄒ더라

조선후기를 살다간 신희문(申喜文 ?~?)이 지은 시조이다. 그는 초야에 묻혀 살아가면서 십여 편의 시조를 남겼는데, 대부분 농사일을 하면서 유유자적하는 삶을 다루고 있다. 그런데 이 시조가 특별한 것은, 농촌의 평화로운 일상과 함께 그 속에서 행복하게 살아가는 부부의 모습을 잘 포착했기 때문이다.

가난한 농부의 삶을 살면서도, 이들 부부가 건강하고 행복해 보이는 까닭은 무엇일까. 남편의 수고를 지지하고 달래주는 지어미의 술 한 잔 때문이리라. 가난한 살림에 산해진미가 있을 리 없다. 하지만 아내는 탁주 한 사발로 남편에 대한 고마움과 애틋함을 표현한다. 요즘 말로 하면 이벤트라고나 할까? 그리곤 내일은 뒷밭을 매자고 은근히 권한다. 아마 남편은 '그렇게 하세!' 하면서 흔쾌히 응했을 게다. 이처럼 아내가 건네는 은근한 말은 뜨거운 사랑의 고백보다 더 강렬하게, 더 깊은 울림으로 다가온다.

> 기럭이 뜻을 두고 남방에 깃드렸더니
> 설풍(雪風) 월명야(月明夜)의 악악일성 ᄎ쳐온다
> 아마도 부부지별(夫婦之別)은 기럭인가

『풍아(風雅)』라는 시조집에 무려 458수의 시조를 남긴 이세보(李世輔 1832~1895)의 작품이다. 그는 29살이었던 철종 11년(1860)에 당대의 세도가였던 안동김씨를 비판하다가 강진 신지도에 3년간 위리안치(圍籬安置) 되는 고초를 겪었다. 이때 아내를 그리워하며 지은 것이 바로 이 작품이다.

기러기가 뜻을 두고 남방에 깃들었다고 했다. 이로써 귀양살이가 수동적 징벌이 아니라 능동적 선택이라는 속내를 표출하고 있다. 이는 유배의 고충을 잊기 위한 자기합리화의 의도적 표현일 수도 있으리라. 그러나 아무리 그렇다고 쳐도, 부인과의 생이별은 어쩔 수 없는 현실이다. 따라서 눈바람 부는 달밤에 악악 소리를 내며 천릿길을 찾아오는 기러기를 바라보면서, 이세보는 어쩔 수 없이 떨어져 지내야만 하는 부인을 그리워한다. 날아오는 기러기처럼 부인과의 재회를 염원하고 있다.

조선시대는 명망 있는 사대부로서 이런 시조를 남긴다는 것 자체가 금기처럼 여겨지던 시절이었다. 그러나 이세보는 그러한 가식적 껍데기를 다 벗어던졌다. 무능하고 부패한 관리들을 비판하고, 가족이나 남녀 간의 애정을 긍정적으로 표현했다. 이러한 인간적 태도가 이념의 격식을 벗어나 부부애와 가족애를 다룬 작품으로 승화되었다고 할 수 있다.

어쩌면 저승의 월노에게 하소연하여   那將月姥訟冥司
내세에는 부부가 처지를 바꾸어서   來世夫妻易地爲
나는 죽고 당신은 천 리 밖에 살아남아   我死君生千里外
당신에게 나의 이 슬픔을 알게 할까   使君知我此心悲

추사체로 유명한 김정희(金正喜 1786~1856)가 남긴 〈도망(悼亡)〉이라는 한시이다. '도망'은 망자를 애도한다는 뜻인데, 여기서 망자는 바로 자신

의 부인 예안이씨를 말한다. 예안이씨는
추사와 34년을 함께 살았으며, 부부 사이
의 금슬이 유달리 좋았다고 한다. 그런데
부인은 추사가 제주도에 유배된 지 2년쯤
되었을 때 세상을 떠났다. 그 충격과 슬픔
이 얼마나 컸으면 추사는 이 시를 지어 부
인의 죽음을 비통해했다.

월하노인: 빨간 실로 남녀의
인연을 맺어준다.

월노는 월하노인(月下老人), 즉 남녀 간
의 연분을 맺어주는 신을 말한다. 아이가
태어나면 월노가 찾아가 청실홍실로 남녀
를 묶어준다는 것이다. 이렇게 맺어진 남
녀 간의 인연은 어떠한 일이 있어도 바뀌
지 않는다고 믿어진다. 전통혼례에서 청실홍실로 나무기러기를 묶어두는
풍습이나, 천생연분(天生緣分)이라는 말도 월하노인 이야기에 근원을 두고
있다.

부인의 부고를 접한 추사는 월하노인에게 하소연하고 싶다고 했다. 다
음 세상에는 자신과 부인이 서로 처지를 바꾸어달라고 청하겠다는 것
이다. 그래서 내세에 자신은 죽고 부인은 천 리 밖 유배지에 살아남아서,
자신의 슬픔을 알게 해주었으면 좋겠다는 말이다. 시의 내용은 단순하지
만, 이 얼마나 애절한 망부가(亡婦歌)인가.

아내의 비단 치마를 잘라 만든 시첩 : 〈하피첩〉

몇 년 전에 다산(茶山) 정약용(丁若鏞 1762~1836)의 〈하피첩(霞帔帖)〉이
세상에 그 모습을 드러냈다. 본래 다산의 후손들이 보관해 왔는데, 6·25

때 사라졌다던 것이다. 다산은 40살이 되던 해에 천주교 신자라는 이유로 장기를 거쳐 강진으로 귀양살이를 떠났다. 그 후 18여 년 동안의 길고 긴 유배가 이어졌다.

아들들은 몇 년에 한 번씩이라도 아버지를 찾아가 만날 수 있었으나, 부인과 외동딸은 그렇게 할 수 없었다. 남편을 그리워하던 부인 홍씨는 다산이 유배를 떠난 지 수년 후에 자신이 시집올 때 입고 왔던 붉은 치마를 강진으로 내려보냈다. 부인의 애달픈 마음과 그리움이 담긴 선물이었다. 아마도 부인의 색 바랜 치마를 받아든 남편의 마음은 파도처럼 천 갈래 만 갈래로 찢어졌으리라.

다산은 부인의 비단 치마를 잘라 4권의 시첩을 만들고, 나머지 조각에는 매조도(梅鳥圖) 한 폭을 그렸다. 시첩에는 자식들에게 주는 경계의 글을 적고 〈하피첩〉이라 이름을 붙였다. '하피'는 본래 궁궐의 지체 높은 비빈들이 입는 예복을 가리키는 말이다. 비록 비빈의 처지는 아니지만, 다산은 부인이 보내온 비단옷을 하피라고 올려 불렀다. 아마도 부인을 비빈에 버금가는 존재로 생각한다는 마음을 담은 것으로 보인다.

다산의 〈하피첩〉(좌)과 〈매조도〉(우): 부인이 시집올 때 입고 온 비단 치마를 잘라 만들었다.

〈하피첩〉 첫 장에는 이러한 다산의 마음을 담은 글이 실려 있다.

병든 아내가 해진 치마를 보내왔네	病妻寄敝裙
천 리 밖에서 애틋한 마음을 담았구려	千里托心素
오랜 세월에 붉은빛 이미 바래서	歲久紅己褪
만년의 서글픔 가눌 수 없구나	悵然念衰暮
치마를 잘라 작은 서첩 만들어	裁成小書帖
아들을 일깨우는 글을 적어두었네	聊寫戒子句
부디 어버이의 마음 잘 헤아려	庶幾念二親
평생토록 가슴속에 새기려므나	終身鐫肺腑

〈하피첩〉은 부인이 보내준 선물에 대한 남편의 답신이다. 또한 부부가 함께 낳아 기른 자식들에게 보내는 아버지의 마음이기도 하다. 다산에게 있어 천 리 밖의 병든 아내는 애처롭기 짝이 없고, 어린 자식들에게는 아직도 가르칠 것이 너무 많았다. 한곳에 함께 살지 않으니, 사소한 모든 것들이 다 걱정거리였을 게다.

아울러, 부부애의 관점에서 이 시는 남다른 시사점을 던져준다. 다산이 〈하피첩〉을 만든 것이 52세 때였다. 15살에 풍산 홍씨에게 장가를 들었으니, 혼인 27주년에 시첩을 만든 것이다. 그리고 시첩에다 수년 전에 아내가 비단 치마를 보내왔다고 적어두었다. 이를 보면 아마도 혼인 25주년쯤 보낸 것이 아닌가 한다. 25년이란 결코 적지 않은 세월이다. 그동안 열 명의 자식을 낳았으나, 그중 일곱을 어려서 잃었다. 게다가 자신은 강진으로 유배된 지 10년이 훌쩍 지나버린 상황이었다.

얼마나 힘들었으면, 또 얼마나 남편이 그리웠으면, 장롱 속 깊숙한 곳에 고이 간직해왔던 치마를 강진으로 내려보냈을까? 다산도 그러한 부인의 심정을 각별하게 느꼈을 것이다. 따라서 아내의 치마는 치마 그 이상의

강진의 다산초당(좌)과 남양주의 다산 내외의 묘소(우) :
두 사람은 18년의 유배를 이겨내고 한곳에 묻혔다.

의미를 가진다. 그것은 남편에 대한 그리움의 표현이자, 끝없는 애정의 신
표였다.

흘러간 세월을 일깨워주는 빛바랜 치마! 그 치마를 바라보는 다산의 시
선은 아내에 대한 미안함과 연민 그 자체라 할 수 있다. 결국 다산은 부인
의 치마를 잘라 시첩을 만들고 그림을 그렸다. 부인의 사랑 위에 자식에
대한 가르침과 애정을 담았다. 이렇듯 다산은 딱딱한 성리학적 관념에 갇
혀있지 않고, 부인과 가족에 대한 남다른 사랑을 보여주고 있다.

천생연분 vs 평생웬수 : 사랑의 유효기간을 늘리는 법?

'부부란 무엇인가?' 하는 물음을 되새기게 해주는 유머가 하나 있다.
평생을 함께한 노부부가 TV에 출연하여 스피드퀴즈를 하게 되었다. 할
아버지가 단어를 설명하면 할머니가 알아맞히는 게임이었다. 가장 먼저
나온 단어는 '천생연분'이었다. 할아버지는 자신만만하게 물었다.
"우리처럼 사는 사람을 뭐라 하지?"
할머니는 어리둥절하여 답을 하지 못했다. 그러자 할아버지가 다시 말
했다.
"아이참! 우리 같은 부부를 부르는 말?"

그제야 할머니가 머리를 끄덕거리며 큰소리로 외쳤다.

"웬수!"

청중들이 박장대소하자, 할아버지는 얼굴이 벌게져서 크게 소리쳤다.

"두 글자가 아니고 네 글자?"

그러자 할머니가 또다시 알았다는 듯이 대답했다.

"평생웬수!"

그냥 웃자고 한 유머이긴 하지만, '천생연분'과 '평생웬수'가 한 끝 차이임을 잘 보여준다. 할머니 입에서 튀어나온 평생웬수라는 말이 되레 정답게 느껴지는 것은 무슨 까닭인가? 오히려 투박한 애정과 연민이 느껴지는 까닭은 무엇인가?

심리학자인 스턴버그(Sternberg)는 사랑의 요소를 친밀감, 열정, 헌신의 3가지라고 주장하며, 이를 '사랑의 삼각형 이론'이라 불렀다. 서로 간의 친근한 감정, 뜨거운 열애, 상대방에 대한 희생은 이성 간의 사랑에서 꼭 필요한 요소라는 것이다.

그러나 자식을 낳아 기르며 평생을 함께 살아온 부부간의 사랑은 이들 세 가지 요소만으로 규정하기에는 무언가 부족한 듯하다. 특히, 추사나 다산처럼 어린 나이에 혼인하여 5, 60년을 해로한 경우는 더욱 그러하다. 나아가 한없이 가벼운 사랑이 기승을 부리는 요즘에는 〈오륜가〉에서 강조되었던 부부유별의 법도도 다시 한번 음미해볼 가치가 있다.

이런 점에서 선조들이 부부 사이의 정(情)과 예법(禮法)을 함께 중시하고, 상대방에 대한 연민과 배려를 베풀고자 했던 것은 매우 의미 있는 부분이라 생각한다. 사랑의 유효기간이 900일이라는 신시아 하잔(Cynthia Hazan) 교수의 연구결과가 말해주듯, 정만 앞세우면 쉽게 싫증이 날 수 있다. 이와 반대로 예법만 강조하면 남녀 사이는 과도하게 경직되기 마련이다.

따라서 부부가 오랫동안 애정을 유지하면서 화목하게 살기 위해서는 정과 예법의 균형이 필요하다. 이와 더불어 상대방에 대한 깊은 연민에 기초한 존중과 배려도 요구된다. 이것이 바로 우리가요에 담겨진 큰 가르침이라 할 수 있다. 특히 요즘같이 '인스턴트 사랑'이 넘쳐나는 시대에는 사랑의 삼각형이 아니라, 연민과 배려를 추가한 사랑의 오각형 이론이 필요한 때가 아닌가 한다.

부모자식 간의 골육지정

3월은 생명의 달이다. 햇살이 따
스해지면 개울가에는 버들강아지
가 보숭보숭 피어난다. 들판에는
솜털이 돋아나듯 새싹이 돋아나고,
산기슭에는 맑은 새소리가 울려 퍼
진다. 노란 안개처럼 산수유꽃이
피어나는가 싶으면 어느새 매화,
개나리, 진달래, 철쭉, 목련이 경
쟁하듯 꽃망울을 터트린다.

김홍도의 풍속화 〈논갈이〉 : 농부의 표정과
소의 동작이 활기차다.

그 무렵쯤 되면 농부들은 겨우
내 고방(庫房) 깊숙이 쟁여두었던
농기구를 꺼내어 손질한다. 부지런한 사람은 벌써부터 논밭을 갈기 시작
하고, 부녀자들은 봄나물을 찾아 산과 들을 헤맨다. 일 년 내내 계속되는
농사일도, 거친 수풀을 헤치며 냉이와 쑥과 달래를 찾는 일도 진정 고달픈
일이다.

그러나 아무리 고달프다 해도 그만둘 수는 없다. 그들이 그러한 삶의
고초를 견디는 까닭은 아마도 가족 때문이리라. 부모와 형제 그리고 자식

들을 배불리 먹이는 것! 이보다 더 숭고한 가치, 이보다 더 값진 행복은 드물 것이다.

부모와 자식 간의 관계는 천륜(天倫)이다. 하늘이 맺어준 연분으로 절대로 끊을 수 없다는 뜻이다. 부모는 자식의 출발점이고, 자식은 부모의 연장선이다. 부모가 없으면 자식도 없다. 그만큼 부모와 자식 간의 관계는 근본적이고 근원적이다. 부정할 수도 없고 돌이킬 수도 없다. 억지로 거슬러서도 안 된다. 그래서 부모와 형제를 골육지친(骨肉之親)이라 불렀다. 나의 뼈, 나의 살 같은 존재이기 때문이다.

고전가요 중에는 갈래를 달리하며 골육지정을 읊은 노래들이 많다. 이들 노래 속에는 자식으로서 부모를 어떻게 섬겨야 하는지 잘 그려져 있다. 이러한 골육지정의 노래를 감상하노라면, 자신도 모르게 부모님과의 오래된 기억을 되짚어보는 시간을 가질 수 있다. 그 시간은 3월의 햇살처럼 따뜻하고 향기로운 추억의 시간일 것이다. 물론 때에 따라서는 안타깝고 가슴 저린 회한의 시간으로 다가올 수도 있으리라.

이름만 남은 슬픈 효녀의 노래 : 〈목주가〉

우리 시가 중에서 부모자식 간의 관계를 노래한 첫 번째 노래는 〈목주가(木州歌)〉라고 할 수 있다. 이 노래는 『고려사』에 언급되어 있는데 본래는 신라의 노래였다. 안타깝게도 원래의 노래가사는 전해지지 않지만, 그 대신 〈목주가〉의 배경이 되는 어느 효녀의 이야기가 우리의 심금을 울린다.

목주(木州)는 청주에 속하는 고을 중 하나인데, 그곳에 효심이 매우 깊은 처녀가 살고 있었다. 처녀는 부모님을 봉양하면서 행복하게 살았다. 그런데 어느 날 갑자기 어머니가 세상을 떠나셨다. 그 후 아버지가 계모를 맞이하면서 처녀의 불행은 시작되었다. 처녀는 계모를 친어머니처럼 봉양했다. 하지만 계모는 도리어 딸을 헐뜯기 일쑤였다. 결국에는 아버지마저 계모의 험담에 속아서 딸을 내쫓았다.

천안에 있는 목주가공원에는 사모곡 시비가 세워져 있다.

쫓겨난 딸은 정처 없이 헤매다가 어떤 산속에 있는 석굴에 이르렀다. 석굴에는 노파와 그 아들이 살고 있었다. 딸은 노파에게 자신의 사정을 이야기하고 함께 지낼 수 있게 해달라고 간청했다. 노파는 그녀의 사정을 안쓰럽고 불쌍하게 여겨 함께 살기를 허락했다. 딸은 어머니를 모시듯 노파를 섬겼다. 딸의 정성에 감동한 노파는 딸을 자기 아들과 혼인시켜 며느리로 삼았다. 딸 내외는 열심히 일하여 잘살게 되었다.

훗날 딸은 아버지가 가난으로 고생하고 있다는 소문을 들었다. 딸은 아버지와 계모를 자기 집으로 모셔와 정성을 다해 섬겼다. 그러나 아버지는 그러한 딸의 효성을 되레 달가워하지 않았다. 아마 계모의 이간질이 계속되었기 때문일 게다. 이에 딸이 스스로 효성이 부족함을 자책하는 노래를 지어 불렀는데, 이 노래가 바로 〈목주가〉라는 것이다.

이야기의 맥락으로 보아, 고려가요인 〈사모곡〉과 같은 노래일 것으로 추정하기도 한다. 노래가사가 전혀 전해지지 않는 이상, 이는 추정일 뿐 확인된 것은 아니다. 또한 아버지가 딸의 봉양을 기뻐하지 않았다는 점, 딸이 스스로 자책하는 노래를 지어 불렀다는 점, 그리고 악독한 계모에 대한 징벌이 이루어지지 않았다는 점은 상식적으로 잘 납득되지 않는다.

그러나 전처의 딸을 학대하는 악독한 계모, 그리고 무조건적인 효성을 보여주는 딸은 눈여겨 볼만하다. 이들은 이야기를 흥미진진하게 이끌어가는 핵심적 모티프이다. 권선징악의 주제까지 나아가지는 못했으나, 슬프디슬픈 효녀의 마음을 전해주기에는 충분하다.

아버지 사랑보다 어머니 사랑이 낫다! : 고려가요 〈사모곡〉

한편, 조선시대에 편찬된 『악장가사(樂章歌詞)』와 『시용향악보(時用鄕樂譜)』에는 〈사모곡(思母曲)〉이라는 고려가요가 실려 전해진다. 일명 〈엇노리〉라고 부르기도 하는데, 3음보의 율격에 일부 구절을 반복하고 여음구를 사용하는 등 전형적인 고려가요의 모습을 지니고 있다.

> 호미도 놀히언마ᄅᆞᆫ
> 낟ᄀᆞ티* 들리도 업스니이다
> 아바님도 어이어신마ᄅᆞᆫ*
> 위 덩더둥셩
> 어마님ᄀᆞ티 괴시리* 업세라
> 아소 님하
> 어마님ᄀᆞ티 괴시리 업세라

> *낟ᄀᆞ티: 낫처럼   *어이어신마ᄅᆞᆫ: 어버이이시지만   *괴시리: 사랑하시는 분

가사의 내용은 비교적 단순하다. 호미도 날이 있지만 낫처럼 예리하지 않듯이, 아버지도 부모님이지만 어머니처럼 나를 사랑하는 사람은 없다는 것이다. '호미-낫'을 비유하여 '아버지 사랑보다 어머니의 사랑이 낫다!'라는 주제를 강력하게 호소하고 있다. 평이한 내용임에도 불구하고, 비유법

과 반복법을 사용하여 우리에게 전해주는 정서의 깊이는 훨씬 더 깊다.

그런데 왜 아버지보다 어머니의 사랑을 더 높이 칭송하고 있을까. 이 때문에 〈사모곡〉을 〈목주가〉와 같은 작품이 아닌가 하는 추정이 나오기도 했다. 목주에 살았다는 효녀의 이야기를 면밀히 살펴보면, 그렇게 추정할만한 단서를 찾을 수 있다. 딸의 입장에서 계모의 말만 믿고 자신을 쫓아낸 아버지의 행동은 이해하기 어렵다. 이런 점에서 두 노래 사이에는 어느 정도 연관성이 있다고 볼만하다.

『시용향악보』에 실린 〈사모곡〉

따라서 〈사모곡〉은 부정(父情)과 모정(母情)의 엇갈린 관계를 보여주는 흥미로운 작품이라고 생각한다. 아버지와 어머니는 모두 나를 존재하게 한 근원이다. 두 분 중 어느 한 분이 없다면 내가 존재할 수 없다. 언급할 필요조차 없이 너무나 당연한 사실이다.

그렇지만 심리적, 정서적으로 느끼는 부정과 모정에는 차이가 있다. 부정은 마음속 깊은 곳에 들어있다면 모정은 겉으로 드러난다. 아버지와 달리 어머니는 말과 몸과 행동으로 사랑을 직접 표현한다. 자식은 어머니의 자궁 속에서 포태되고 그 품에 안겨 젖을 빤다. 어머니가 지어주신 옷을 입고, 어머니가 만들어주신 음식을 먹으며 자란다. 그러하기 때문인지 어머니는 늘 그립고, 안타깝고, 마음 짠한 존재로 남아있다. 이처럼 〈사모곡〉에는 모정에 대한 원초적 그리움이 내포되어 있다.

가난한 효심을 담은 방아타령 : 고려가요 〈상저가〉

『시용향악보』에는 지극한 효성을 노래한 또 한 편의 고려가요가 실려 있다. 〈상저가(相杵歌)〉, 즉 '방아 찧는 노래'가 그것이다.

> 듥긔동 방해나 디허* 히얘
> 게우즌* 바비나 지서 히얘
> 아바님 어머님씌 받줍고 히야해
> 남거시든 내 머고리 히야해 히야해

*디허: 찧어　　*게우즌: 거친 혹은 까실까실한

덜커덩 덜커덩 방아를 찧어 거친 밥이나마 지어서, 그 밥을 부모님께 먼저 드리겠다고 했다. 또한 혹시 부모님께서 밥을 남기시면 그것을 먹겠다는 것이다. 특별한 시적 장치가 사용된 것도 아니고, 거창한 윤리적 덕목을 내세운 것도 아니다. 그런데도 이 노래가 주는 울림은 크다. 힘든 노동을 감수하면서도, 그리고 자신의 배를 곯아 가면서도, 부모님 봉양을 소홀히 할 수 없다는 효심 때문이다.

방아타령 하면 백결(百結) 선생을 빼놓고 넘어갈 수 없다. 신라 자비왕 시절이었다. 백결은 경주 낭산 기슭에 살았는데 몹시도 가난했다. 어찌나 가난했던지 헤어진 누더기를 '백 번이나 기워' 입을 정도였다. 그래서 사람들이 그를 '백결선생'이라고 불렀다고 한다.

때마침 세밑이 되어 집집이 떡방아 소리가 울려 퍼졌다. 그 소리를 듣고 부인이 "우리는 무엇으로 새해를 맞이하지요?"라고 물었다. 백결은 거문고로 방아 찧는 소리를 흉내 내어 부인을 위로했다. 그 노래가 바로 〈대악(碓樂)〉이라 부르는 방아타령이라는 것이다. 오로지 거문고만을 사랑했던 음악가, 청빈을 부끄러워하지 않았던 예술가의 초상이라 하지 않을 수 없다.

우연이겠지만 〈상저가〉와 〈대악〉은 지독한 가난을 배경으로 한다. 앞의 것은 가난한 효심의 노래라면, 뒤의 것은 가난한 예술혼의 노래이다. 가난을 매개로 하여 두 노래는 묘한 연관성을 느끼게 한다. 둘 다 일상을 넘어서서 이상의 세계를 지향한다는 점에서 더욱 그렇다. 이런 점에서 〈상저가〉가 전해주는 매력은 한층 더 짜릿한 맛이 있다. 거친 밥이라도 부모님께 먼저 올리겠다는, 혹시 조금 남겨주시면 먹겠다는 가난한 효심의 노래! 이것이 바로 〈상저가〉의 본질이다.

한 걸음 더 나아간다면, 〈상저가〉는 우리들에게 '나라면 이렇게 할 수 있을까?' 하는 숙연한 반성을 요구하는 노래이기도 하다. 대다수 사람들은 '나는 그렇게 하지 못했구나!' 하는 엄중한 후회와 대면할지 모른다. 지금 당장은 아닐지라도 누구나, 한 번쯤, 언젠가는 그런 쓰라린 회한과 불편하게 마주 앉게 되리라고 본다.

어머니, 제발 늙지 마세요! : 고려가요 〈오관산〉

하루하루 늙어 가시는 어머니의 모습을 보면서 그 안타까움을 읊은 가요가 있다. 고려시대 문충(文忠 ?~?)이 지었다는 〈오관산(五冠山)〉이라는 작품이다. 문충이 언제 태어나 언제 죽었는지는 알려지지 않았다. 그 정도로 그의 가문은 한미하고 벼슬은 낮았던 인물이다.

그렇지만 그는 어머니에 대한 효성이 남다르게 지극했다. 어머니를 봉양하기 위해서 매일 30리나 되는 길을 걸어서 출퇴근했다. 그러면서 어머니가 늙어 가시는 모습을 한탄하여 이 노래를 지었다고 전해진다. 원래의 노랫말은 전해지지 않지만, 그 대신 이제현(李齊賢)이 한시로 옮겨놓은 작

개성 옛지도 : 문충은 30리를 걸어 왕궁을 오갔다고 한다.

품이 『고려사』에 남아있다.

나무토막으로 조그마한 당닭 만들어	木頭雕作小唐鷄
젓가락으로 집어다가 벽에 앉히고	筋子拈來壁上栖
이 닭이 꼬끼오하고 때를 알리면	此鳥膠膠報時節
어머님 얼굴 비로소 지는 해 같으시라	慈顔始似日平西

　나무로 조각한 닭이 '꼬끼오' 하고 울면 그때서야 어머니가 늙으셨으면 좋겠다는 것이다. 무생물인 조각물이 소리를 낸다는 것은 불가능하다. 하지만 안타까워하는 자식의 마음은 충분히 엿볼 수 있다. 극진한 효심은 잘 드러냈으나 과장된 표현으로 인해 문학성이 떨어진다는 평가도 존재한다.

　그러나 고려가요에는 이렇게 과장된 비유법을 사용한 작품이 여럿 발견된다. 예를 들어 〈정석가(鄭石歌)〉 2~3연은 "삭삭기 세몰애 별헤 나는 /

삭삭기 세몰애 별헤 나는 / 구은밤 닷되를 심고이다 / 그바미 우미도다 삭
나거시아 / 그바미 우미도다 삭나거시아 / 유덕(有德)ᄒ신 님믈 여히ᄋ와
지이다"라고 되어 있다. 그 내용을 한마디로 줄여서 말한다면, 구운밤을
심어 싹이 나면 임과 이별하겠다는 것이다. 불가능한 조건을 내세워 임과
의 영원한 사랑을 노래했다. 내용적으로 보아 세련된 맛은 부족한 편이다.
그러나 이 노래가 음주가무가 흐드러진 궁중연회에서 불렸다면 그 효과는
상당했을 것으로 짐작한다.

이와 같이 〈오관산〉은 〈정석가〉와 유사한 내용과 표현을 지니고 있음
을 알 수 있다. 이를 보면, 고려시대에는 불가능한 상황을 설정하고 그것
의 극복을 통해 자신의 소망을 이루어내겠다는 강조법을 사용한 노래가
많이 불렸던 것으로 보인다. 백성들이 부르던 이러한 종류의 민요를 모방
하여 문충은 〈오관산〉을 지었으며, 궁중에서는 〈정석가〉를 편곡하여 불
렀을 가능성이 있다. 이런 연유로 고려가요를 '속요(俗謠)'라고 칭하기도
한다.

어찌 되었든 〈오관산〉은 '어머니 제발 늙지 마세요!'라는 효성의 메시지
를 담은 노래라는 점에서 의미가 있다. 하루하루 빠르게 늙어 가시는 부모
를 바라보는 자식의 안쓰러운 마음을 잘 보여주는 작품이라 하겠다. 그 마
음이야말로 문충의 마음이자 이 세상 모든 자식들의 공통된 마음이라 할
것이다.

이념화된 부모 봉양의 도리 : 경기체가 〈오륜가〉 제2장

한편 경기체가 중에도 부모자식 간의 관계를 노래한 〈오륜가〉라는 시
가가 있다. 조선초기 세종 때 지은 것으로 추정되는 〈오륜가〉는 전체 6장
으로 이루어져 있으며, 그중 제2장이 부모자식 간의 천륜을 다루고 있다.

父爲天 母爲地 生我劬勞
부위텬 모위디 싱아구로

養以乳 敎以義 欲報鴻恩
양이유 교이의 욕보홍은

泣竹笋生 扣氷魚躍 至誠感神
읍듀순싱 고빙어약 지셩감신

위 養老ㅅ景 긔 엇더ㅎ니잇고
　양로　경

曾參閔子 兩先生의 曾參閔子 兩先生의
증삼민ᄌ 량선생　증삼민ᄌ 량선생

위 定省ㅅ景 긔 엇더ㅎ니잇고
　뎡셩　경

아버지는 하늘이요 어머니는 땅이
라 나를 낳아 수고로이 애쓰셨도다

젖 먹여 기르고 의로이 가르치신
넓고 큰 은혜 갚고자 하나이다

효자 눈물에 죽순 솟아나고 얼음
두드리자 물고기 튀어나오거니 신
령도 감동하셨도다

아! 부모님 봉양하는 그 모습이 어
떠합니까?

증삼 민자 두 선생의 증삼 민자 두
선생의

아! 아침저녁 부모님 보살피는 그
모습이 어떠합니까?

경기체가 〈오륜가〉

　나를 낳아 기르고 가르쳐 주신 부
모님의 큰 은혜를 갚아야 한다는 말
이다. 이를 강조하기 위해 효행으
로 이름난 고사를 일일이 열거한다.
'읍죽순생'과 '고빙어약'은 오나라의
유명한 효자였던 맹종(孟宗)의 고사
이다. 맹종의 어머니는 죽순을 즐겨
잡수셨는데, 한겨울이 되어 죽순을
구할 수 없었다. 그래서 맹종이 애통
히 눈물을 흘렸더니, 눈 속에서 갑자

기 죽순이 솟아났다는 것이다. 또한 물고기를 잡지 못해 얼음장을 두드리니 커다란 잉어가 저절로 튀어나왔다고 한다. 끝부분에 나오는 증삼과 민자는 모두 효행으로 유명한 공자의 제자들이다. 이들처럼 자식들이 부모님을 아침저녁으로 보살피는 것이 얼마나 보기 좋으냐고 강조한다.

결국 〈오륜가〉 제2장은 부모 봉양의 당위성을 설파한 교훈적 가요이다. 특히, 부위자강(父爲子綱) 또는 부자유친(父子有親)으로 일컬어지는 유교적 효성 이데올로기를 강조한 목적문학이자 이념문학이다. 따라서 경기체가 〈오륜가〉는 백성들이 유교적 효를 실천하도록 유도하여 이를 사회적 지배이념으로 확산시켜 정착시키는 데 목적을 둔 정치적 성향이 짙은 노래라고 하겠다.

시조에 나타난 부자 관계 : 〈오륜가〉 연시조의 창작 유행과 그 전통

경기체가에서 처음 등장했던 〈오륜가〉는 후대의 시조문학에도 영향을 미쳤다. 동일한 이름을 가진 연시조를 짓는 것이 하나의 유행처럼 자리 잡았다. 주세붕(周世鵬 1459~1554)의 〈오륜가〉, 정철(鄭澈 1536~1593)의 〈훈민가〉, 박인로(朴仁老 1561~1642)의 〈오륜가〉, 김상용(金尙容 1561~1637)의 〈오륜가〉 등이 바로 그런 작품들이다.

아버님 날 나흐시고 어마님 날 기르시니
부모옷 아니시면 내 몸이 업실낫다
이 덕을 갑흐려 흐니 하늘 ㄱ이 업스샷다 (주세붕, 오륜가 제2수)

주세붕이 지은 〈오륜가〉의 제2수를 옮긴 것이다. 명종 2년(1551) 주세붕은 해주에 수양서원(首陽書院)을 지었다. 그 후 백성들에게 오륜의 규범을 널리 펴려는 의도로 〈오륜가〉라는 연시조를 지었다. '부자유친'을 다룬 제2수의 주제는 명확하다. 즉, 하늘 같은 부모님의 은덕을 갚아야 한다는 것이다.

교화의 목적을 가진 교훈시조이지만, 한자가 아닌 순우리말을 사용했다는 점은 높이 살만하다. 또한 일반 백성들로서는 알기 어려운 중국의 고사나 어려운 어휘를 사용하지 않은 점도 눈에 띈다. 스승이 제자에게 또는 아버지가 아들에게 말씀하는 것처럼 일상적인 표현을 썼다고 할 수 있다.

이런 양상은 정철의 〈훈민가〉에서 더욱 특색 있게 나타난다.

(1) 아바님 날 나흐시고 어마님 날 기르시니
두분 곳 아니시면 이몸이 사라실가
하늘 ᄀᆞ튼 ᄀᆞ업슨 은덕을 어디 다혀 갑ᄉᆞ오리 (훈민가 제1수)

(2) 어버이 사라신제 섬길일란 다ᄒᆞ여라
디나간 후면 애듧다 엇디ᄒᆞ리
평싱애 곳텨 못홀 일이 잇ᄲᅮᆫ인가 ᄒᆞ노라 (훈민가 제4수)

총 16수로 이루어진 〈훈민가〉 중에서 부모자식 간의 관계를 다룬 두 수를 뽑은 것이다. (1)은 제1수인데 앞에서 다룬 〈오륜가〉와 거의 흡사하다. 내용은 유교의 경전을 그대로 옮긴 듯하고, 주제는 당위적이고 딱딱하다. 표현 역시 상투적이고 관습적이어서 새로운 맛은 적은 편이다. 아마도 기존의 〈오륜가〉를 본받았기 때문으로 짐작된다.

그렇지만 (2)는 상당히 색다른 면모를 보여준다. 초장에서는 부모님 생시에 섬김을 다하라고 당부한다. 전달하고자 하는 주제를 명확하게 제시한 셈이다. 중장과 종장에서는 양친 사후에 일어날 법한 일들을 상상하게 만든다. 부모님의 죽음! 백성들에게 부모 상실의 상황을 상상하게 함으로

써 애절한 후회를 추체험하게 만든다. 그런 후에 시간의 불가역성(不可逆性)을 강조하여 살아계실 때 효를 다하라고 다시 한 번 요구한다.

이처럼 (2)는 교훈을 딱딱하게 설파하는 데 머무르지 않는다. 부모 상실의 슬픔을 미리 상상해보는 방식으로 사람들의 마음을 파고든다. 이것이 정철의 매력을 돋보이게 하는 '신의 한 수'가 아닌가 한다.

노계 박인로도 총 25수로 이루어진 장편의 〈오륜가〉 연시조를 지었다. 그렇지만 노계의 〈오륜가〉는 중국 고사와 난해한 한자 어휘가 그대로 노출되어 있다. 이 때문에 웬만한 식자층이 아니라면 다소 이해하기 어렵다고 평가된다. 그에 반해 〈조홍시가(早紅枾歌)〉는 돌아가신 부모에 대한 은근한 효심이 잘 그려져 있어 널리 사랑받고 있다. 〈조홍시가〉는 '일찍 익은 홍시의 노래'라는 뜻이다.

반중(盤中) 조홍(早紅)감이 고아도 보이ᄂ다
유자(柚子) 아니라도 품엄 즉 ᄒ다마ᄂ
품어가 반기 리 업슬시 글노 셜워 ᄒᄂ이다 (조홍시가 제1수)

'육적이 귤을 품다'라는 육적회귤(陸績懷橘) 이야기를 바탕으로 하여 지어진 작품이다. 육적은 삼국시대 오나라 사람이다. 그가 6살 때 원술(袁術)을 만났는데, 마침 귤을 먹으라고 내주었다. 육적은 원술이 자리를 비우자 귤 몇 알을 품속에 감추었다. 그런데 작별의 절을 올리다가 품속에서 귤이 떨어졌다. 원술이 그 연유를 물으니 "귤을 가져다가 어머니께 드리려 했다"는 것이다. 그로부터 육적의 회귤 고사는 지극한 효성의 표본으로 널리 알려졌다.

선조 34년(1601) 초가을, 도체찰사 이덕형이 박인로에게 홍시를 선물로 보냈다고 한다. 상 위에 가득 차려진 홍시를 보면서 노계는 육적을 떠올

청나라 때의 육적회귤 고사(좌), 조홍시가가 새겨진 노계시비(우)

렸다. 하지만 노계의 모친은 이미 세상을 떠나셨다. 홍시는 귤과 달리 말랑말랑하다. 조금만 눌러도 푹 터진다. 그런 홍시일지라도 가져다드리고 싶지만, 노계는 그렇게 할 수 없다. 돌아가신 어머니에 대한 그리움이 가슴을 파고드는 절창이다.

음식이나 기호품은 그리운 사람을 상기시키는 특별한 힘을 가지고 있다. 특히 고인이 좋아하던 음식은 더욱 그렇다. 노계에게 있어서 홍시는 어머니를 떠올리는 매개물이다. 우리도 마찬가지이다. 이를 보면 박인로의 마음이나 우리 마음이 그다지 다르지 않다. 그러므로 〈조홍시가〉는 돌아가신 부모님에 대한 잔잔한 그리움이 사무치게 느껴지는 작품이다.

시집간 딸의 한 맺힌 효심의 노래 : 조선후기 가사 〈사친가〉

한편, 가사문학 중에는 〈사친가(思親歌)〉라는 일군의 노래가 전해진다. 〈사친가〉는 '부모님을 그리워하는 노래'라는 뜻이며, 시적화자는 시집간 딸이다.

가마 안에 들어앉아 옛일을 생각하니

구곡간장 그지없네 우리 어머니 날 키울 제

밤이면 한 베개요 낮이면 한자리에

수족같이 여기시고 주옥같이 사랑하여

잠시라도 안 잊더니 백리타향 머나먼 길에

날 보내고 어이할꼬 …(중간 생략)…

우리 어머니 거동보소 가마 문을 들이닫고

앉을 자리 편케 하고 요강도 만져보며

머리맡에 함도 만져보며 구곡간장 녹는 듯이

말할 수가 없건마는 경계하여 이른 말씀

울지 말고 잘 가거라 네야 무슨 한이 있나

장성한 딸이 시집가는 장면을 노래한 부분이다. 가마 안에 들어앉은 딸은 식구들과 눈물로 이별한다. 그러면서 어머니와의 추억들을 회고한다. 낮에는 수족처럼 늘 함께했던 어머니! 밤에는 한 베개를 베고 품어주시던 어머니! 어머니는 잠시도 딸을 떼어놓지 않으셨다. 그런 어머니가 어찌 견디실까 하고 딸은 어머니를 걱정한다.

그와 반대로 딸과 생이별하는 어머니의 마음은 어떠했을까. 애간장은 이미 다 녹아버렸으리라. 그렇지만 어머니는 "울지 말고 잘 가거라!" 하며 딸을 달랜다. 그저 딸이 가마 안에서 불편하지 않도록 방석과 요강을 챙기실 뿐이다. 때로는 말보다 침묵이 더 강하다. 어머니의 말 없는 손길은 눈물보다 더 슬프다.

그렇지만 중세시대 여성들의 시집살이는 만만치 않았다. 출가외인이라 하여 친정에서는 자식 취급조차 하지 않기 일쑤였다. 시댁에서는 집안 살림은 물론 농사일까지 감당해야 했다. 시부모와 시누이의 구박은 말로 다 할 수 없을 정도로 심했다. 사정이 이렇다 보니 시집간 딸은 친정 나들이

조차 쉽지 않았다. 심지어 딸은 부모님의 임종을 지키기도 어려웠다.

딸들에게 있어서 고달픈 시집살이는 피할 수 없는 숙명이었다. 그래서 출가한 딸들은 돌아가신 친정부모에 대한 그리움 또는 생전에 효를 다하지 못한 한 맺힌 슬픔을 〈사친가〉를 통해 풀어냈다.

> 정월이라 십오일에 완월(玩月)하는 소년들아
> 흥풍도 보려니와 부모봉양 생각세라
> 신체발부 사대절은 부모님께 타났으니
> 태산같이 높은 덕과 하해같은 깊은정을
> 어이하여 잊으리오 천세만세 믿었더니
> 봉래방장 영주산에 불로초와 불사약을
> 인력으로 얻을손가 슬프다 우리인생
> 수욕정이 풍부지(樹欲靜而風不止)하고
> 자욕양이 친부재(子欲養而親不在)라
> 공산낙목 일배토(空山落木一杯土)에
> 영결종천(永訣終天) 되겠구나

월령체로 지어진 또 다른 형태의 〈사친가〉 중에서 정월 부분을 옮긴 것이다. 대보름 풍속에 빗대어 놀이에만 빠지지 말고 부모봉양을 잊지 말라고 당부한다. '나무는 고요하고자 하나 바람은 그치지 않고(樹欲靜而風不止), 자식은 봉양하고자 하나 부모님은 기다리시지 않는다(子欲養而親不待)' 하는 말은 효도에도 때가 있음을 일깨우는 말이다. 살아계실 때 부모님을 잘 모시라는 충고성 경구(警句)이다.

딸도 엄연한 자식이지만 친정부모를 모시고 살 수 없는 운명을 타고났다. 시집간다는 말은 부모형제와 생이별해야 한다는 말과 같은 말이다. 자주 찾아뵐 수도 없었고, 그렇게 해서도 안 되었다. 경우에 따라서는 가급적 친정을 멀리하는 것이 부덕(婦德)의 하나로 간주되기도 했다. 그것이 근대 이전 시대의 풍습이자 여성들에게 주어진 한 맺힌 숙명이었다.

오줌똥 주무르며 더러운 줄 몰랐다네! : 민요 〈연모요〉의 세계

여성들이 부르는 민요 중에는 〈연모요(戀母謠)〉라는 노래가 있다. '어머니를 그리워하는 노래'라는 뜻이다. 조금 길이가 길지만, 대표적인 〈연모요〉 하나를 들어 그 세계를 들여다보기로 한다.

우리엄마 나를낳어 애명글명 기를적에
일천뼈꼴 다녹았고 오만간장 다썩었네

오줌똥을 주물르며 더러운줄 몰랐다네
진자리와 마른자리 가려가며 뉘였다네

쥐면꺼져 불면날가 곱게곱게 길렀다네
무릎우에 젖먹일 때 머리만져 주었다네

엄마하고 쳐다보면 아나하고 얼렀다네
씽긋빵긋 웃을적에 왼집안이 꽃이란다

요새깽이 요새깽이 요강아지 요강아지
볼기짝을 톡톡치며 물고빨고 하얏다네

우리엄마 날버리고 어디가서 올줄몰라
일락서산 아니오고 월출동령 또않오네

장성(장승)같이 혼자서서 엄마오기 기다린다
야속할사 저성처사(저승차사) 우리엄마 잡아갔네

우리엄마 귀한얼골 어느때나 다시볼고
우리엄마 어여뿐빰 어느때나 만져볼고

우리엄마 보드란손 어느때나 다시쥘고
우리엄마 귀한목성 어느때나 들어볼고

설은지고 이내창자 굽이굽이 끊어지네
나는싫어 나는싫어 엄마하고 같이죽어
요자리에 죽거들랑 엄마곁에 묻어주소

경상북도 군위지방에서 채록된 것으로, 민요 연구의 선구자이신 고정옥 선생의 『조선민요연구』에 실린 작품이다. 노래는 크게 두 부분으로 이루어져 있다. 앞부분(1~5연)에서는 성장기의 추억을, 뒷부분(6~10연)에서는 돌아가신 친정엄마에 대한 딸의 소회를 자근자근 풀어낸다.

성장기의 추억은 매우 구체적이고 사실적으로 표현되어 있다. 오줌똥을 주무르며 더럽게 여기지 않았으며, 진자리 마른자리를 가려가며 눕혔다고 했다. 품에 안고 젖을 먹일 때는 머리를 쓰다듬어 주셨으며, '엄마' 하고 부르면 '아가' 하며 얼러 주셨다. 얼마나 예뻐했으면 '요강아지' 하면서 물고 빨고 했다는 것이다. 이런 모습은 여느 집에서나 있었을 법한 장면들이다.

그러나 그것은 과거에 대한 회상일 뿐이다. 지금 당장의 현실은 뒷부분에 그려져 있다. 성장한 딸은 이미 출가외인이 된 지 오래다. 시부모 봉양에 매달리느라고 친정과는 거리를 두고 살았을 것이다. 그 사이 '엄마'는 저승길을 떠났다. 이제는 엄마 얼굴을 볼 수도 없고 만져볼 수도 없다. 엄마의 보드라운 손을 잡아볼 수도 없으며 목소리도 들을 수 없다. 딸은 죽은 엄마를 그리워하며 엄마 곁에 묻어달라고 절규한다. 이와 같이 〈연모요〉에는 과거에 대한 그리움과 현재에 대한 절규가, 갓 채를 썰어 무친 무생채 나물처럼, 성성하게 버무려져 있다. 그 맛은 달콤하면서도 새콤하다.

얼핏 보면, 〈연모요〉는 앞서 다룬 〈사친가〉와 유사한 것으로 볼 수도 있다. 둘 다 시적화자는 출가한 딸이고, 어린 시절을 회상하면서 돌아가신 부모님을 그리워하는 것도 비슷하다. 그렇지만 〈연모요〉와 〈사친가〉는 분명하게 다른 측면이 있다. 〈사친가〉는 사람들에게 부모봉양을 권유하는 교훈적 성격이 뚜렷하다. 이와 달리 〈연모요〉에는 교훈성이 거의 나타나지 않는다. 어휘와 표현도 상당히 다르다. 〈사친가〉는 사실을 나열하거나 한문투가 많이 사용되어 있으나, 〈연모요〉는 일상적이고 구어적 표현이 주류를 이룬다. 그 차이는 바로 '어머니'와 '엄마'의 차이가 아닐까.

"그래 내가 미워했었다!" vs. "그래 내가 사랑했었다!"

인기가수 인순이 씨는 2009년 5월 8일 어버이날에 17번째 앨범을 발표했다. 이 앨범 속에 〈아버지〉라는 노래도 포함되어 있는데, 이 노래는 곡절 많았던 그녀의 인생을 되돌아보게 하는 가슴 저리게 아픈 노래이다.

노래 앞부분에는 "서로 사랑을 하고 서로 미워도 하고 / 누구보다 아껴주던 그대가 보고 싶다 / 가까이에 있어도 다가서지 못했던 / 그래 내가 미워했었다"라는 구절이 들어있다. 여기서 '그대'는 아마도 아버지일 게다. 그녀의 아버지는 아프리카계 주한미군이었다. 어렸을 때 자신을 버리고 귀국한 아버지! 기억조차 흐릿한 아버지! 그런 아버지 때문에 인순이 씨는 어린 시절 내내 혼혈에 대한 차별과 극심한 가난을 겪어야 했다. 이 때문에 그녀는 아버지를 '미워했었다!'라고 고백한다.

그러나 정말 그녀가 아버지를 미워했던 것은 아니다. 그녀의 가슴 깊숙한 곳에는 아버지에 대한 사랑과 그리움이 가득 고여 있었다. 자식을 책임지지 않았던 아버지였건만, 딸은 아버지를 버릴 수 없었다. 그래서 노래는 '아버지를 사랑했었다!' 하는 고백으로 끝난다.

> 서로 사랑을 하고 서로 미워도 하고
> 누구보다 아껴주던 그대가 보고 싶다
> 가슴속 깊은 곳에 담아두기만 했던
> 그래 내가 사랑했었다
> 긴 시간이 지나도 말하지 못했었던
> 그래 내가 사랑했었다

〈아버지〉를 발표했을 때 인순이 씨는 53살이었다. 그때는 누구 못지않게 유명한 가수의 반열에 오른 후였다. 나이도 어느덧 중년에 접어들었다. 그 나이쯤 되면, 감추고 싶은 과거의 상처와도 덤덤하게 대면하게 된다. 인순이 씨도 그랬던 것 같다. 꽁꽁 봉인해두었던 내면의 상처도 어느 정도 아물어서 새살이 돋았을 것이다. 어릴 적 상처를 치유하고 그 아픔을 삭이는 데에 53년이란 세월이 필요했던 셈이다.

이런 경험은 비단 가수 인순이 혼자만의 경험은 아니라고 짐작한다. 대부분의 자식들이 겪는 일이다. 다만 상처의 부위와 깊이가 각자 조금씩 다를 뿐이다. 이처럼 부모와 자식 간의 사랑은 영원성과 불변성을 띤다. 그것은 인간의 힘으로 끊을 수 없는 근원적 사랑이자 천륜이다.

자! 이제 우리가 고백해야 할 차례다. 혹시 마음 한구석에 부모님에 대한 원망이 깃들어 있지는 않은가? 진심으로 부모님을 사랑하고 감사하고 있는가? 나아가 그 사랑과 감사를 생각과 말과 행동으로 옮기고 있는가?

형제우애 그리고 벗과의 진정한 사귐

사람은 관계 속에서 존재한다. 관계 속에서 숨 쉬고 대화하며 살아 간다. 관계는 시간과 공간을 바탕으로 그물처럼 엮여 있다. 그러한 관계망 속에 다양한 사람들이 나와 연결되어 소통한다. 어떤 때는 수직적으로 이어지고, 어떤 때는 수평적으로 교섭한다. 치솟은 산맥처럼 두드러진 관계도 있지만, 지하수처럼 전혀 그 형체가 나타나지 않는 관계도 존재한다. 관계는 나를 지탱해주는 혈관이며, 나의 사회적 위치를 규정짓는 위도와 경도이다. 관계와 관계가 이중삼중 중첩된 것이 우리네 삶이다.

형제나 친구도 인간의 삶 속에서 빼놓을 수 없는 중요한 '관계' 중의 하나다. 형제나 친구는 나이가 비슷하다. 동년배이자 또래다. 함께 어울려 뒹굴고, 웃고, 싸운다. 비밀 아닌 비밀을 공유하기도 하고 치기 어린 행동을 일삼기도 한다. 그래서 형제와 친구는 삶의 국면들을 보다 풍성하게 하고 맛깔스럽게 만든다.

우리 고전가요 중에는 형제간의 우애를 강조하거나, 벗과의 진정한 사귐을 읊은 작품들이 제법 많다. 특히, 붕우유신은 이른바 오륜(五倫) 중 하나에 포함되어 있다. 그렇다 보니 형제우애와 붕우유신을 주제로 하는 시가들은 다분히 도덕적이고 교훈적이다. 하지만 모두 그런 것은 아니다. 형제자매에 대한 진솔한 정서가 표출된 작품도 있고, 우리 마음을 흔들 정도로 진한 정서가 배어나는 작품도 있다. 또한 벗과의 진정한 사귐이란 어떤 것인가 하는 우도(友道)를 다룬 작품들도 전해진다.

예전에 비해 현대사회의 일상은 한층 더 복잡다단한 관계망 속에서 이루어진다. 주변인과의 관계망이 더 커지고 더 넓어졌지만, 나와 그들 사이에 형성되는 정서적 교감의 밀도는 종잇장처럼 얇아지고 있다. 이렇듯 현대사회의 건조한 인간관계를 조금이나마 촉촉하게 만들고 싶다면, 형제우애와 벗과의 진정한 사귐의 도리를 읊은 노래들을 한 번쯤 음미하는 것도 유의미한 일이 아닐까 한다.

죽은 형제자매에 대한 그리움, 그리고 남은 자의 시간 : 월명사의 〈제망매가〉와 박지원의 한시

우리시가의 역사에 있어서 형제 혹은 자매를 소재로 한 가장 오래된 작품은 월명사(月明師)가 지은 향가 〈제망매가(祭亡妹歌)〉가 아닌가 싶다. '죽은 누이를 추모하며 제사 지내는 노래'라는 뜻을 가진 10구체 향가이다.

生死 길흔	생사(生死) 길은
이에 이샤매 머믓그리고	예 있으매 머뭇거리고
나는 가ᄂ다 말ㅅ도	나는 간다는 말도
몬다 니르고 가ᄂ닛고	몯다 이르고 어찌 갑니까
어느 ᄀ살 이른 ᄇᄅ매	어느 가을 이른 바람에
이에 뎌에 ᄯ러딜 닙ᄀ	이에 저에 떨어질 잎처럼
ᄒᄃᆫ 가지라 나고	한 가지에 나고
가논 곧 모ᄃ론뎌	가는 곳 모르온저
아야 彌陀刹아 맛보올 나	아아, 미타찰에서 만날 나
道 닷가 기드리고다	도 닦아 기다리겠노라 (김완진 현대어역)

『삼국유사』에 의하면, 월명사는 평생을 사천왕사(四天王寺)에 머물렀으며 특히 피리를 잘 불었다고 한다. 일찍이 달밤에 피리를 불며 큰길을 지나갈 때 달이 멈추어 설 정도였다. 그래서 그가 살던 마을을 월명리라 불렀고, 그의 이름도 월명사라 했다. 이 정도 실력이라면 가히 동서고금을 망라한 피리 연주자의 최고봉이 아닐까. 우주의 운행을 '일시정지' 시킨 피리소리! 상상만 해도 신비롭고 짜릿하다.

경주 사천왕사 터에서
발견된 전돌

월명사는 죽은 누이동생을 위해 재를 올리면서 이 노래를 지어 불렀다. 그러자 문득 회오리바람이 일어나더니 제사상에 올려놓은 지전(紙錢 종이돈)을 날려 서쪽으로 사라졌다고 한다. 지전은 망자가 저승으로 가는데 필요한 노잣돈이다. 그 돈이 서쪽으로 사라졌음은 곧 누이동생의 영혼이 서방정토로 들어갔음을 의미한다.

노래에 담긴 내용은 두 가지이다. 하나는 삶의 허망함과 죽은 누이동생에 대한 그리움이다. 누이동생은 간다는 말도 남기지 못하고 이승을 떠났고, 살아있는 오빠는 그녀가 어디로 갔는지조차 알 수 없다. 인간은 그저 가을바람에 여기저기 떨어지는 낙엽과 같이 무상한 존재라는 것이다. 또 하나는 재회에 대한 기원이다. 절대자의 힘에 기대어 죽음이라는 한계를 넘었으면 하는 바람이다. 따라서 〈제망매가〉는 생사에 관한 근본적 사유와 함께 죽음에 대한 초극(超克)을 노래한 수작이라 할 수 있다.

한편, 18세기 후반 연암(燕巖) 박지원(朴趾源 1737~1805)은 〈연암에서 돌아가신 형님을 추억하며[燕巖憶先兄]〉라는 넉 줄짜리 한시 한 편을 남겼다.

형님의 얼굴과 수염은 누굴 닮았을까	我兄顔髮曾誰似
선친 생각나면 늘 형님을 쳐다보았네	每憶先君看我兄
이제 형님 그리우면 어디서 뵈야 하나	今日思兄何處見
의관 갖추고 나가 물에 비친 내 얼굴 바라보네	自將巾袂映溪行

돌아가신 형님을 그리워하는 마음이 잘 드러난 칠언절구이다. 시의 내용은 단순하다. 돌아가신 선친이 생각나면 형님 얼굴을 보면서 그리움을 풀었다는 것이다. 그런데 이젠 그 형님마저 돌아가셨으니 어쩌겠냐고 탄식한다. 그리고는 스스로 복색을 갖추어 입고 냇가에 나아가 물 위에 어른대는 자기 얼굴을 바라보면 된다고 둘러댄다. 선친에 대한 그리움 위에 선형에 대한 안타까움이 이중으로 겹쳐져 있지만, 박지원의 마음은 담담하기 짝이 없다.

이 작품이 우리 마음을 깊이 울리는 까닭은 바로 이러한 담담함 때문이다. 격정적인 울음소리도 없고 폭포처럼 쏟아지는 눈물도 없다. 독자들

연암 박지원 초상화

이 의아하게 여길 정도로 차분하고 꾸밈이 없다. 그래서 그런지 선형에 대한 그리움은 훨씬 더 깊고 간절하게 느껴진다.

박지원은 18세기 후반을 살다간 대표적인 실학자이다. 그의 형 박희원(朴喜源)은 정조 11년(1787)에 세상을 떠났다. 향년 58세였다. 그 시절 박지원은 권신의 핍박을 피해 개성 외곽에 있는 연암

협(燕巖峽)에서 은거하고 있었다. 연암에게는 힘들었던 시절이었다. 그런 상황 속에서 형님은 어떤 존재였을까. 아버지이기도 하고, 형이기도 하고, 친구이기도 했으리라.

월명사는 8세기 후반의 인물이고, 연암은 18세기 후반을 살았다. 두 사람 사이에는 천여 년에 달하는 장구한 세월의 강물이 놓여 있다. 하지만, 〈제망매가〉와 〈연암억선형〉 속에 담겨진 혈육 간의 정서는 크게 다르지 않다. 태어날 땐 순서가 있으나 떠날 땐 순서가 없다고 했던가. 오빠와 누이이든, 형과 아우이든, 떠나는 순서는 정해져 있지 않다. 그 이후는 살아남은 자의 시간이다. 그 시간은 그리움과 외로움에 휩싸여 있다. 남은 자는 그 질곡의 시간을 인내하면서, 초겨울 바람처럼 산산한 그 시간의 냉기를 삭여야 한다. 절대자의 품에 기대거나 혹은 자신의 얼굴을 직시하면서, 월명사와 연암은 각자의 방식으로 생과 사의 경계를 넘어서고 있다.

형제우애의 성리학적 도리 : 경기체가 〈오륜가〉 제5장과 〈연형제곡〉 제2장

경기체가는 고려후기에 나타나 조선중기까지 존재했던 장르인데, 이들 작품 중에도 형제우애를 주제로 한 작품이 남아있다.

兄及弟 式相好 無相猶矣
형급뎨 식샹호 무샹유의

형과 아우는 서로서로 좋아하여 의심이 없도다

鬩于墻 外禦侮 死生相救
격우쟝 외어모 ᄉ싱샹구

집안에선 다투어도 밖에선 모욕 막아주고 생사 간에 서로 구해주도다

兄恭弟順 秩然有序 和樂且湛
형공뎨순 딜연유셔 화락챠담

형은 공손하고 아우 순종하니 질서 정연하여 화목하고 즐겁도다

위 讓義ㅅ景 긔 엇더ᄒ니잇고
　　양의　경

伯夷叔齊 兩聖人의 伯夷叔齊 兩聖人의
빅이슉뎨 량셩인　빅이슉뎨 량셩인

위 相讓ㅅ景 긔 엇더ᄒ니잇고
　　상양　경

아! 의좋게 서로 양보하는 모습이
과연 어떠합니까?

백이 숙제 두 성인의 백이 숙제 두
성인의

아! 서로 양보하는 모습이 과연 어
떠합니까?

　경기체가 〈오륜가〉는 총 6수로 되어 있는데 각각 총론, 부자유친, 군
신유의, 부부유별, 형제우애, 붕우유신의 주제를 담고 있다. 이른바 삼강
오륜을 다룬 교술적 노래다. 제5수의 주제는 '형공제순(兄恭弟順)'이다. 즉
형과 아우는 서로 공손하고 순종해야 한다는 것이다. 그런데 정작 형제우
애는 오륜의 다섯 가지 덕목에 직접 언급된 바는 없다. 따라서 제5수는 형
공제순을 장유유서(長幼有序)의 한 부분으로 인식한 것으로 보인다.

　여기서 한 번 더 살펴볼 부분은 형공제순의 실천적 면모이다. 즉 형과
아우는 서로 사랑해야 하고, 의심하지 말고 믿어야 한다. 또한 집 밖에선
서로 보호해 주어야 하고, 생사 간에 서로 구해주어야 하며, 양보하고 의
리를 지켜야 한다는 것이다. 이보다 더 명료한 지침이 있을까 할 정도로,
지켜야 할 행동이 구체적으로 제시되어 있다.

　한편, 〈연형제곡(宴兄弟曲)〉이란 경기체가도 형제간의 도리를 구체적인
사례를 들어 다루고 있어 주목된다.

就外傅 學幼儀 曉解事理
취외부 혹유의 효히ㅅ리

或書字 或對句 互相則效
혹셔ᄌ 혹ᄃ구 호샹즉효

스승에게 나아가 어려서부터 예절
을 배우고 사리를 깨달았도다

혹은 글자로 혹은 대구로 서로서로
본받아 배우도다

我日斯邁 而月斯征 朝益暮習
아일ㅅ매 이월ㅅ경 됴익모습

날마다 나아가고 달마다 매진하매, 아침에 가르침 받아 저녁에 다시 익히도다

위 相勉ㅅ景 긔 엇더ᄒ니잇고
샹면 경

아! 형제가 서로 학문에 힘쓰는 광경이 과연 어떠합니까?

中養不中 才養不才 中養不中 才養不才
듕양불듕 지양불지 듕양불듕 지양불지

덕자는 부덕자를 길러주고 재자는 부재자를 기르도다 (재창)

위 進德ㅅ景 긔 엇더ᄒ니잇고
진덕 경

아! 덕을 닦아 나아가는 광경이 과연 어떠합니까?

〈연형제곡〉은 총 5장으로 이루어져 있다. 제1장은 형제간의 돈독한 우애, 제2장은 형제가 함께 배움에 힘씀, 제3장은 형제가 평생 천륜을 지킴, 제4장은 군신의 직분을 지킴, 제5장은 태평성대를 이룸이라는 내용을 담고 있다. 이러한 내용에 입각하건대, 〈연형제곡〉은 양녕(讓寧)과 충녕(忠寧) 두 대군의 형제애를 소재로 작품으로 알려져 있다.

결국 〈연형제곡〉은 평생에 걸쳐 형제애를 실천한 모범적 사례를 시가로 만든 작품이라 할 수 있다. 특히, 중용의 덕을 지닌 사람이 그렇지 못한 사람을 길러주고, 재능 있는 사람이 그렇지 못한 사람을 길러주었다는 구절은 의미심장하다. 조선왕조는 건국 직후 피비린내 진동하는 왕자의 난을 겪었다. 그런 뼈저린 역사적 배경 속에서 양녕은 세자 자리에서 폐위되었고, 충녕은 형님의 자리를 이어받아 성군의 반열에 올랐다. 조선왕조의 앞날을 먼저 걱정했던 태종의 냉혹한 처결이었다. 그러나 일순간에 운명이 엇갈렸던 양녕과 충녕이지만, 그들 사이의 우애는 변치 않았다고 전해진다. 그러므로 〈연형제곡〉은 아프디아픈 정치적 사건을 유교적 덕목으로 승화시켜 풀어낸 보기 드문 노래다.

이념화된 형제우애의 덕목 : 연시조 〈오륜가〉에 그려진 띠앗

조선왕조가 점차 안정되어가자 시조에서도 오륜을 노래한 작품들이 출현하기 시작했다. 그 시발점은 주세붕(周世鵬 1495~1554)이 지은 〈오륜가〉이며, 그의 뒤를 따라 연시조 형태의 〈오륜가〉가 줄지어 지어졌다. 따라서 〈오륜가〉는 조선중기에 나타난 하나의 시가적 전통이라 할 만하다.

형님 자신 져즐 내조쳐 머궁이다
어와 뎌 아ᅀᅡ야 어마님 너 ᄉ랑이아
형제옷 불화ᄒ면 개 도티라 ᄒ리라 (주세붕, 오륜가 제5수)

총 6수로 구성된 〈오륜가〉 중에서 형제우애를 다룬 제5수를 옮긴 것이다. 주세붕이 황해도관찰사로 재임할 때 백성들을 교화시키기 위해 지은 작품으로 알려져 있다. 따라서 백성들이 이해하기 쉬운 한글 표현을 주로 사용하여 지어졌다. 이 때문에 아름다운 우리말로 된 연시조가 지어졌으며, 당시 사람들은 일상 속에서 틈틈이 읊조리면서 실천했으리라. 참으로 다행스러운 일이 아닐 수 없다.

제5수의 주제는 형제간의 화목이다. 그러나 경기체가 〈오륜가〉처럼 거창하지 않다. 매우 인간적이고 정서적이다. 초장에서는 형제란 어머니의 젖을 함께 먹고 자라난 '한 몸' 같은 존재임을 천명한다. 중장에선 어머니는 형 못지않게 아우를 내리사랑 하셨다고 했다. 종장은 형제가 불화하면 개, 돼지와 같다고 못을 박는다. 논리가 아니라 정서로 파고든다. 이념이 아니라 인간성에 호소한다. 더 이상 무슨 설명이 필요하랴. 아주 짧은 노래이지만, 우리 가슴을 먹먹하게 만드는 따뜻한 시조이다.

형아 아으야 네 술흘 만져 보와

뉘손디* 타나관디 양ᄌ(樣子)*조차 ᄀ툿손다

ᄒ젖먹고 길러나이셔 닷ᄆ음*을 먹디 마라 (정철, 훈민가 제3수)

*뉘손디: 누구에게　*양ᄌ(樣子): 모습 혹은 외모　*닷ᄆ음: 딴 마음

정철(鄭澈 1536~1593)의 〈훈민가〉 중에서 제3수를 옮겨왔다. 초장과 중장에서 형과 아우는 한 젖을 먹고 자랐기 때문에 생김새도 같다고 했다. 종장에선 형제 사이에 미움이나 불신, 원망 같은 '딴 마음'을 먹지 말라고 타이른다. 서로 믿고 의지하고 도와주어야 한다는 당부의 말이다.

주세붕의 〈오륜가〉, 정철의 〈훈민가〉는 조선 중후기에 이르러 〈오륜가〉 계열의 연시조를 창작하는 바람을 일으켰다. 박선장(朴善長 1555~1617), 김상용(金尙容 1561~1637), 박인로(朴仁老 1561~1642)가 대표적이다.

(1) 몬져 나니 후에 나니 차서(次序)야 다룰지라도

압 뒤혜 돌녀셔 한 저ᄌ로 기러낫다

삼롬이 이 뜻을 모라면 금수(禽獸)마도 못ᄒ리 (박선장, 오륜가 제4수)

(2) 형제 두 몸이나 일기(一氣)로 ᄂ화시니

인간의 귀흔 거시 이 외예 또 잇ᄂ가

갑 주고 못 어들 거슨 이쑨인가 ᄒ노라 (김상용, 오륜가 제4수)

(3) 형제 내실 젹의 동기(同氣)로 삼겨시니

골육지친(骨肉之親)이 형제 ᄀ치 중흘넌가

일생에 우애지정(友愛之情)을 흔몸 ᄀ치 ᄒ리라

쟁재(爭財)*에 실성ㅎ야 동기불목(同氣不睦) 마라ᄉ라
전지(田地)와 노비ᄂ 갑슬 주면 살련이와
아모려 만금(萬金)인들 형제 살 디 잇ᄂ냐

우애를 우독(尤篤)*ㅎ야 백년을 ᄒ틱 살며
ᄒ 옷 ᄒ 밥을 논하 닙고 논하 먹고
백발애 아뮈줄* 모ᄅ도록 흠긔 늘쟈 ㅎ노라

동기(同氣)로 셋 몸 되야 ᄒ 몸 가치 지←다가
두 아은 어디 가셔 도라올 줄 모ᄅᄂ고
날마다 석양문(夕陽門外)에 한숨 계워 ㅎ노라

우애 깁흔 ᄄ지 표리(表裏) 업시 ᄒ뜻 되야
이중에 화형제(和兄弟)를 우린가 너겨ᄯ니
엇지타 백수척안(白首隻雁)*이 혼자 울 줄 알리오 (박인로, 오륜가 제16~20수)

*쟁재(爭財): 재물을 다툼   *우독(尤篤): 더욱 돈독히 함   *아뮈줄: 누구인 줄 모름
*백수척안(白首隻雁): 흰 머리의 외기러기 즉 늙어서 형제를 잃고 외롭게 지냄

(1)은 박선장의 〈오륜가〉이고 (2)는 김상용의 〈오륜가〉인데, 각각 5수로
이루어져 있다. 그에 비해 (3)은 박인로의 〈오륜가〉인데, 총 25수 중에서
형제우애를 읊은 것이 5수에 달한다. 세 사람의 〈오륜가〉에 나오는 공통
적인 생각은 형제란 같은 기운을 타고나서 한 젖을 먹고 자란 '한 몸' 같은
존재라는 것이다. 따라서 형제는 돈으로 살 수 없는 값진 존재이기 때문에
절대적으로 화목하게 지내야 한다는 당부를 담고 있다.

이를 보면, 조선중기에 이르러 〈오륜가〉는 하나의 전통으로 자리 잡게
되었다고 평가한다. 하지만 역설적으로 전통성이 강화되면서 〈오륜가〉의
시적 발랄함은 되레 약화된 것으로 보인다. 관습화된 표현과 이념화된 내

용이 반복적으로 재생산된 느낌이다. 너무 성하면 쇠한다는 만물의 이치
와도 상통하는 국면이 아닌가 한다.

형제를 넘어 가문으로! : 조선후기 가사 〈초당문답가〉

한편, 조선후기에 지어진 작자미상의 가사인 〈초당문답가(草堂問答歌)〉
에도 형제우애를 다룬 작품이 있다. 그런데 단순히 형제간의 화목을 넘어
서서 친척 간의 도리까지 확대되어 있어 우리의 눈길을 끈다.

> ᄉ랑읍다 우리형제 ᄒ 쎄 ᄒ 살 바다ᄂ서
> 두 몸이 되얏쓴들 형제일신 아니런가
> ᄒ 품의 졋 먹으며 ᄒ 그룻셰 밥을 먹어
> 의복도 갓치 입고 콩 ᄒ 쪽을 난흐면서
> 부모은공 갓치 입어 이 몸이 장성ᄒ여
> 친친(親親)ᄒ고 귀ᄒ미 어듸가 비홀가
> 다 각각 처자들 두어 세간을 난화 닐 졔
> 집안의 환과고독(鰥寡孤獨) 염려을 먼져 ᄒ며
> 손 박게 니지 말고 치산을 도아 쥬소
> 평시ᄂ 고로와도 환난을 당코 보소
> 외인(外人)은 재물이요 친척은 이목(耳目)이라
> 형제친척 불화ᄒ면 패망ᄒ기 목전일네
> 일가흉(一家凶)을 보아 니면 누어서 침밧기라
> 화목 주장ᄒ여 타인도 믜지 마소
> 향곡의셔 번족(繁族)ᄒ되 텃세도 부질업다

앞부분은 형제가 일신(一身)임을 언급한다. 형제는, 비록 두 몸으로 나
누어져 있지만, 같은 부모에게서 뼈와 살을 이어받았고, 젖은 물론 밥까지

「초당문답가」 표지

함께 먹고 자랐으며, 의복도 같이 물려 입은 존재라는 것이다. 뼛속부터 겉면까지 모든 것이 '한 몸'임을 강조한다. 이른바 콩 한 쪽까지 나눠 먹을 정도로, 비할 데 없이 친근한 관계라는 것이다.

뒷부분에서는 혼인 이후의 친척 간의 화목한 관계를 노래한다. 세간을 나누어 줄 땐 환과고독, 즉 홀아비나 과부 그리고 고아를 먼저 챙기라고 당부한다. 그들을 내치지 말고 먹고 살 수 있게 해주라는 말이다. 또한, 친척 간에는 재물보다 이목이 더 중요하다고 했다. 즉 친척 간에 불화하면 가문이 패망하고, 가문의 흉을 보는 것은 제 얼굴에 침 뱉기나 다름없다는 것이다. 친척 간의 화목이 가문 번성의 전제조건이라는 결론이다.

이처럼 〈초당문답가〉는 형제를 넘어서서 친척 혹은 가문의 범주까지 확장되어 있다. 형제가 장성하여 혼인하면 사촌, 오촌, 육촌의 친척이 형성된다는 점에서 이러한 범주 확장은 당연한 귀결이라 생각한다. 이로써 형제우애는 친척과 가문의 차원으로 높아지며, 비로소 개인적 덕목을 초월하여 사회적 덕목으로 승화되었다고 평가할 만하다.

유익한 벗도 셋! 해로운 벗도 셋! : 경기체가 〈오륜가〉 제6장

『맹자』에 따르면 오륜은 부자유친(父子有親), 군신유의(君臣有義), 부부유별(夫婦有別), 장유유서(長幼有序), 붕우유신(朋友有信)의 5가지를 말한다. 이를 보면 형제우애는 오륜에서 직접 언급된 항목은 아니다. 아마도 형제는 장유 혹은 붕우의 양쪽에 걸쳐있기 때문인 듯하다.

그러나 붕우유신의 덕목은 그렇지 않다. 오륜의 다섯 가지 덕목에 분명하게 포함되어 있어, 형제우애와는 다른 위상을 지닌 덕목임을 짐작할 수 있다. 사정이 이렇다 보니 붕우유신을 노래한 작품들도 제법 활발하게 전해진다. 먼저, 경기체가 〈오륜가〉의 제6장을 보기로 한다.

益友三 損友三 擇其善從
익우삼 손우삼 틱기션종

補其德 責其善 無忘故舊
보기덕 칙기션 무망고구

有酒湑我 無酒沽我 蹲蹲無我
유쥬서아 무쥬고아 준준무아

위 表誠ㅅ景 긔 엇더ᄒ니잇고
　　표성　경

룡平中의 善與人交 룡平中의 善與人交
안평듕　션여인교 안평듕　션여인교

위 久而敬之ㅅ景 긔 엇더ᄒ니잇고
　　구이경지　경

유익한 벗도 셋, 해로운 벗도 셋, 그 중에 선한 벗을 따라야 하는도다

모자란 덕 채우고 서로 선행을 권하며 옛 벗을 잊지 말아야 하는도다

술 있으면 술을 거르고 술 없으면 술을 사오며 휘적휘적 춤을 추도다

아! 남달리 정성스런 모습이 과연 어떠합니까?

안자(晏子)의 훌륭한 사귐이여 안자의 훌륭한 사귐이여

아! 오랜 벗을 공경하는 모습이 과연 어떠합니까?

1행에 언급된 '유익한 벗'과 '해로운 벗'은 『논어』에 나오는 공자의 말씀이다. 즉, 정직한 사람과 신실한 사람, 식견이 넓은 사람을 사귀면 이롭지만, 편벽하여 아첨하는 사람, 줏대 없이 굽실대는 사람, 실속 없이 말만 앞서는 사람을 사귀면 해롭다는 것이다. 2행에 나오는 '보덕'은 친구를 통해 나의 모자란 덕을 채우는 것이고, '책선'은 친구 간에 서로 선을 권장하는 것인데, 이들 모두 맹자의 말씀이다. 또한, 5~6행은 오래된 벗을 공경

진정한 사귐을 실천한 안자

했던 안자의 사귐을 공자가 칭찬한 말이다.

결국 제6장은 붕우유신에 관한 공자와 맹자의 말씀을 모아놓았다고 해도 과언은 아니라고 본다. 벗을 사귀는 올바른 도리, 즉 우도(友道)와 관련된 옛 성인의 말씀을 발췌하여 한 편의 노래로 만들었다고 할 수 있다. 경기체가를 향유했던 신진사대부의 입장에서 볼 때, 유교 경전에 실려 있는 '진정한 사귐의 도리'는 숭앙받아 마땅한 최고의 덕목이다. 이런 인식이 〈오륜가〉 제6장과 같은 경기체가를 만들어낸 근원적 힘이라고 하겠다.

시조문학에 나타난 붕우유신과 사귐의 자세

주세붕은 〈오륜가〉 연시조를 지으면서 형제우애는 포함했지만, 정작 오륜의 한 가지로 언급된 붕우유신은 제외했다. 왜 그랬는지 연유를 알 수는 없지만, 우리 선조들은 붕우유신을 주변적 덕목으로 받아들였을 가능성이 있다. 그러나 후대인들이 지은 〈오륜가〉에는 붕우유신을 주제로 한 작품들이 대부분 포함되어 있다.

⑴ 눔으로 삼긴 듕의 벗 굿티 유신(有信)ᄒ랴
　 내의 왼 이룰 다 닐오려 ᄒ노매라
　 이 모미 벗님 곳 아니면 사름 되미 쉬올가 (정철)

(2) 남으로 삼긴 거시 이디도록 친후(親厚)홀샤

    손 잡고 말흘 졔 억계만 두드리랴

    상전(桑田)이 바다물 되어도 신(信)을 닛디 마로리라 (김선장)

(3) 벗을 사괴오디 처음의 삼가ㅎ야

    날도곤 나으 니로 글히여 사괴여라

    종시(終始)히 신의를 딕희여 구이경지(久而敬之)* ㅎ여라 (김상용)

(4) 놈으로셔 친흔 사롬 벗이라 닐러시니

    유신(有信)곳 아니ㅎ면 사괼 줄이 이실소냐

    우리ᄂᆞᆫ 어진 벗 아라셔 책선(責善)*을 바다보리라 (이간)

    *구이경지(久而敬之): 오래도록 친구를 공경함 *책선(責善): 선을 행하도록 꾸짖는 일

(1)은 정철의 〈훈민가〉 제10수이고, (2)는 김선장의 〈오륜가〉 제5수이며, (3)은 김상용의 〈오륜가〉 제5수를 옮긴 것이다. (4)는 선조의 손자인 낭원군 이간(李侃)이 지은 시조이다.

작품을 지은 사람과 시대가 상이하지만, 특정한 어휘가 반복적으로 사용되고 있음을 알 수 있다. 예컨대 '믿음'과 관련된 유신(有信), 신(信), 신의(信義)가 눈에 띈다. 또한 외다, 어깨를 두드리다, 가려 사귀다, 책선이라는 말도 서로 연관된 어휘들이다. 이들은 결국 참된 우도(友道)의 핵심은 신의에 있으며, 진정한 벗은 서로 선을 권장하는 존재임을 분명히 하고 있다.

(5) 벗을 사괼진던 유신(有信)케 사괴리라

    신(信)업시 사괴며 공경 업시 지닐소냐

    일생에 구이경지(久而敬之)을 시종(始終)업게 ㅎ오리라

(6) 언충(言忠) 행독(行篤)ᄒ고 벗 사고기 삼가오면

　　내 몸에 욕(辱) 업고 외다ᄒ리* 적거니와

　　진실로 삼가지 못ᄒ면 욕급기친(辱及其親)* ᄒ오리라

　　　*외다ᄒ리: 그릇되었다고 할 사람　　　*욕급기친(辱及其親): 욕됨이 어버이에게 미침

　(5)와 (6)은 박인로의 〈오륜가〉에서 가져온 것이다. 부차유친, 군신유의, 부부유별, 장유유서는 각각 5수씩 되어 있는 데 비해, 붕우유신만 2수로 되어 있다. 양적으로 절반밖에 되지 않는다. 그만큼 조선시대 문인들은 다른 덕목에 비추어 붕우유신의 비중을 낮게 생각했던 것 같다.

　내용과 표현도 색다른 맛은 별로 없다. (5)에서는 '신(信)'과 '구이경지(久而敬之)'를 언급하여 경서의 그것을 그대로 수용하고 있다. (6)은 함부로 벗을 사귀면 안 된다는 경계를 담고 있다. 벗을 잘못 사귀면 자신에게도 욕이 될 뿐만 아니라 부모에게도 불명예가 끼친다는 것이다. 선별적 사귐 혹은 절제된 사귐의 중요성을 새삼스레 깨우쳐주는 작품이다.

한시로 풀어쓴 사대부의 우도론(友道論)

　얼핏 생각하면 부자유친, 군신유의, 부부유별, 장유유서, 붕우유신의 다섯 가지 덕목은 그 무게가 동일했을 것으로 보인다. 그런데 시조에서는 그렇지 않은 현상이 실제로 일어났음을 알 수 있었다. 이에 대한 답변은 우도(友道), 즉 사귐의 도리를 다룬 한시 몇 편을 통해서 그 단서를 찾을 수 있다.

　먼저, 목은(牧隱) 이색(李穡 1328~1396)의 〈대객문(對客問)〉이란 한시부터 보기로 한다.

손님이 선생에게 물었다네	客有問先生
"붕우는 오륜의 끝에 있으니	朋友人倫末
네 가지를 이미 얻었다면	四者旣得宜
신의 없어도 인륜을 다하겠지요?"	無之亦必達
선생이 몹시 노여워하며	先生怒之甚
말을 하려 했으나 말문이 막혔다네	欲言猶戞戞
"배우고 익혀야 도가 밝아지고	講習道乃明
책선에 온 마음 다해야 하네	責善心乃竭
그렇지 않으면 짐승처럼 되어	不然禽獸歸
하늘의 벌을 받는다네	斯爲上帝割
아! 세상이 혼탁해지니	嗟嗟世溷濁
사람들 어지러이 다투고	紛紛競挑撻
서로 선을 바라보지 않으면	不賴相觀善
어떻게 목마름을 끝낼까"	何從□飢渴
손님이 내 말에 수긍하니	問者□肯□
그 마음 트인 줄 알겠네	知渠方寸豁

〈대객문〉은 '손님의 물음에 답하다'라는 뜻이다. 손님이 먼저 묻는다. "오륜의 마지막 덕목인 붕우유신이 없어도 인륜을 달할 수 있지요?" 선생은 그렇지 않다고 하면서 즉각 반박한다. 사람답게 살려면 선행에 힘써야하고, 이를 위해 친구 간에 서로 선을 권장해야 한다는 것이다. 다툼을 넘어선 화목한 인간관계를 지향해야 한다는 말이다.

다툼은 왜 일어나는가. 이익 때문이다. 눈앞의 작은 이익 때문에 불화가 일어나고 싸움이 벌어진다. 어제까지 단짝이었던 친구가, 오늘은 사소한 득실 앞에서 망설임 없이 돌아서기도 한다. 오죽하면, 배고픈 건 참을수 있어도 배 아픈 건 참을 수 없다고 했을까.

영덕에 있는 목은 이색 기념관

목은은 이렇듯 손쉬운 배반을 일삼는 타락한 사귐의 풍토를 경계한다. 일생을 살다 보면, 신의(信義)와 이욕(利慾)을 구분 짓는 담장 위에 올라설 때가 있다. 신의를 지켜야 하는 줄 알면서도 당장의 이익을 외면하기도 쉽지 않은 순간, 목은은 제발 선을 바라보라고 가르친다. 그것이 바로 목마름이 없는, 인간다운 삶을 살아가는 지름길이라는 것이다.

연암(燕巖) 박지원(朴趾源 1737~1805)은 『방경각외전(放璚閣外傳)』이라는 문집에서 붕우유신이 맨 마지막에 놓인 뜻을 다음과 같이 피력한다.

오륜 끝에 벗이 놓인 것은	友居倫季
보다 덜 중시해서가 아니라	匪厥疎卑
마치 오행 중의 흙이	如土於行
네 철에 다 왕성한 것과 같다네	寄王四時
친(親) 의(義) 별(別) 서(序)에	親義別敍
신(信) 아니면 어찌하리	非信奚爲
상도(常道)가 정상적이지 못하면	常若不常

벗이 이를 시정하나니	友迺正之
그러기에 맨 뒤에 있어	所以居後
이들을 후방에서 통제하네	迺殿統斯

붕우유신이 오륜의 끝자리에 놓인 것은 마치 오행(五行) 중에서 흙[土]이 맨 나중에 나오는 것과 같다는 것이다. 오행이란 금, 수, 목, 화, 토로 되어 있는데, 그중에서 흙이 맨 뒤에 나오는 까닭은 사철 내내 왕성하기 때문이다. 이와 마찬가지로 붕우유신도 비정상을 정상으로, 악을 선으로 바로잡는 최종적 덕목이라는 말이다. 참으로 명쾌한 비유가 아닐 수 없다.

어떤 논리로 설명하든 붕우유신은 오륜의 한 덕목이라는 점은 불변의 사실이다. 따라서 조선시대 사람들에게 있어서 '우도'의 중요성은 결코 낮지 않다. 이런 측면에서 일부 향리에서는 '우도'를 권장하는 방편의 하나로 향약(鄕約) 속에 이를 포함해 규범화하고 있다.

인륜의 다섯 가지 가운데	人倫有五
붕우가 그중의 한 가지라네	朋友居一
함께 이 세상에 살면서	竝生斯世
벗을 얻기 어렵다고 말한다네	號曰難得
하물며 같은 고을에서	矧同一鄕
아침저녁 함께 노닐거니	從遊朝夕
벗을 통해 인을 채우거늘	以友輔仁
유익한 벗이 셋이라네	是謂三益
정성과 믿음으로 계를 만드니	作契誠信
아교처럼 옻칠처럼 단단하다네	猶膠與漆
경사엔 반드시 축하하고	吉慶必賀
우환엔 반드시 서로 돕네	憂患必恤
안회와 자로, 관중과 포숙은	回路管鮑

서책에 그 이름 빛나고 있네	輝映簡策
산이 닳고 바닷물 마르도록	山礪海帶
시종 변치 말아야 하네	終始不忒
우리 모든 계원은	凡我同盟
마땅히 공경하고 본받아 하네	最宜矜式
말로는 뜻을 다하지 못하여	言不盡意
거듭하여 약조를 맺는다네	重爲之約
부귀하다 뽐내지 말고	挾富挾貴
뒤에선 미워하고 앞에선 기뻐하랴	背憎面悅
온갖 교묘한 속임수들은	多般巧詐
그 덕을 돌아보지 않음이니	不恤其德
그게 어찌 정성과 믿음일까	豈曰誠信
신명이 큰 벌을 내리리라	神明其殛
그게 어찌 정성과 믿음일까	豈曰誠信
죄 있으면 마땅히 쫓겨나리라	罪當黜伏

정극인(丁克仁 1401~1481)이 지은 〈태인향약계축(泰仁鄕約契軸)〉이다. 태인에 우거했던 선비들이 계회(契會)를 만들어 기념하면서, 모임의 취지와 약속조항을 시문(詩文)으로 적어놓은 글이다. 일종의 향약 설립 취지문에 해당한다.

내용이 색다른 것은 아니다. 경조사에 서로 도와야 한다는 것, 시종 변치 말아야 한다는 것, 서로 공경하고 본받아야 한다는 내용은 그때나 지금이나 크게 다를 바 없다. 그렇지만 끝부분은 자못 특별하다. 부귀를 뽐내는 벗이나 표리부동한 벗, 교묘하게 속이는 벗은 가차 없이 징벌하겠다고한다. 계원의 자격을 박탈하여 쫓아내겠다고 으름장을 놓는다. 따라서 이 계축은 붕우유신을 실천하기 위한 행동강령이라는 점에서 의미를 찾을 만하다.

형제 같은 벗! 벗 같은 형제!

조선중기의 문신 안방준(安邦俊 1573~1654)은 〈오륜가〉라는 한시에서 "벗은 형제와 같긴 하지만 / 또한 경계하는 도리가 있다네." 하였다. 벗이란 성씨가 다른 형제 정도로 매우 가까운 존재이긴 하지만, 아무나 형제 같은 벗이 될 수 없다는 뜻이다.

안방준의 생각을 거꾸로 뒤집으면, 형제 또한 벗 같은 존재로 규정된다. 형제는 혈연으로 맺어진 동년배이다. 즉 친구 같은 형제관계가 형성되기도 하고, 그런 관계가 실제로 필요하기도 하다. 조선시대에는 종법적(宗法的) 질서를 중시되었다. 그렇기 때문에 형과 아우 사이의 상하위계 또한 몹시 중요시되었다.

그러나 현대사회에서는 사정이 달라졌다. 가문공동체는 약화되었고, 형제간의 교류도 점차 줄어드는 추세이다. 이젠 형과 아우 사이의 수직적 위계보다 수평적 소통이 더욱 요긴한 시대다. 이것이 바로 형제우애와 붕우유신의 화학적 결합이 필요한 까닭이다.

영화 〈친구〉의 포스터에는 이런 문구가 적혀 있다. "함께 있을 때 우린 아무것도 두려울 것이 없었다!" 또 이런 대사도 있었다. "괜찮다! 친구끼리 미안한 거 없다." 진짜 그랬다. 철없던 시절, 친구와 함께 참외 서리를 할 때, 불장난을 할 때, 깃털만큼의 두려움도 없었다. 친구가 조금 서운하게 해도 전혀 미워하지 않았다.

베이비붐 세대까지는 피를 나눈 형제자매의 수가 많았다. 적어도 대여섯은 되었다. 그런데 요즘 형제자매는 대부분 둘이다. 예전과 같은 형제 관계가 형성되기도 힘들 뿐만 아니라 형제간의 우애도 그 양상이 달라졌다. 그러므로 현대사회는 형제우애를 넘어선 우정이 필요하다고 생각한다. 이젠 벗 같은 형제 그리고 형제 같은 벗이 요구되는 시대가 되었다.

이런 측면에서 선인들이 보여준 형제우애와 붕우유신의 덕목을 결합한 진정한 사귐의 도[友道]를 참고하는 것도 도움이 되리라고 본다. 아무쪼록 동네친구, 학교친구, 군대친구, 직장친구, 동호회친구를 사귈 때 한 번쯤 선인들의 우도론(友道論)을 돌이켜 보았으면 하는 바람이다.

제3부

늙음과 죽음

늙음과 노년의 삶

『금오신화』를 지은 매월당(梅月堂) 김시습(金時習 1435~1493)은 평생을 방외인(方外人)으로 떠돌며 살았다. 다섯 살에 궁궐에 들어가 세종대왕 앞에서 시를 지었다고 하여 '오세신동(五世神童)'으로 불렸던 그였다. 하지만 세조가 단종을 몰아내는 사건이 벌어지자, 보던 책들을 모두 불사르고 스스로 머리를 깎았다.

그는 유교와 불교를 넘나들며 자유분방한 삶을 살면서도, 끊임없이 자신을 성찰하고 채찍질했다. 그러한 자기성찰의 하나였는지도 모르겠으나, 김시습은 장년과 노년 두 차례에 걸쳐 자화상을 그렸다고 한다. 그중 노년의 자화상이 『매월당집』에 목각으로 인쇄되어 전하는데, 그 자화상 위에 자신의 삶을 총결산하는 짧은 시 한 편이 적혀 있다.

김시습의 장년기 초상화(좌)와
노년의 자화상(우)

이하(李賀)를 내려다보며	俯視李賀
해동에서 노닐었다네	優於海東
드높은 명성과 헛된 기림	騰名謾譽
어찌 그대에게 어울릴까?	於爾孰逢
그대 모습은 너무 작고	爾形至眇
그대 말은 너무 어리석구나	爾言大侗
그대가 죽어 버려질 곳은	宜爾置之
저 구렁텅이 속이라네	丘壑之中

유명한 당나라의 시인 이하(李賀)와 자기 자신을 견주어보며 노년이 된 자신의 모습은 너무 초라하다고 했다. 그러면서도 죽어서는 마땅히 지저분한 구렁텅이 속에 놓여도 좋다고 한다. 외형적으로는 보잘것없이 늙어버린 노인에 불과하지만, 내면적으로는 평생 절의를 버리지 않고 살아왔다는 굳센 자부심이 엿보이는 대목이다. 자괴감과 자책감, 자긍심을 묘하게 버무린 '시로 쓴 노년의 자화상'이라 할 수 있다.

한 해를 마무리 짓는 세모를 지나면, 싫든 좋든 누구나 다 한 살씩 나이를 먹어야 한다. 그렇게 나이를 먹다 보면 자신도 모르는 사이에 늙어가게 마련이다. 그러나 모든 사람이 김시습처럼 노년이 되어서도 자부심을 가질 수 있는 것은 아니리라.

김시습을 비롯한 많은 선조들이 자신만의 방식으로 늙음을 맞이하고, 늙음과 신경전을 벌이기도 하며, 늙음에 손을 내밀어 화해하는 시를 남겼다. 백세시대(百歲時代)를 맞이하여 웰빙(well-being), 웰다잉(well-dying)과 더불어 이젠 웰에이징(well-aging)을 위하여 선조들의 현명한 지혜를 빌릴 때가 되었다.

백발의 충격 혹은 '늙음'의 발견

백발은 한 올씩 한 올씩 늘어난다. 굼벵이처럼 느리게 서서히 솟아난다. 그럴 때는 눈에 잘 띄지도 않는다. 그저 '새치가 몇 가닥 솟았구나!' 하며 대수롭지 않게 지나치곤 한다. 그러나 백발은 어느 한순간에 무리를 지어 우리 눈앞에 선뜻 나타난다.

> 뉘라셔 날을 보고 늘근이라 ᄒᆞ던고
> 아희 적 ᄒᆞ던 일 어제런 듯 ᄒᆞ더고나
> 홀연히 거울곳 보면 나도 어히업셔 ᄒᆞ노매라

조선후기의 문신 김이익(金履翼 1743~1830)이 1802년 여름에 지은 시조이다. 이 무렵 그는 진도 부근에 있는 금갑도(金甲島)라는 작은 섬에서 귀양살이를 하고 있었다. 그때 그의 나이는 60세였다. 아마 한양에서 벼슬살이를 할 때는 자신이 늙었다고 생각하지 못했을 것이다. 그렇지만 환갑 나이에 외딴 섬에서 귀양살이를 하면서부터 백발이 예사로이 보이지 않았으리라. 그래서 거울을 보면서 더욱 어이가 없었을 것이다.

진도 바로 밑에
'도갑(島甲)'이라 쓰인 섬이
바로 금갑도이다.

사룸이 늘근 후의 거우리 원쉬로다
ᄆᆞ음이 져머시니 녜* 얼굴만 녀겻더니
셴 머리 삥건 양ᄌᆞ* 보니 다 주거만 ᄒᆞ야라

조선중기를 살다간 신계영(辛啓榮 1577~1669)이 지은 탄로가(嘆老歌) 중의 하나이다. 여기서도 거울을 보다가 백발을 발견했을 때 느끼는 심리적 충격이 잘 드러난다. '거울 속의 나'는 머리가 하얗게 세고 얼굴은 초췌하다. 거의 죽어가는 것 같은 모습이다. 이렇게 '늙은 나'를 대면하게 해주는 거울이야말로 원수 같은 존재라고 투정 아닌 투정을 부린다.

윤기(尹愭 1741~1826) 역시 〈어린 딸이 뽑는 백발(幼女鑷白髮謾吟)〉이라는 작품 속에서 놀란 마음으로 거울 속의 백발과 맞대면하고 있다.

어린 딸이 백발이 많은 나를 가엾게 여겨　　　幼女憐吾白髮多
보이는 대로 뽑아주어도 이내 다시 돋아나네　　纔看鑷去忽生俄
시름 속 늙어가며 뽑아내도 무익함을 알지만　　極知無益愁中老
거울 속 백발 보고 놀라는 일은 잠시 면하리　　且免斗驚鏡裏旛

어린 딸이 애처로운 마음으로 아버지의 백발을 뽑아준다. 아버지는 백발 뽑기의 무익함을 잘 알고 있다. 그러면서도 딸의 애정 어린 행동을 굳이 거부하지 않는다. 그 이유는 딸의 애틋한 마음을 거듭하여 확인하는 한편, '늙은 나'와의 충격적인 대면을 잠시 피할 수 있기 때문이다.

그러면 거울 속에서 대면하는 노년의 모습은 어떠할까. 이는 조태채(趙泰采 1660~1722)의 시

조태채 초상화

〈늙음의 탄식(歎衰)〉에 적나라하게 그려져 있다.

지나간 일들 아득하여 마치 전생 같은데	悠悠往事若前生
홀연코 흘러간 세월은 나그네 심정일세	忽忽流光鞁旅情
병든 치아 남은들 지금 몇 개나 될까	病齒時存凡幾箇
백발은 매일 빠져 몇 가닥이나 남았을까	衰毛日落許多莖
앉으면 늘 머리 떨군 채 오직 잠잘 생각뿐	坐常垂首惟眠意
일어날 땐 허리 잡고 아이쿠 소리 절로 나네	起輒扶腰自痛聲
기력은 부족하여 정성껏 책읽기 어렵나니	定力未專誠字上
유원성처럼 굳세지 못함을 홀로 부끄러워하네	獨慚勁悍異元城

황혼에 접어든 노인의 모습을 잘 보여주는 작품이다. 치아는 다 빠지고
몇 개 남지 않았다. 머리는 하얗게 세다 못해 겨우 몇 가닥 남아 있을 뿐,

김홍도가 그린 〈사인암도〉: 충북 단양 출신인 우탁은 사인암
부근에 은거하며 제자를 가르쳤다.

거의 대머리가 되었다. 자리에 앉으면 꾸벅꾸벅 졸기에 십상이고, 일어날 땐 '아이쿠' 하는 신음소리가 저절로 튀어나온다. 기력도 떨어지고 눈도 침침해져서 글자를 읽을 수도 없다. 한마디로 폭삭 늙은 사람의 형상이다.

이것이 바로 거울을 통해서 맞대면한 '늙은 나'의 모습이다. 이렇듯 '늙은 나'의 모습을 발견하는 일은 누구에게나 익숙하지 않은 일이다. 따라서 스스로 자신의 늙음을 인정하기 전까지 백발은 여전히 낯설고 충격적이며 서글픈 존재일 수밖에 없다.

백발과의 신경전 혹은 늙음과의 샅바싸움

한편, 백발을 발견하게 되면서 사람들은 그와 신경전을 벌인다. 늙음과 벌이는 샅바싸움이라고나 할까. 가장 흔한 것은 무상함에 대한 한탄이다.

> 흔 손에 가시를 들고 쏘 흔 손에 막디 들고
> 늙는 길 가시로 막고 오는 백발 막디로 치랴터니
> 백발이 제 몬져 알고 즈럼길노 오더라
>
> 춘산에 눈 노긴 ᄇᆞ람 건듯 불고 간 디 업다
> 저근덧 비러다가 불리고쟈 마리 우희
> 귀 밋틔 ᄒᆡ 무근 서리를 노겨 볼까 ᄒᆞ노라

고려말기에 우탁(禹倬 1262~1342)이 지은 탄로가이다. 늙는 길을 가시로 막고, 막대기로 백발을 치려 했더니, 백발이 그것을 알고 지름길로 찾아오더라는 것이다. 또한, 눈을 녹이는 봄바람을 빌려다가 서리 같은 백발을 녹여 버렸으면 좋겠다고 했다.

그러나 이들 행위는 머릿속에서만 가능한 상상에 불과하다. 그렇기에 이들 행위는 부질없는 신경전의 하나일 뿐이다. 따라서 우탁의 탄로가의 밑바탕에는 인생무상과 늙음을 탄식하는 정서가 짙게 깔려 있다.

이렇게 인생무상과 늙음을 탄식하는 작품은 쉽게 눈에 띈다.

(1) 늙고 병이 드니 백발을 어이 ᄒ리
　　소년 행락(行樂)이 어제론 ᄃᆺ하다마ᄂᆫ
　　어듸가 이 얼골 가지고 녯 내로다 ᄒ리오 (신계영)

(2) 사람이 늙은 후에 또 언제 져머 볼고
　　ᄲ진 니 다시 나며 셴 머리 거믈소냐
　　세상에 불노초 업스니 그를 슬허 ᄒ노라 (이세보)

(1)은 소년행락, 즉 젊어서 놀던 일이 어제 같은데, 갑자기 늙어버렸다는 것이다. 그만큼 젊음이 빠르고 허망하게 흘러갔다는 것을 의미한다. (2)는 세월을 되돌릴 수 없음을 한탄한다. 빠진 이는 다시 나지 않고, 흰머리는 다시 검어지지 않는다. 결국 세월의 무상함을 탄식할 뿐이라는 말이다.

나아가, 이러한 탄식에 그치지 않고 소외되고 위축된 노년의 서글픈 심정을 직설적으로 표출하는 시가도 있다.

(3) 늙지 말려이고 다시 져머 보려ᄐ니
　　청춘이 날 소기고 백발이 거의로다
　　잇다감 곳밧츨 지날 제면 죄지은 듯ᄒ여라 (우탁)

(4) 소년행락 ᄒ올 째의 늘기을 닛겨드니
　　죽장 보면 귀ᄒ고 은경(銀鏡) 보면 반가왜라

그 중의 꽃밭츨 지니면 죄지은 듯 ㅎ여라 (작자 미상)

(3)과 (4)의 시적 화자는 늙지 않으려고, 다시 젊어지려 했으나, 머리가 하얗게 세고 말았다고 했다. 그래서 이따금 꽃밭을 지날 때는 죄지은 사람처럼 느껴진다는 것이다. 여기서 꽃밭은 젊은이 또는 아름다운 여인을 비유한 말이다. 즉, 젊은 사람을 만나면 기를 펴지 못하고 주눅이 든다는 뜻이다.

나아가, 일군의 작품에서는 위축된 심정 표출을 넘어서서, 노인을 도외시하는 젊은이들을 탓하며 그들과 시비를 벌이기도 한다.

(5) 늙기 셔른 거시 백발만 너겨쩌니
   귀 먹고 니 ᄲᅢ지니 백발은 여사(餘事) ㅣ 로다
   그 밧긔 반야가인(半夜佳人)*도 쓴 외* 본 듯ㅎ여라 (박도순)

(6) 터럭은 희여서도 마음은 푸르럿다
   곳은 날을 보고 태(態) 업시 반기거늘
   각시네 므슨 타스로 눈흙읨*은 엇쩨요 (김수장)

(7) 늙고 병 든 나를 무졍이 비반ㅎ니
   가기는 가련이와 나는 너를 못 잇노라
   엇지타 홍안(紅顔)이 빅발를 이다지 마다 (이세보)

*반야가인(半夜佳人): 밤중의 아름다운 여인   *쓴 외: 맛이 쓴 오이   *눈흙읨: 눈흘김

(5)에서는 노인의 설움이 노쇠해진 외모에만 있지 않음을 말한다. 백발보다 아름다운 미인의 홀대가 더 서럽다고 푸념한다. (6)에서는 노인에게 눈을 흘기는 각시를 탓한다. 아직 젊다고 생각하는 노인으로서 여인의 차

별을 받아들일 수 없다는 항변이다. (7)에서는 더 직설적으로 젊은 여인에 대한 불평을 늘어놓는다. 그러면서도 속으로는 그녀를 잊지 못하겠노라고 은근히 고백한다.

이처럼 선인들은 백발 혹은 늙음에 대하여 무상감을 한탄하기도 하고, 젊어졌으면 하는 부질없는 소망을 드러내기도 하며, 노년의 위축된 심리를 토로하기도 하고, 노인을 홀대하는 젊은이들을 비난하고 있다. 그러한 인식들은 늙음에 대한 양면적 감정에서 비롯된 것이다. 자신의 노쇠함을 인정하기는 싫지만, 그렇다고 하여 부정할 수도 없는, 팽팽한 신경전을 보여준다.

백발과의 악수 혹은 늙음과의 화해

그러나 아무리 신경전을 벌인다 한들 백발을 이길 수 없는 법! 이리저리 샅바싸움을 계속한들 늙음과의 승부는 이미 정해진 것을 어찌하랴. 결국에는 누구나 백발에게 악수를 청하면서 늙음과 화해하기에 이른다.

이런 부류 중에서 첫 번째로, 젊은이들에게 넌지시 훈계하는 투를 보여주는 작품부터 보기로 한다.

⑴ 아히 제 늘그니 보고 백발을 비웃더니
　그 더디 아히돌이 날 우슬 줄 어이 알리
　아히야 하 웃지 마라 나도 웃던 아히로다 (신계영)

⑵ 내 ᄒᆞ마 늘건ᄂᆞ냐 늘는 주를 내 몰래라
　ᄆᆞᄋᆞᆷ은 져머 이셔 벗돌과 놀려 ᄒᆞ니
　엇다엇다 져믄 벗들은 나를 늙다 ᄒᆞᄂᆞᆫ다 (김득연)

(1)에서는 늙은이를 비웃는 아이에게 점잖게 타이르고 있다. 자신도 아이 적에는 노인들을 비웃었는데, 벌써 그런 늙은이가 되어버렸다는 것이다. 비웃는 주체(소년)가 머지않아 비웃음의 대상(노인)으로 바뀐다는 것을 넌지시 보여준다. (2)에서도 나를 늙었다고 비난하지 말라고 경고하고 있다.

이들 두 작품은 노인이 젊은이들을 훈계하는 말투를 가지고 있다. 그러나 젊은이들을 질책하거나 꾸짖고자 하는 말은 아니리라. 그보다는 노인 자신이 늙음의 불가피성을 인정하고 늙어버린 자신을 한탄하는 의도가 더 강하다고 할 수 있다. 오히려 자기 자신에게 내뱉는 투정에 가깝다.

하지만, 민요에서는 젊은이에 대한 훈계투가 더 직설적이다.

> 무정무정 다 넘어갔다.
> 이팔청춘 소년들아 나이 들면 백발이더라.
> 어제 아래 소년이더니 백발이 다가왔네.
> 머리 쉰 데 먹칠하고 이 빠진 데 박씨 꼽고
> 아이당에 놀러가니 꾸린내야 찌린내야
> 여 안지소 저 안지소
> 이팔청춘 소년들아 백발보고 박절마라.
> 어제꺼정 소년이디 백발이 잠깐이다.

노인은 젊은이에게 이팔청춘이 잠깐이라 하면서 노인들을 박대하지 말라고 훈계한다. 특히, 구린내 지린내가 난다고 하여 다른 곳으로 쫓아내지 말라고 구체적으로 언급한다. 민요는 그 성격상 일상과 밀접하게 연관된 생활밀착형 노래이다. 그렇다 보니 시조보다 더욱 사실적이고 직설적인 훈계투가 두드러진다. 한마디로 '뒤끝 작렬' 수준의 경고성 언사이다.

한시에서도 이런 부류의 작품을 찾을 수 있다.

내 나이 서른여덟 살부터	我年三十八
머리카락 세기 시작하였네	頭髮始變衰
우환으로 십 년을 보냈더니	憂患十星霜
족족이 백발만 돋는다네	種種生白髮
처음엔 서글프고 놀랐지만	初焉愴然驚
오래 되니 허물이 아니라오	久復無瑕疵
사람들은 뽑아내라 권하지만	人或勸當鑷
내 맘까지 속일 필요는 없다네	我心良不欺
늙은이 천대하는 세상이지만	賤老世俗態
필경 자연스레 알게 될 걸세	畢竟宜自知
이 노옹도 예부터 노옹이 아니라	此翁非昔翁
죽마 타고 놀던 아이였음을	騎竹狂走兒

이행의 문집 「용재집」의 표지

조선전기의 문신인 용재(容齋) 이행(李荇 1478~1534)이 쓴 〈백발의 감회(見白髭有感)〉라는 시이다. 늙음을 처음 대면했을 때의 놀라움과, 늙음을 이해하게 되는 과정, 그리고 노인을 무시하는 세태에 대한 아쉬움을 한껏 드러낸 작품이다. 특히 노인을 홀대하는 세태를 다룬 구절은 젊은이에 대한 훈계나 경고의 메시지가 강력하게 내재되어 있다. 그것은 바로 '너도 머잖아 늙은이가 될 거야!'라는 풍자이자 완곡한 비꼼이다.

두 번째로는, 늙어감은 피할 수 없으니 향락을 즐기며 살자는 부류들이다.

(3) 늙거든 다 죽으며 졈으면 다 사ᄂᆞ냐

　　려 건너 려 무덤이 다 늘근의 무덤이랴

　　아마도 초로인생이니 아니 놀고 어이리 (작자 미상)

(4) 어화 세상 벗님네야 부귀공명 한(恨)을 마소 부귀도 부운(浮雲)이요 공명
　　도 풍진(風塵)이라

　　비백세지인생(非百歲之人生)으로 구약(求藥)하던 진시황도 여산(礪山)에
　　일배(一杯) 청총(靑塚) 되어잇고 구선(求仙)하던 한무제도 분수추풍(汾水
　　秋風) 회심맹(悔心萌)의 백발만 휘날녓다 공도(公道)라니 백발이요 못 면
　　할 손 그 길이다

　　우리 갓흔 초로인생 아니 놀고 무엇하리 (작자 미상)

　⑶에서는 인생이란 풀잎에 맺힌 이슬같이 짧으니, 아니 놀 수 없다고
한다. ⑷에서도 부귀공명이 다 헛되고 백발이 이 세상에서 가장 공평한 이
치라고 천명한다. 그런 다음 '놀지 않고 무엇을 하겠느냐?'라고 우리에게
되묻는다.

　이들 작품의 표현과 내용은 '노세 노세 젊어서 놀아 늙어지면 못 노나
니' 하는 민요풍 유행가와 닮았다. 다소 향락적이고 퇴폐적 분위기를 풍기
는 것이 사실이다. 그러나 그렇게만 볼 일은 아니다. 얼마 남지 않은 노년
의 삶을 즐겁게 살자는 뜻으로 보는 것이 합당하지 않을까 한다.

　세 번째는 자연 속에 은거하면서 유유자적하는 노년의 삶을 지향하는
부류들이다.

(5) 광음이 훌급(欻急)*ᄒ니 감던 마리* 다 셰거다

　　인간의 나와 이셔 므스 일 ᄒ다 ᄒ리

　　두어라 강산풍월노 흠긔 늙어가 ᄒ노라 (신교)

(6) 늘그니 져 늘그니 임천(林泉)에 숨은 져 늘그니

　시주가(詩酒歌) 금여기(琴與碁)로 늘거오는 져 늘그니

　평생에 불구문달(不求聞達)*허고 졀노 늙는 져 늘그니 (안민영)

　　　　　　　*훌급(欻急): 빠르고 급함　　*감뎐 마리: 검은 머리털
　　　　　*불구문달(不求聞達): 이름이 널리 알려지기를 바라지 않음

　두 작품 모두 자연 속에 묻혀 살아가는 한가한 노년의 모습을 보여주고 있다. (5)에서는 인간의 허다한 일들을 다 제쳐두고, 오로지 강산풍월과 함께 늙어가겠다고 한다. (6)은 은일의 삶을 살아가는 노인에 대한 찬가이다. 노인은 평생 동안 세상의 명성을 구하지 않고, 그 대신 시, 술, 노래, 거문고, 바둑으로 세월을 보냈다고 했다. 온갖 부귀와 영화를 지향하지 않고, 자연 속에 묻혀서 자연의 도리를 따라 절로 늙어 왔다는 것이다.

〈남지 기로회도(南池耆老會圖)〉: 조선시대에는 고령의 관리들을 위로하고 경로사상을 고취할 목적으로 기로연을 실시하였다.

네 번째는 백발 혹은 늙음의 미덕을 드러내며 세속에 얽매이지 않는 노년의 자유로운 삶을 찬양하는 부류들이다.

사람들 모두 백발을 부끄러워 하지만	人皆羞白髮
나는 유독 공평한 백발을 사랑한다네	我獨愛無私
늙음이란 마땅히 있는 이치인데	衰境理宜有
젊었던 시절은 얼마나 되었던가	少年能幾時
젊을 때는 지은 허물도 많더니	舊愆多弱壯
노쇠해지면서 새로 얻은 것이 있다네	新得在衰遲
희고 깨끗하기는 가을 서리 빛이요	皎潔秋霜色
맑고 고상하기는 나이든 학의 자태라네	淸高老鶴姿
술잔 대하면 비단 펼친 듯 의심스럽더니	臨杯疑散練
거울을 보면 실을 드리운 모습이라네	入鏡樣垂絲
나와 백발은 본래 서로 따르는 물건이니	自是相隨物
어찌 꼭 뽑아 버릴 필요 있으랴	何須鑷去爲

조선중기의 문신 동계(桐溪) 정온(鄭蘊 1569~1641)이 지은 〈백발〉이란

경남 거창 소재 정온의 고택

한시인데, 그는 사람들과 달리 공평무사한 백발을 사랑한다고 한다. 그 이유는 크게 두 가지이다. 하나는 내적으로 허물이 줄어들었다는 것이고, 또 하나는 외적으로 고상하고 깨끗해졌다는 것이다. 이렇듯 백발은 내적, 외적 덕목을 가지고 있으니, 굳이 뽑아낼 필요가 없다고 한다.

다산(茶山) 정약용(丁若鏞 1762~1836) 역시 〈백발〉이라는 시에서 "백발을 막을 수 없음을 알기에 / 뽑지 않고 돋아나는 것을 편안히 여기려네." 라고 읊었다. 그가 백발을 편히 여긴 데에는 늙음을 미덕으로 여긴 그의 생각과 관련이 깊다. 총 여섯 수로 이루어진 연작시 〈노인일쾌사(老人一快事)〉의 첫수를 보기로 한다.

늙은이의 한 가지 유쾌한 일은	老人一快事
대머리가 참으로 좋다는 것일세	髮鬑良獨喜
머리털은 본디 군더더기이건만	髮也本贅疣
처치하는 데 각각 법도가 달라	處置各殊軌
문장 모르는 자들은 땋아 늘이고	無文者皆辮
귀찮게 여긴 자들은 깎아 버린다네	除累者多薙
상투와 총각이 조금 낫기는 하나	髻丱計差長
폐단 또한 여기저기 발생하였고	弊端亦紛起
높다랗게 어지러이 머리 꾸미느라	巃嵷副編次
쪽 지어 비녀 꽂고 비단 감쌌도다	雜沓笄總縰
망건은 머리의 재액일 뿐 아니라	網巾頭之厄
고관은 어이 그리 비난을 받는고	罟冠何觸訾
이제는 머리털이 하나도 없으니	今髮旣全無
모든 병폐가 어디에 의탁할까	衆瘼將焉倚
감고 빗질하는 수고로움이 없고	旣無櫛沐勞
백발의 부끄러움 또한 면하였네	亦免衰白恥
빛나는 두개골은 박통같이 희고	光顱皓如瓠

둥근 두상이 모난 발에 어울리는데	員蓋應方趾
널따란 북쪽 창 아래 누웠노라면	浩蕩北窓穴
솔바람 불어오니 머릿골이 시원하구나	松風洒腦髓

노인에게 한 가지 유쾌한 일은 대머리라고 했다. 머리털이 다 빠져버리니 격식에 맞춰 꾸밀 필요도 없고, 감고 빗질하는 수고로움도 없으며, 백발의 부끄러움도 없어졌단다. 도리어 하얗고 둥그런 두상이 잘 어울리고, 바람에 불어오면 훨씬 더 시원해서 좋단다.

2수는 이가 빠짐을 소재로 한다. 치아가 빠지니 치통마저 없어져 잠을 편안히 자게 되었다고 한다. 3수는 눈이 침침해짐을 다룬다. 눈이 잘 보이지 않게 되니, 경서를 보거나 탐구할 필요가 없어져 문자에 대한 얽매임에서 깨끗이 벗어날 수 있다고 한다. 4수는 귀먹음, 5수는 붓 가는 대로 시 쓰기, 6수는 바둑으로 소일하기를 들어 늙음의 장점들을 나열해 보여준다. 이를 통해 무의미한 격식이나 과도한 풍습에서 벗어나 인간 본연의 모습으로 돌아감을 찬미한다. 우리를 얽매고 있는 보이지 않는 밧줄을 풀어낸 노년의 여유로운 삶을 잘 보여주는 작품이라 할 수 있다.

백발공도! 웰에이징의 출발점

두목(杜牧)의 시 중에 〈은자를 보내며(送隱者)〉라는 작품이 있는데, 이는 '백발공도(白髮公道)'라는 말을 유행시킨 절창으로 유명하다.

물어볼 사람 없는 산길 풀잎만 쓸쓸한데	無媒徑路草蕭蕭
예부터 운림은 저자와 조정에서 멀었도다	自古雲林遠市朝
이 세상 공평한 도리는 오직 백발뿐이니	公道世間惟白髮
귀인의 머리 위에도 너그러움 없다네	貴人頭上不曾饒

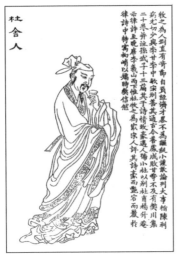

두목의 초상화

'백발공도'란 백발은 세상에서 가장 공평한 이치라는 뜻이다. 누구나 나이가 들면 머리가 희게 되고, 치아가 빠지고, 눈과 귀가 침침해진다. 단 한 사람도 예외가 없다. 그러므로 백발이야말로 이 세상에서 유일한, 가장 공평하고 사사로움이 없는, 공명하고 정대한 이치라는 것이다.

조선시대에 어떤 사람은 흰머리가 나지 않게 하려고 뽑은 백발을 모아 매장하고 제사까지 지냈다고 한다. 또 어떤 사람은 백발을 뽑아내야 하는 까닭을 이렇게 둘러댔다고 한다. "살인을 저지른 사람은 사형에 처하는 법인데, 백발은 사람을 죽이는 나쁜 것이니 뽑아내는 것이 마땅하오."

이 또한 웃자고 하는 말일 게다. 정작 중요한 것은 늙지 않으려고 애쓰는 것이 아니라 '어떻게 늙을 것인가?' 하는 것이다. 외모는 비록 늙어간다고 하더라도 흉하지 않고 곱고 고상하게 늙어갈 필요가 있다.

얼마 전에 〈백세인생〉이란 노래가 히트되었던 적이 있다. '못 간다고 전해라!' 하는 노랫말은 수십 가지의 버전을 생산해낼 정도로 인기가 높았다. 이런 노래가 유행한 사회적 배경 중 하나가 우리나라의 급격한 고령화 현상이다. 또한, 머지않아 우리나라 사람들의 기대수명이 100세를 넘을 것이라는 전망도 있다.

어찌 되었든 우리들은 선조들보다 더 긴 세월을 살아야 할 처지에 놓여 있다. 그러나 '얼마나 행복하고 평안한 노년을 보내느냐?' 하는 것은 백년장수와는 별개의 문제임이 틀림없다. 따라서 백세인생을 바라보는 시대가

도래한 지금, 선조들이 보여주었던 늙음에 대한 생각들을 재삼 곱씹어 보았으면 한다.

노년의 얼굴은 그 사람의 생애이자 그 시대의 역사를 반영한다. 어떤 얼굴로 늙어갈 것인지 각자 고심해볼 때가 되었다. 웰빙에서 웰다잉으로 건너가는 징검다리로서 웰에이징(well-aging)할 수 있는 현명한 방도를 탐색해야 한다. 이때 늙음과 노년의 삶을 노래한 선조들의 시가가 도움을 줄 수 있으리라 믿는다.

죽음과 그 이후의 세계

12월! 한 해의 마지막 달이다. 누구나 세모(歲暮)의 시간을 보내며 흘러가 버린 한 해를 정리한다. 행복했던 순간도 있고 서글펐던 순간도 있으리라. 기억하고 싶은 일도 많지만 하루빨리 잊고 싶은 일도 하나둘이 아니리라. 무언가 충분하지 않아서 또는 몇 가지의 사소한 이해득실 때문에, 때늦은 후회와 신산한 외로움에 사로잡히기 일쑤다. 그러나 어찌하겠는가. 삶은 때때로 겨울 산골짝처럼 적막하고 꽝꽝 얼어붙은 강물처럼 고독한 것을……

한 해의 끝이 세모라면 삶의 끝은 죽음이다. 강물의 흐름을 막을 수 없는 것처럼 세월의 흐름도 막을 수 없다. 누구나 다 늙어가게 마련이고, 종

〈기산풍속도첩〉 중 대소상 그림

국에는 칠성판(七星板) 위에 누워 영원한 불귀(不歸)의 길을 떠날 수밖에 없다. 지위가 높고 낮거나 부유하고 가난하거나, 죽음에 있어서는 예외가 없다. 그것은 이 세상에서 가장 공평무사한 이치 중의 하나이다. 그래서 인간을 '죽음에 이르는 존재'라고 부르는 것이리라.

그렇지만 죽음이 있기에 삶은 더욱 값지다. 더욱 귀하고 소중하고 거룩하다. 삶의 순간순간이 헛되지 말아야 할 까닭이 여기에 있다. 조금이라도 더 보람 있게, 다소 서운하더라도 더 따뜻하게 살아가야 할 연유가 여기에 있다. 그것은 인간에게 주어진 경건한 의무이기도 하다.

유사 이래 죽음은 인류의 영원한 화두였다. 우리 선조들도 늘 죽음의 문제를 인식하며 살아왔다. 이러한 선조들의 생각은 문학작품 속에 고스란히 담겨있다. 특히 우리 고전가요에도 죽음을 소재로 한 작품이 여럿 남아 있다. 이들 시가들을 살펴보면, 선조들이 죽음을 어떻게 수용하고 극복했는지 그 생각의 자락들을 짚어볼 만하다.

님이여! 물을 건너지 마세요! : 〈공무도하가〉

〈공무도하가(公無渡河歌)〉는 〈구지가〉, 〈황조가〉와 더불어 현존하는 고대가요 중 하나이다. 원래의 노랫말은 전해지지 않으며, 중국 문헌에 배경설화와 함께 한역된 가사가 수록되어 있다.

임아! 물을 건너지 마오　　　公無渡河
임은 그예 물을 건너시네　　　公竟渡河
물에 빠져 죽었으니　　　　　墮河而死
장차 임을 어찌할까　　　　　將奈公何

현악기의 하나인 공후

4행으로 이루어진 짧은 노래이다. 시적 화자인 아내는 남편에게 강을 건너지 말라고 당부한다. 그러나 남편은 강을 건너다가 빠져 죽고 만다. 홀로 남은 아내는 이미 죽은 남편을 어찌해야 하는가 하면서 탄식했다는 것이다. 이러한 문면을 보면 〈공무도하가〉는 남편의 죽음을 슬퍼하는 여인의 서정적 노래이다.

그러나 〈공무도하가〉와 함께 전해지는 이야기를 읽어보면 사정이 그리 단순치 않다. 이야기 속에는 남다른 곡절이 숨겨져 있기 때문이다. 어느 날 새벽 조선(朝鮮)의 진졸(津卒), 즉 나루터를 지키던 군사였던 곽리자고(霍里子高)는 배를 저어 강을 건너고 있었다. 그때 머리가 희고 헝클어진 백수광부(白首狂夫)가 병을 들고 강을 건너려 했다. 아내가 뒤쫓아 와서 막으려 했으나 그는 벌써 강물에 휩쓸려 빠져 죽고 말았다. 그러자 아내가 공후(箜篌)를 타면서 〈공무도하가〉를 부른 후 스스로 강물에 몸을 던졌다는 것이다.

이것이 배경설화의 대략적 줄거리인데, 우리로 하여금 고개를 갸웃하게 만드는 대목이 여러 곳 있다. 첫째, 이른바 '백수광부'는 정말 '미친' 사람인가? 둘째, 그는 왜 새벽에 강물에 뛰어들었는가? 사공을 부르면 될 터인데 왜 그러지 않았는가? 셋째, 아내는 남편이 죽은 직후 그 현장에서 노래를 불렀다는 것이 사실인가? 또한, 새벽에 황급히 남편을 뒤쫓아 왔다고 했는데, 갑자기 공후는 어디서 나왔는가? 그녀는 긴박한 상황에서도 항상 공후를 지니고 다녔다는 말인가? 이와 같이 배경설화에는 합리적 의문이 허다하게 따른다.

하지만 의문사항이 많다고 하여 〈공무도하가〉의 가치가 떨어지는 것은 결코 아니다. 의혹이 많다는 점은 도리어 남다른 매력일 수도 있다. 이로 인해 백수광부를 바쿠스 같은 주신(酒神)이라거나 샤먼이 되기 위해 입사식을 치르다가 익사한 애기무당이라는 견해가 제기되기도 했다. 나아가 노래의 성격도 주신을 섬기는 축제의 노래, 무당의 노래, 강렬한 애정의 노래, 정절의 노래, 굿노래 등등 다양하게 논의되었다. 각양각색의 논의는 다 일리가 있다. 하지만 속이 시원한 답을 찾기란 쉽지 않다.

여기서 한 번 더 주목할 부분은 〈공무도하가〉에 담겨진 죽음의 인식이다. 〈공무도하가〉가 불렸던 시대의 사람들은 노래를 통해 죽음을 극복하고 있음을 보여준다. '임을 어찌할꼬'라는 구절은 망자에 대한 안타까움과 슬픔을 담고 있을 뿐만 아니라 죽음에 대한 체념과 인정, 그리고 극복의 의지를 보여준다.

서방정토에 다시 태어나기를! : 〈원왕생가〉

신라 문무왕 때에 광덕(廣德)과 엄장(嚴莊)이라는 두 친구가 있었다. 두 사람은 네 것 내 것 가리지 않을 정도로 몹시 친했다. 함께 의지하며 서로 수도 정진하며 먼저 서방정토에 가는 사람이 알려주기로 약속했다. 그러던 어느 날 광덕이 먼저 죽어 정토로 갔다. 엄장은 광덕의 아내와 함께 유해를 거두어 장사를 지내 주었다.

여기까지는 그저 흔히 있을 법한 이야기에 불과하다. 사내들 사이의 평범한 우정과 의리를 다루고 있기 때문이다. 그러나 장례 이후 이야기는 새로운 국면으로 접어든다. 친구의 장례가 끝나자 엄장은 광덕의 아내에게 함께 살기를 청했다. 그녀 역시 망설임 없이 승낙한다. 죽은 친구의 아내라는 점만 제외한다면, 동거에 관한 합의가 매우 순조롭게 이루어진 셈이다.

하지만 문제는 바로 그날 밤에 일어난다. 한밤중이 되자 엄장은 광덕의
아내와 정을 통하려 했다. 그러자 그녀는 정색을 하며 엄장을 꾸짖었다.
"제 남편은 10년을 함께 살았어도 단 한 번도 동침하지 않고 오직 수도에
만 전념했답니다. 그런데 지금 당신이 정토를 구하는 것은 나무에서 물고
기를 구하려 하는 사람과 같습니다."

엄장은 부끄러움에 사로잡혀 얼굴이 붉어졌다. 그는 즉시 밖으로 나
와 온몸에 찬물을 끼얹으며, 찰나의 욕정에 사로잡혔던 자신을 크게 뉘우
쳤다. 그 후 엄장은 정진을 거듭하여 마침내 서방정토로 왕생했다고 한다.
이러한 사연을 가진 광덕이 일찍이 지은 노래가 바로 〈원왕생가(願往生
歌)〉이다.

ᄃ라리 엇뎨역	달이 어째서
서방ᄭ장 가시리고	서방까지 가시겠습니까
無量壽佛 前의	무량수불 전에
ᄀ곰 함ᄌ 솗고쇼셔	보고(報告)의 말씀 빠짐없이 사뢰소서
다딤 기프신 ᄆᄅ옷 ᄇ라 울워러	서원 깊으신 부처님을 우러러 바라보며
두 손 모도 고조 솔바	두 손 곧추 모아
願往生 願往生	원왕생 원왕생
그리리 잇다 솗고쇼셔	그리는 이 있다 사뢰소서
아아 이 모마 기뎌두고	아아, 이몸 남겨 두고
四十八大願 일고실가	사십팔대원 이루실까 (김완진 현대어역)

광덕은 달님을 바라보면서 기원한다. 서방정토에 계신 무량수불(無量
壽佛) 부처님께 왕생을 바라는 사람이 있다고 사뢰어 달라는 것이다. 무
량수불은 헤아릴 수 없을 정도로 수명이 긴 부처님의 덕을 뜻하는데, 서

분황사: 광덕의 아내는
분황사의 종이었는데
실은 관음보살의
화신이었다고 한다.

방정토의 극락에서 설법을 한다는 아미타불의 또 다른 이름이다. 따라서
〈원왕생가〉에는 오로지 서방정토에 대한 간절한 희구가 드러나 있다. 이
때문에 〈원왕생가〉는 내세에 대한 확신과 다짐을 노래한 시가라고 할 수
있다.

사후에 인간의 넋이 가는 곳은 두 곳 중 하나이다. 한 곳은 지극한 즐거
움을 누릴 수 있는 극락이고, 또 다른 한 곳은 자신이 지은 죄에 대해 고통
스러운 벌을 받는 지옥이다. 불교에서는 극락에 가려면 세속적 욕망을 떨
쳐내고 부처에게 귀의하라고 가르친다. 이것이 불교에서 제시한 죽음을
넘어서는 방법이다. 광덕처럼 살 것인가 아니면 엄장처럼 살 것인가. 선택
은 인간의 몫으로 남겨져 있다.

인생무상과 허무 그리고 죽음의 외면 : 시조에 나타난 죽음

〈제망매가〉나 〈원왕생가〉에서 볼 수 있듯, 향가에 나타난 죽음은 불교
적 입장에 기대어 있다. 그것은 극락정토에서 왕생하여 재회하거나 복락
을 누리길 희구하는 것으로 귀결된다. 종교를 통해 죽음을 초월적으로 승
화할 수 있다는 인식이다.

그에 비하여 시조에 나타난 죽음은 다분히 일상적이고 친근하다. 먼저 죽음으로 인한 인생무상과 허무를 읊은 작품을 보기로 한다.

   (1) 사라져 먹던 술을 주근 후에 내 아던야
       팔진미(八珍味) 천일주(千日酒)를 ㄱ득 버려 노하신들
       공산(空山)에 긴 줌 든 후는 다 허사인가 ㅎ노라 (오준)

   (2) 낙양성 십리 밧긔 울퉁 불퉁 져 무덤에
       만고 영웅이 누고 누고 무쳣는고
       우리도 져리 될 인생이니 그를 슬허 ㅎ노라 (작자미상)

   (1)은 충무공 이순신 장군의 비문을 쓸 정도로 글씨를 잘 썼다는 오준(吳俊 1587~1666)이 남긴 시조이다. 그 요지는 죽은 이후의 일들은 모두 허사에 불과하다는 한탄이다. 제사상 위에 혹은 무덤 앞에 온갖 좋은 음식과 술을 차려 놓은들 아무런 소용도 없다는 말이다.

   (2)에서는 인간의 유한성을 비통해한다. 외진 산자락에 울퉁불퉁 솟아난 무덤들! 만고의 영웅도 피할 수 없는 죽음! 그것이 인간의 삶이라는 것이다. 죽음의 불가피성을 수긍하고 받아들일 수밖에 없는 인간의 한계를 깊이 탄식한다. 이처럼 일군의 시조에서는 죽음에 대한 허무주의적 시각이 드러나 있다.

   한편, 죽음을 피할 수 없다면 어찌할 것인가? 몇몇 시조에는 그에 대한 답을 보여준다.

   (3) 백일(白日)은 서산에 지고 황하는 동해로 든다
       고래(古來) 영웅은 북망(北邙)으로 가단 말가
       두어라 물유성쇠(物有盛衰)*니 한(恨)흘 줄이 이시랴 (최충)

(4) 부귀를 뉘 마다 ᄒ며 빈천을 뉘 즑이리

공명(功名)을 뉘 염(厭)ᄒ며 수요(壽夭)를 뉘 탐(貪)ᄒ리

진실로 재수천정(在數天定)*이니 한(恨)ᄒᆯ 줄이 이시랴 (김우규)

(5) 석숭(石崇)이 죽어 갈 제 무어슬 가져 가며

유령(劉伶)의 분상토(墳上土)에 어니 술이 이르더니

아희야 잔 ᄀ득 부어라 사라신 졔 먹으리라 (작자미상)

<blockquote>
*물유성쇠(物有盛衰): 사물에는 반드시 성함과 쇠함이 있음
*재수천정(在數天定): 사람의 수명은 하늘에 의해 정해짐
</blockquote>

(3)에서는 죽음을 한탄할 필요조차 없다고 잘라 말한다. 해가 지고 강물이 바다로 스며드는 것처럼, 사람도 결국에는 북망산으로 가야 한다는 것이다. 이를 두고 물유성쇠, 즉 한번 성하면 반드시 쇠하는 진리라고 규정한다. (4)에 나타난 인식도 비슷하다. 부귀와 공명, 빈천과 수요는 모두 다 운수에 달린 것이지 인간의 힘으로 좌우할 수 없다는 말이다. 이런 점에서 (3), (4)는 죽음에 대하여 외면주의를 취하고 있다고 할 수 있다.

풍류를 즐기는 석숭: 석숭은 부자의 대명사로 불릴 만큼 부유했다.

그에 비하여 (5)에서는 현실적 대응을 보여준다는 점에서 좀 더 인간적이다. 사후에는 아무것도 가져갈 수 없으니, 죽기 전에 즐거운 삶을 살겠다는 것이다. 살았을 때 잘 먹겠다고 하여 다소 세속적이고 비루한 측면도 있다. 하지만 소극적이나마 죽음을 대면하고자 한다는 점에서 인간적 풍미가 느껴진다.

한시에 나타난 특별한 죽음과 애도 : 도붕시, 도망시, 자만시의 세계

고려와 조선시대를 거치면서 수많은 문사들이 만시(挽詩)를 지었다. 특히 성리학이 융성했던 조선시대에는 사람이 죽으면 만시를 지어주는 것이 상례였다. 만시의 많고 적음에 따라 망자의 사회적 명망을 가늠하는 기준으로 인식될 정도였다. 이 때문에 망자에 대한 슬픔을 드러내는 애도의 문학이 아니라, 유사한 내용과 표현으로 이루어진 의례적 문자로 간주되는 폐단을 낳기도 했다.

그러나 셀 수없이 많은 만시 중에도 문학성을 갖춘 명편들이 있다. 여기에서는 친구의 죽음을 애도하는 도붕시(悼朋詩), 아내의 죽음을 다룬 도망시(悼亡詩) 그리고 스스로 자신의 죽음을 다룬 자만시(自挽詩) 몇 편을 들어 한시에 나타난 죽음의 문제를 살펴보기로 한다.

먼저, 우리나라 최초의 만시로 일컬어지는 김부식의 〈학사 권적의 죽음을 곡하다[哭權學士滴]〉라는 도붕시부터 보기로 한다.

글과 검으로 그때에 변경에 들어갔을 때	書劍當年入汴京
황제가 친히 영광스런 급제를 내려주셨네	玉皇親賜好科名
붓 놀리는 민첩함은 따를 이 없고	揮毫敏捷渾無類
술을 대하면 따로 정이 넘쳤다네	對酒□□別有情

뜬구름 같은 인생 한바탕 꿈처럼 놀라고	忽忽浮生驚大夢
바람 같이 뛰어난 기개는 자연으로 돌아갔네	飄飄逸氣返元精
끊어진 거문고 줄은 아교로도 잇기 어려우니	斷絃難得鸞膠續
눈물 머금고 구슬피 읊조린다네! 늙은 친구는	含淚悲吟老友生

김부식 초상화

권적(權適 1094~1147)은 송나라에 유학하여 만인과(萬人科)에 급제했으며, 귀국한 후 요직을 두루 역임했던 고려 중기의 문신이다. 김부식(金富軾 1075~1151)은 권적보다 20살이나 많았다. 그렇지만 두 사람은 나이 차이를 넘어서서 오랫동안 친교를 나눈 지우(知友)였다. 그러한 두 사람의 추억이 앞부분에 함축적으로 잘 그려져 있다. 술잔을 함께 기울이고 거문고를 타며 쌓아온 교분이 새록새록 되살아나는 듯하다.

권적은 54세로 세상을 떠났다. 그때 김부식은 74살이었다. 최고의 관직에 올라 온갖 부귀영화를 다 누렸던 당대의 권력자! 하지만 그 역시 죽음 앞에서는 한낱 유한한 존재에 불과했다. '늙은 친구'에게 있어서 권적의 죽음은 예사롭지 않았으리라. 그래서 김부식은 눈물에 젖은 만시를 지어 '젊은 친구'의 죽음을 애도했던 것이다. 3년 후 김부식 역시 눈을 감았다.

서로 의지하며 도운 지 십여 년에	鶺鴒相資十載餘
뇌의와 진중처럼 높은 의리 헛되지 않았네	雷陳高義不曾疏
금강에서 봄술 함께 마시며 취했고	錦江春酒同拚醉
사헌부에선 가을서리처럼 함께 소를 지었지	柏府秋霜共草疏
아득한 지난 일 마음은 슬퍼지고	往事悠悠情惻惻
혼백은 적적한데 꿈은 뚜렷하기만 하네	遺魂寂寂夢蘧蘧

인생은 마침내 모두가 흙으로 돌아가는 것	人生畢竟皆黃土
늘그막에 의지할 곳 없으니 애석하도다	春老無依最惜渠

조선중기에 문명이 높았던 심언광(沈彦光 1487~1548)이 이영부(李英符 1487~1523)의 죽음을 애도하여 지은 만시이다. 두 사람은 같은 해에 태어났으며, 비슷한 나이에 과거에 급제했다. 또한 사헌부와 사간원에서 수년 동안 함께 벼슬살이를 했다. 이처럼 두 사람은 유사한 삶의 노정을 걸으면서 우의를 다져온 벗이었다.

그런데 '절친'이었던 이영부는 37살에 요절한다. 청운의 뜻을 펼쳐보기도 전에 삶을 마감했다. 심언광에게 있어서 친구의 죽음은 충격이었다. 믿기지 않는 현실 앞에서 심언광은 지나간 세월들을 반추하고 또 반추한다. 함께 술을 마시며 취했던 봄날의 정취, 머리를 맞대고 함께 썼던 추상같은 상소문……. 추억의 순간들은 죽음 앞에서 한 편의 영화 같은 '꿈'으로 되살아난다.

해운정: 심언광이 강원도관찰사 재임 중에 지은 별장으로 경포대 부근에 있다.

그렇지만 심언광은 과거를 되씹으며 죽음의 존재를 실감한다. 인생이란 필경 흙으로 돌아갈 수밖에 없음을 토로하며 죽음의 위력을 용인한다. 그렇게 함으로써 허무주의에 함몰되지 않고 깊은 슬픔의 계곡 밖으로 걸어 나온다. 다만, '이순(耳順)의 나이까지 함께 살았으면 얼마나 좋았을까!' 하는 안타까움은 어쩔 수 없다. 심언광은 환갑을 넘긴 62살에 세상을 떠났다.

한편, 아내의 죽음을 슬퍼하는 도망시도 다수 전해진다. 먼저 임진왜란 때 재상을 지냈던 이원익(李元翼 1547~1634)이 부인 영일 정씨의 죽음을 애도하여 지은 〈아내의 죽음을 애도하며[悼亡]〉라는 작품을 보기로 한다.

상투 틀고 쪽 찔러 부부가 되어	結髮爲夫妻
지금까지 여러 해 지났구려	于今歲屢閱
벼슬하러 사방을 나다녔으니	宦遊出四方
독수공방이 얼마나 많았던가	怨曠何多日
한 방에 지낸 날 며칠인가	同室曾幾何
게다가 난리와 질병도 겪지 않았던가	又遭難醫疾
십여 년을 혼미하였으니	沉迷十載餘
캄캄하도다! 은정이 끊어졌네	昧昧恩情絕
천성은 본래 순박하였으니	賦性本淳朴
평생에 악행을 하지 않았네	平生不爲惡
하늘에 무슨 죄지었기에	何辜于蒼天
이 사람이 이런 액을 만났을까	斯人有斯厄
난리 때 분주히 피난 갔지만	兵塵奔竄時
다행히 구렁 속에 빠지지 않았네	幸不委溝壑
이제야 겨우 고향에 돌아왔는데	此日返故山
또 어찌 슬픔에 잠겨야 하는가	又何傷慼慼
이승과 저승 모두 유감없으나	幽明兩無憾

자식들 모두 곁에 있으며	子女俱在側
나는 병들어도 아직 죽지 않고	而我病不死
지루하게 숨만 쉬고 있다네	支離存視息
관을 어루만지며 떠나보내나니	撫柩送君歸
그대의 일 끝낸 것 부럽소	羨君事乃了
그대 따라 죽는 것을 원할 뿐	苦願從此逝
세상에 오래 사는 것 원치 않으니	不願在世久
황천에서 혹시 서로 따르게 되면	地下倘相隨
업보와 인연 당연히 예전과 같으리	業緣當如故

이원익 초상화

영일 정씨는 이원익이 58세 되던 해에 죽었다. 부부의 인연을 맺은 지 대략 40여 년 동안 함께 살았다. 두 사람의 삶에 있어서 가장 큰 변란은 아마도 임진왜란이었을 것이다. 그때 이원익은 46살이었다. 남편은 임금을 따라 북쪽으로 피난을 떠났지만, 남겨진 부인과 자식들은 스스로 살 궁리를 찾아야 했다. 이를 두고 혼미했던 10여 년 동안 죽지 않고 살아났음을 다행으로 여긴다고 표현한 것이다.

그렇지만 갑작스런 부인의 죽음을 앞에 두고 이원익은 어찌할 바를 모른다. 부인은 천성이 순박해서 악행을 저지르지도 않았는데 도리어 횡액을 당했다고 하늘을 원망한다. 그러는 한편으로 병란 속에서 자식들을 온전히 지켜낸 부인에 대한 고마움을 드러내기도 하고, 도리어 제 할 일을 끝낸 부인이 부럽다고까지 한다. 슬픔과 원망, 연민과 애석함, 고마움과 회한이 뒤섞인 작자의 복잡한 정서를 엿볼 수 있다.

하지만 이원익 역시 죽음의 절대성을 인정한다. 그 대신 자신이 오래

사는 것을 원치 않는다고 고백하며, 저승에서나마 부부의 연을 다시 이어 갈 수 있기를 소망한다. 조강지처에 대한 애틋한 사랑을 보여주는 감동적인 작품이라 할 만하다.

도망시 중에는 남의 슬픔을 대신해서 지은 것도 있다. 조선 중기에 시로써 명성을 날렸던 백광훈(白光勳 1537~1582)이 지은 도망시가 바로 그것인데, 마치 본인이 당한 일처럼 내용이 비감하다.

옛날 집엔 고운 먼지 가득한데	舊閣芳塵滿
새 무덤은 얼어있고 길은 멀기만 하오	新阡凍路長
백년해로하자던 말은 아직 남아 있어	百年成說在
천 갈래 눈물에 부쳐 보낼 뿐이오	付與淚千行

인생만사 아침마다 거울에 비추어 보면	萬事臨朝鏡
허망스레 허연 귀밑머리 선명하구려	空餘雪鬢明
앞으로 살아갈 날이야 더 있겠지만	可能來有日
울고 싶어도 벌써 목이 잠겨 버렸다오	欲哭已無聲

부부가 평생을 함께하는 것은 결코 쉬운 일은 아니다. 남편이든 아내든 누군가 먼저 곁을 떠나게 마련이다. 사별의 고통은 남다를 수밖에 없다. 함께 살던 사람을 꽁꽁 얼어붙은 구덩이 속에 묻어야 하기 때문이다. 그래서 천 갈래 눈물로 떠나보낸다는 말이다.

그렇지만 어찌하랴. 사별이란 누구도 피할 수 없는 것을. 매일 아침마다 거울을 들여다보며 인생의 허무를 되새기는 한편, 앞으로 살아갈 날들을 생각한다. 자신의 슬픔을 울음으로 풀어보려 해보지만, 그것도 여의치 않다. 목이 잠겨 울음소리조차 낼 수 없기 때문이다.

이처럼 도망시에는 아내의 죽음에 대한 허망함과 함께 삶에 대한 회한이 한껏 표출되어 있다. 예의와 체면을 목숨처럼 중시했던 사대부들조차 부인에 대한 사랑을 숨기지 않고 있는 그대로 드러낸다. 이러한 특징이 바로 도망시의 미덕이 아닌가 생각한다.

마지막으로, 자신의 죽음을 가정하고 죽은 자의 처지에서 자신의 삶을 되돌아보는 자만시(自挽詩)의 세계를 살펴보기로 한다. 자만시의 전통은 도연명(陶淵明 365~427)이 지은 〈의만가사(擬挽歌辭)〉에서 비롯되었다. 이 작품 속에는 자신의 죽음, 입관, 운구, 매장에 이르기까지의 과정이 담겨있다. 이른바 상례와 장례의 과정을 매우 비감한 어조로 그리고 있다. 이것이 자만시의 일반적인 모습이며, 우리나라 자만시의 대부분은 이런 전통을 따르고 있다.

하지만, 최기남(崔起南 1559~1619)과 이양연(李亮淵 1771~1853)의 경우처럼 조선후기의 자만시는 조금 색다른 면모를 보여준다.

⑴ 살아서 콩과 물도 배불리 먹지 못했는데	生不飽菽水
죽어서 어떻게 술과 안주 차려주길 바라리	死何羅豆觴
한 잔 술도 다시 마시지 못하리니	一勺不復飲
한 점의 고긴들 어찌 맛볼 수 있으리오	一臠邪得嘗
도성 문을 나서서	行出國都門
영원히 무덤으로 돌아간다네	永歸西陵傍
숲속 바람은 슬피 목메듯 울고	林風咽悲響
산 위에 뜬 달에는 시름이 엉켜 있네	山月凝愁光
인간 세상은 임시로 사는 것이니	人間聊寄爾
저승이 참으로 내 고향이로다	九原眞我鄕
누가 해골의 즐거움을 알리오	誰知髑髏樂
천지와 더불어 끝이 없다네	天地同未央

(2) 일생을 시름 속에 지내어   一生愁中過

    밝은 달은 암만 봐도 모자라더라   明月看不足

    영원토록 길이 서로 대할 수 있으니   萬年長相對

    묘지로 가는 이 길도 나쁘지만은 않구려   此行未爲惡

(1)은 최기남이 지은 〈도연명의 시를 화운하여 쓴 만시[和陶靖節挽詩]〉이다. 먼저, '생전에도 굶주렸는데 사후에 푸짐한 제사상을 받을 수 있겠는가?' 하고 반문한다. 숨이 끊어진 후에는 어차피 음식을 먹을 수 없으니 굳이 풍성한 제수를 차리지 않아도 좋다는 자기위안의 말이다. 나아가 삶이란 임시일 뿐이라고 규정한다. 잠시 머물다 떠나는 간이역이라는 뜻이다. 그에 비한다면 저승이야말로 진정한 고향이라고 선포한다. 그곳에는 천지와 함께하는 끝없는 해골의 즐거움이 있다고 했다.

(2)는 이양연의 〈나의 죽음을 애도하며[自挽]〉라는 자만시이다. 그 역시 인간의 일생을 시름의 세월이었다고 회고하면서, 밝은 달은 아무리 봐도 모자란다고 했다. 여기서 달은 여러 가지 의미로 해석할 수 있다. 달은 이승과 저승의 매개체로서 저승길을 밝혀주는 존재이다. 또한, 달은 간고한 현실에 대비되는 풍성한 곳, 즉 안락한 사후세계이기도 하다. 어느 것이든 사후세계를 긍정적 시선으로 바라보고 있다.

이와 같이 최기남과 이양연의 자만시를 보면 자신의 삶에 대한 연민과 사후세계에 대한 긍정이 두드러진다는 특징이 있다. 물론 두 사람의 삶이 아주 영달한 축에 들지 않기 때문일 수도 있다. 그러나 그것 때문만은 아니라고 본다. 그들은 생과 사를 우주적, 자연적 질서의 일부분으로 인식하고, 어차피 불가피한 죽음이라면 담담하게 받아들여야겠다는 생각을 이렇게 표출한 것이 아닌가 한다.

정해진 끝과 정해지지 않은 끝

우리 삶에는 정해진 '끝'이 있다. 하루의 끝은 자정이고 한 달의 끝은 말일이다. 한 해의 끝은 12월 31일인데 망년회, 송년회 운운하면서 한 해의 회포를 풀며 술잔을 기울인다. 유치원, 초등학교, 중학교, 고등학교, 대학교의 교육과정을 마치면 졸업이라 하면서 크게 축하해준다. 회사에 다니다가도 일정한 나이가 되면 정년이라 하면서 조직을 떠난다. 이런 것들은 다 정해져 있는 끝이다.

그러나 정작 삶의 끝은 정해져 있지 않다. 삶은 결말을 알 수 없는 한 편의 드라마처럼 전개된다. 결말은 아무도 모른다. 마지막 순간은 전혀 예고되어 있지 않다. 분명한 것은 죽음은 번갯불처럼 선뜻 다가온다는 점이다.

그래서 삶은 더욱 소중하고 경건해야 한다. 우리는 하루하루를 보배롭게 여길 줄 알아야 한다. 길을 걸으며 만나는 이름 모를 풀과 나무조차 귀하게 생각해야 한다. 또한, 이런저런 이유로 만나게 될 사람들과의 인연을 값지게 여겨야 한다. 당장 눈앞의 어려움이 닥쳤다고 해도 그에 굴복하거나 좌절할 필요도 없다. 떨치고 일어나 새로운 길을 찾는 사람이 현명하다.

'인정하면 지는 것이다'라는 말도 있지만, '지는 것이 이기는 것이다'라는 말도 있다. 죽음과의 대면도 마찬가지이다. 죽음은 어차피 피할 수 없는 것이다. 그것은 생명체에게 주어진 숙명 같은 것이다. 우리네 삶은 어딘가에 존재하는 마지막 종착역을 향해가는 기차와 같다. 따라서 영생을 외치며 불사를 주장하거나 허망한 망상을 따르는 것은 지혜롭지 못하다. 그것보다는 죽음의 존재를 인정하고 담담하고 의연한 자세로 아름다운 끝을 준비하며 살아가는 마음가짐이 필요하다. 한 해를 마무리하는 세모를

보내면서 삶은 이기는 것이 아니라 견디는 것임을 다시 한번 상기해보면
어떨까 한다.

주술과 종교의 신비

태화강 상류에 가면 국보 제285호 반구대 암각화가 있다. 신석기 말기 또는 청동기 시대에 그려진 바위 그림이다. 너비 10m, 높이 3m에 달하는 반반한 암벽 위에는 고래, 거북이, 물고기, 호랑이, 늑대, 사슴, 멧돼지 같은 동물들이 그려져 있다. 그뿐만 아니라 어부와 배의 모습, 고래를 잡는 모습, 사냥하는 모습도 새겨져 있다. 총 300여 점의 그림이 한 곳에 빽빽하게 그려진, 세계적으로 그 유례를 찾아보기 어려운, 우리의 소중한 문화유산이다.

그런데 울산항에서 반구대 암각화까지의 거리는 대략 50여 킬로미터이다. 이렇게 바다에서 멀리 떨어진 곳, 그것도 쉽게 접근하기 어려운 바위 절벽에 고래와 거북을 새겨놓은 까닭은 무엇일까? 여러 가지 설이 있

국보 제285호 반구대 암각화: 300여 점의 바위 그림이 새겨져 있다.

지만, 그곳이 풍요와 안전을 비는 제의(祭儀)가 행해지는 장소라는 견해가 설득력이 높다.

이처럼 선사시대 사람들도 신앙을 가지고 있었다. 지금도 과학의 이름으로 설명하기 힘든 일들이 허다한데, 선사시대에는 더욱 그러했을 것이다. 여기에서 주술이나 신앙의 심리가 싹트고, 훗날 체계를 갖춘 종교가 탄생하게 되었다.

우리 시가 중에는 종교적 색채가 짙은 작품들이 상당히 존재한다. 그 색채가 주술이나 무속일 때도 있고, 불교와 동학, 천주교 같은 종교일 때도 있다. 또한 문학이 종교를 끌어들여 그 깊이를 더하는 경우도 있고, 반대로 딱딱한 교리를 담아 전하는 그릇으로 활용되는 예도 있다. 어떠한 경우이든 간에, 종교는 문학과 매우 밀접한 관계를 맺고 있다. 떼려야 뗄 수 없는 달콤한 밀월(蜜月) 같은 사이다.

거북이의 죄 또는 운명? : 〈구지가〉와 주술적 위협

우리 고대사에는 사라진 왕국이 여럿 있다. 가야(伽耶)도 그중의 하나다. 최근 들어 가야의 유물들이 발굴되기도 하지만, 가야 사람들의 정신적 뿌리를 잘 보여주는 것은 바로 〈수로신화(首露神話)〉이다. 수로신화는 〈가락국기(駕洛國記)〉라는 편명으로 『삼국유사』에 실려 있다.

수로신화를 형상화한 기념물

서기 42년 3월에 구지봉에서 수상한 소리가 들렸다. 그날은 바로 계욕일(禊浴日)이었다. 사람들이 모여 계곡물에 목욕재계하고 하늘에 제사를 지내는 날이었다. 그때 공중에서 신의 목소리가 들려왔다. "하늘이 나에게 명하기를 이곳에 나라를 세워 임금이 되라 하였기에 내려왔으니, 너희들은 산봉우리의 흙을 파서 긁어모으면서 노래를 불러라."

사람들은 모두 기뻐하며 노래하고 춤추었다. 그때 하늘에서 붉은 보자기에 싸인 황금빛 상자가 내려왔는데, 상자 안에는 여섯 개의 알이 들어있었다. 사람들이 공손히 받들어 아도간(我刀干)의 집에 모셔 두었다가 다음 날 상자를 열어보니 여섯 동자가 태어나 있었다. 그들이 바로 여섯 가야의 임금이 되었다는 것이다.

여기서 신이 가르쳐 주었다는 노래가 바로 〈구지가(龜旨歌)〉이다.

거북아 거북아	龜何龜何
머리를 내어라	首其現也
내어놓지 않으면	若不現也
구워 먹으리	燔灼而喫也

고등학교 때 〈구지가〉를 배우면서 '도대체 거북이가 무슨 죄를 지은 거지?' 하는 생각이 들었던 적이 있었다. 머리를 내놓지 않으면 구워 먹겠다고 했으니, 제법 심각한 잘못을 저질렀으리라 생각했다. 그때는 주술이 무엇인지 몰랐기 때문에 이런 엉뚱한 의문이 들었던 것이다.

제임스 프레이저: 주술의 원리를 연구했던 세계적 인류학자

주술이란 초자연적 존재나 신비스러운 힘을 빌려 현실적 문제를 해결하려는 행위를 의미한다. 예를 들어, 가뭄이 들면 마치 비가 오는 것처럼 물을 뿌리면서 비가 오기를

기원하는 행위나, 원한이 깊은 사람의 화상을 그려 붙여놓고 화살을 쏘아 대는 행위가 대표적이다. 앞엣것은 유사한 것은 유사한 것을 낳는다는 '유감주술(有感呪術)'에 해당하고, 뒤엣것은 한번 접촉한 것은 시공간을 초월하여 서로 작용한다는 '접촉주술(接觸呪術)'에 해당한다.

이 두 가지 주술 중에서 〈구지가〉에 사용된 것은 유감주술이다. 거북의 머리는 우두머리 또는 임금을 상징하거나, 남성의 성기를 은유한 것으로 해석된다. 거북이가 머리를 내미는 행위는 곧 왕이 태어나는 모습을 뜻한다. 구워 먹겠다는 것은 토템으로 숭배되는 거북이에 대한 희생제의를 의미하거나, 또는 거북이를 태워 점을 치는 구복의식을 연상시킨다. 어느 경우이든 새로운 임금을 맞이하는 제의에서 불리어진 주술적 사고를 보여준다.

〈구지가〉에서 또 하나 주목되는 부분은 거북이를 위협한다는 점이다. 물론 조건이 있다. 그 조건이 충족되지 않으면 죽이겠다고 협박한다. 이때 거북이는 인간과 신을 매개하는 존재이다. 그가 감당해야 할 몫은 인간의 요구를 신에게 전달하여 성취되도록 하는 것이다. 만약 성사되지 않으면 그 책임은 온전히 거북이에게 있다고 여겨진다.

이것이 바로 토템으로 숭배되거나 점괘를 얻는 도구로 쓰이는 거북이의 운명이다. 그가 왜 이런 운명을 타고났는가? 머리를 몸 안으로 집어넣었다가 뺄 수 있는 신체구조 때문에, 혹은 머리의 생김새가 남성의 성기와 비슷하게 생겼기 때문이다. 이것이 바로 거북이에게 주어진 태생적 원죄이다.

괴변을 물리친 주술적 노래의 힘 : 융천사 〈혜성가〉와 〈도솔가〉

주술적 노래는 삼국시대에도 지속적으로 지어졌다. 고대국가가 형성되

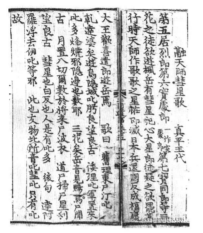

『삼국유사』에 실린 〈혜성가〉

고 불교가 전파되기는 했지만, 주술적 사고는 여전히 사람들을 구속하고 있었다. 이런 맥락 속에서 사람들은 주술적 향가를 지어 불렀다.

먼저 혜성의 변고를 물리쳤다는 〈혜성가(彗星歌)〉부터 보기로 하자. 진평왕 16년(594) 때의 일이라고 한다. 거열랑(居烈郎), 실처랑(實處郎), 보동랑(寶同郎)이 이끄는 낭도들이 금강산 유람을 떠나려 했다.

유람을 한다는 것은 관광을 말하는 것이 아니다. 경치가 좋은 곳을 찾아가 심신을 닦고 무예를 닦으며 친목을 다지는 화랑 특유의 수련방법이다. 요즘에도 실시하는 국토대장정 혹은 해병대 캠프에 비교될 만한 프로그램이다.

그런데 뜻하지 않은 문제가 생긴다. 혜성이 심대성(心大星)을 범하는 괴변이 일어난 것이다. 혜성은 재앙의 심볼이고, 심대성은 임금을 뜻하는 천왕성(天王星)의 다른 이름이다. 결국 혜성이 심대성을 덮쳤다는 것은 나라에 나쁜 일이 벌어졌음을 의미하는 천변(天變)을 상징한다. 세 무리의 화랑들은 즉각 금강산 출유(出遊)를 그만두려 한다. 화랑으로서 당연한 결정이었다.

이때 무리에 속해있던 융천사(融天師)가 향가를 지어 하늘에 제를 올렸다. 그랬더니 돌연 별의 변괴가 사라졌으며, 때마침 동해안을 침략했던 왜군들도 모두 철수하게 되었다. 재앙이 사라지자 진평왕도 기뻐하며 낭도들의 출유를 허락했다고 했다. 〈혜성가〉는 열 줄로 이루어진 최초의 10구체 향가이다.

	예전 동해 물가
녜 시ㅅ 믌ᄀᆞ	건달파의 논 성(城)을랑 바라보고
乾達婆이 노론 잣흘란 ᄇᆞ라고	왜군(倭軍)도 왔다고
예ㅅ 軍두 옷다	봉화를 든 변방이 있어라
燧ᄉᆞᆯ얀 ᄀᆞ 이슈라	삼화의 산구경 오심을 듣고
三花이 오롬보샤올 듣고	달도 부지런히 등불을 켜는데
둘두 ᄇᆞ즈리 혀렬 바애	길쓸별을 바라보고
길 쓸 별 ᄇᆞ라고	혜성이여! 사뢴 사람이 있구나
彗星여 슬ᄫᅧ 사ᄅᆞᆷ이 잇다	아으 달은 저 아래로 떠갔더라
아으 ᄃᆞᆯ 아래 ᄠᅥ갯더라	이 보아, 무슨 혜성이 있을꼬
이 어우 므슴ㅅ 彗ㅅ기 이실꼬	

(양주동 현대어역)

  시적 화자의 말대로라면, 신기루를 보고 왜군이 쳐들어왔다고 봉화를 올린 일이나, 길쓸별을 보고 혜성이라고 아뢴 것은, 잘못된 말이라는 것이다. 즉, 왜군의 침입도, 혜성의 출현도, 처음부터 일어나지 않았다는 주장이다. 그러나 이는 시적 화자의 주술적 전략일 뿐이다. 실제로 일이 발생한 것은 맞다. 하지만 아예 발생조차 하지 않았다고 노래함으로써, 원래 상태로 되돌아가기를 기원한 것이다.

  시적 화자의 소망은 결과적으로 이루어졌다. 왜적은 물러가고 혜성은 사라졌다. 신라인들은 이를 두고 '노래의 힘'이라고 믿었다. 하늘의 괴변과 국가적 위기를 잠재워준 주술적 노래의 힘이다.

  이와 비슷한 사례가 월명사가 지었다는 〈도솔가(兜率歌)〉이다. 경덕왕 19년(760) 4월 초하루였다. 하늘에 두 개의 해가 나란히 나타나 열흘 동안 사라지지 않았다. 천문을 담당한 관리가 아뢰기를, 인연 있는 스님을 청하여 산화공덕을 베풀면 재앙을 물리칠 수 있다고 했다.

왕은 청양루(靑陽樓)에 행차하여 인연 있는 스님을 기다렸다. 마침 그 앞을 지나가던 월명사를 불러 하늘에 기도하는 글을 지어달라고 청하였다. 월명사는 "저는 국선의 무리에 속해 있으므로 겨우 향가만 알 뿐이며 불교노래는 익숙하지 못하옵니다." 하고 아뢰었다. 왕이 향가라도 무방하다고 하자 월명사는 〈도솔가(兜率歌)〉를 지어 불렀다. 노래가 끝난 후 해의 변괴가 사라졌다.

〈도솔가〉는 넉 줄로 이루어진 짧은 향가이다.

오늘 이에 散花 블러	오늘 이에 산화 불러
보보술본 고자 너는	솟아나게 한 꽃아 너는
고도 무수미 命ㅅ 브리이악	곧은 마음의 명에 부리워져
彌勒座主 모리셔 벌라	미륵좌주 뫼셔 나립(羅立)하라

(김완진 현대어역)

창세신화(創世神話) 속에서 여러 개의 해가 떴다는 삽화는 흔히 찾아볼 수 있다. 두 개 또는 세 개라고도 하고 심지어 일곱 개의 해가 떴다고도 한다. 해와 더불어 달도 여럿이라고 한다. 이때 영웅이 등장하여 활을 쏘아 해와 달을 떨어뜨렸으며, 지금처럼 하나만 남게 되었다는 것이다. 이른바 태양을 쏘아 떨어뜨렸다는 〈사양신화(射陽神話)〉의 핵심적 내용이다. 그 맥락은 카오스에서 코스모스로, 무질서에서 질서로의 전환을 은유하는 이야기라 할 수 있다.

'두 개의 해가 뜨는 세상'이란 어떤 세상인가? 신화학자들은 해가 여럿인 경우는 극심한 가뭄으로, 달이 여럿인 경우는 극한의 추위로 해석한다. 가뭄이나 추위는 신화시대 사람들에게 치명적이었다. 그러므로 두 개의 해는 즉각 물리쳐야 할 괴변으로 인식되었다.

〈혜성가〉가 지어진 지 160여 년이 지난 후에 〈도솔가〉가 지어졌다. 그런데도 두 노래 모두 하늘의 변괴를 사라지게 했다는 공통점을 가지고 있다. 차이가 있다면 〈혜성가〉는 화랑의 출유나 외침 같은 좀 더 현실적인 효과가 가져왔다는 점이다. 그에 비해 도솔가는 다만 해가 사라졌다는 신화적 결말을 보여준다. 160여 년이라는 세월이 주술에 대한 사람들의 생각을 변화시킨 것이 아닌가 한다. 여기에는 불교의 확산이라는 당대의 종교적 지형 변화도 적잖은 영향을 미쳤을 것이다.

간절하면 이루어진다! : 희명의 〈도천수대비가〉

삼국시대에 불교가 공인되고 그 세력이 점차 확대되면서 종교가 주술의 자리를 대신하게 되었다. 물론 주술과 종교를 무 자르듯 확연하게 구분하기는 어렵다. 둘은 비슷하면서 또한 다르다. 이런 점에서 바라볼 때, 〈도천수대비가(禱千手大悲歌)〉는 현세 지향적 주술과 종교의 혼재를 보여준다.

무루플 ㄴ초며	무릎을 낮추며
두블 손ㅂ롬 모도ㄴ라	두 손바닥 모아
千手觀音ㅅ 알파히	천수관음 앞에
비술볼 두ㄴ오다	기구의 말씀 두노라
즈믄소낫 즈믄 누늘	천 개의 손엣 천 개의 눈을
ᄒᆞ든핫 노하 ᄒᆞ 두놀 더럭	하나를 놓아 하나를 덜어
두블 ᄀᆞ만 내라	두 눈 감은 나니
ᄒᆞ든사 숨기주쇼셔 ㄴ리ㄴ옷ᄃᆞ야	하나를 숨겨 주소서 하고 매달리누나
아야여 나라고 아ᄅᆞ실ᄃᆞ	아아, 나라고 알아 주실진댄
어드레 쁘올 慈悲여 큰고	어디에 쓸 자비라고 큰고

(김완진 현대어역)

〈천수관음상〉: 천 개의 손과
천 개의 눈을 가지고 있는 불상으로
무한한 자비심을 상징한다.

경덕왕(재위 742~765) 때 희명(希明)이라는 눈먼 여자아이가 있었다. 그 어머니가 딸을 데리고 분황사 벽에 그려진 천수대비 앞에 나아가 아이로 하여금 이 노래를 지어 부르게 했다고 한다. 그랬더니 기적처럼 눈을 뜨게 되었다는 것이다. 딸의 이름은 희명, 즉 '눈뜨기를 바라다.'라는 뜻이다. 이런 점에서 희명 이야기는 이른바 득명설화(得明說話) 혹은 개안설화(開眼說話)의 일종이다. 심청의 아버지 심봉사가 눈을 떴다는 이야기도 이런 부류에 속한다.

노래의 맥락은 명쾌하다. 자비의 상징인 천수대비는 천 개의 눈을 가지고 있으니, 그중의 하나쯤 떼어달라는 것이다. 두 눈이 다 먼 시적 화자 외에 누구에게 자비를 베풀겠느냐는 인간적인 투정이다. 다소간의 차이는 있겠으나, 시적 화자의 투정 속에는 원망이나 불만의 감정이 내재되어 있다. 그것은 천수대비를 향한 절실한 소망이기도 하다.

간절히 소망하면 이루어진다고 했던가. 눈먼 장님이었던 희명은 앞을

볼 수 있게 되었다. 지극한 마음으로 절대자의 존재를 믿고, 나의 결핍을 해결해 달라고 간절하게 기도했기 때문일 게다. 이것이 바로 기적을 불러일으키는 주술과 종교의 힘이다. 그 힘을 노래가 대변하고 있다.

역신을 물리치는 특이한 방법? : 처용의 〈처용가〉

우리의 삶에는 보통의 앎으로 해석이 불가능한 지점이 많다. 온갖 지식과 지혜를 다 동원해도 해명되지 않거나 납득할 수 없는 지점이 수두룩하다. 흔히 그런 지점을 신비스럽다거나 불가사의하다고 말한다. 이런 입장에서 〈처용가(處容歌)〉는 그 특별함이 단연코 출중하다고 할 만하다.

통일신라 제49대 헌강왕(재위 875~886) 때의 일이다. 왕이 바닷가에 놀러 갔는데 갑자기 안개가 자욱해져 길을 잃을 지경이었다. 왕이 괴이하게 여기자, 일관이 동해용의 조화이니 좋은 일을 하여 풀어주어야 한다고 했다. 왕이 근처에 절을 세우라고 하자 곧 해무가 개었다.

『악학궤범』에 있는 처용가면(좌), 평양감사 향연도에 그려진 처용무

잠시 후 동해용이 일곱 아들을 데리고 나타나 왕의 덕을 찬양하며 춤을 추었다. 그때 처용이라는 용자(龍子)가 왕을 따라 서라벌로 들어와 정사를 도왔다. 왕은 처용의 마음을 계속 잡아두기 위하여 급간(級干)이라는 벼슬도 주고 미녀와 혼인하여 살게 하였다.

그런데 처용의 아내는 꽃처럼 아름다웠다. 귀신을 홀릴 정도였다. 때마침 역신(疫神)이 그녀를 흠모하여 사람 모습으로 변하여 밤이면 그 집에 가서 몰래 자고 가곤 했다. 밤늦게 돌아온 처용은 두 사람이 함께 누워있는 것을 보았으나, 그저 춤추고 노래하며 물러 나왔다.

그러자 역신이 본모습을 드러내어 처용 앞에 무릎을 꿇고 "공의 아내를 사모하여 범하였는데도 노여워하지 않으시니 감동하여 아름답게 여기는 바입니다. 맹세코 이제부터 공의 형상을 붙여놓은 문 안에는 들어가지 않겠나이다." 하였다. 이후 사람들이 처용의 화상을 문에다 붙여 나쁜 귀신을 물리쳤다는 것이다.

여기서 처용이 역신을 감복시켰다는 노래가 〈처용가〉이다.

東京 블기 드라라	동경 밝은 달에
밤 드리 노니다가	밤들이 노니다가
드러사 자리 보곤	들어 자리를 보니
가로리 네히러라	다리가 넷이러라
두브른 내해엇고	둘은 내해였고
두브른 누기핸고	둘은 누구핸고
본디 내해다마르는	본디 내해다마는
아사늘 엇디ᄒ릿고	빼앗은 것을 어찌하리오 (김완진 현대어역)

〈처용가〉에 대한 논란은 크게 두 가지이다. 첫째는 처용의 정체가 무엇인가 하는 것이다. 지방호족의 아들이라는 설, 이슬람 상인이라는 설, 화

랑이라는 설, 무당이라는 설 등 다양한 견해가 제기되었다. 둘째는 가무이
퇴(歌舞而退)했다는 처용의 행동을 어떻게 해석할 것인가이다. 역신과 동
침하고 있는 아내! 그 불륜의 현장을 목격하고도 그대로 물러났다는 남편!
난장판을 만들어도 시원찮을 판에 춤추고 노래하며 물러났다니……. 도저
히 납득하기 어려운 대목이다.

그러나 이는 무속의 사유체계를 이해하면 나름대로 수긍이 간다. 무속
의 기본원리는 신을 즐겁게 만들어 인간이 원하는 바를 취하는 데 있다.
무당은 신을 모셔 와서 그에게 온갖 좋은 옷과 좋은 음식을 바친다. 또한
그 앞에서 흥겨운 춤과 노래의 향연을 펼친 후에 신을 다시 돌려보낸다.
이처럼 무속은 신을 위해주는 대가로 원하는 바를 얻을 수 있다는 호혜(互
惠)의 논리를 가지고 있다. 이는 신을 협박하는 주술이나, 간절한 기도와
금욕적 생활을 중시하는 종교와는 확연히 다른 부분이다.

처용의 기이한 행동은 이러한 무속의 논리에 기대어 해석이 가능하다.
즉, 무당인 처용이 역병에 걸린 아내를 치유하는 치병굿을 했다는 것이다.
역신은 천연두 혹은 마마를 말한다. 의약기술이 발달하지 않았던 중세시
대에 천연두는 호환(虎患)이나 전쟁에 버금가는 공포의 대상이었다. 오죽
했으면 왕실에서나 쓰는 '마마(媽媽)'라는 존칭까지 붙여 주었을까. 마마에
걸리면, 얼굴은 곰보가 되어도 좋으니, 그저 큰 탈 없이 지나가 달라고 빌
뿐이었다. 따라서 처용은 무당이며, 그의 특이한 행위는 무속의 논리에 입
각한 것으로 보인다.

신앙고백 또는 포교의 도구 : 종교가사의 몇몇 국면들

한편, 불교, 동학, 천주교 같은 특정 종교의 교리를 세상에 널리 알릴
목적으로 지어진 가사작품이 있다. 이들을 묶어 종교가사라고 부른다. 어

려운 경전의 내용을 알기 쉽게 풀어쓴 작품, 신앙을 고백하는 작품, 주위사람들에게 신앙을 권유하는 작품 등이 모두 종교가사의 범주에 속한다.

불교가사의 첫머리는 고려 말기에 나옹(懶翁) 화상이 지었다는 〈서왕가(西往歌)〉이다.

나옹화상 초상화

> 나도 이럴망정 셰샹(世上)애 인재(人子)러니
> 무샹(無常)을 싱각하니 다 거즛 거시로쇠
> 부모의 기친 얼골 주근 후에 쇽졀 업다
> 져근닷 싱각ㅎ야 셰ᄉ(世事)을 후리치고
> 부모끠 하직ㅎ고 단표ᄌ(單瓢子) 일납의(一衲衣)애
> 청녀쟝(靑藜杖)을 빗기 들고 명산을 ᄎ자드러
> 션지식(善知識)을 친견ㅎ야 ᄆ음을 불키리라
> 쳔경(千經) 만론(萬論)을 낫낫치 츄심(追尋)ㅎ야
> 늇적(六賊)을 자부리라 허공마(虛空馬)를 빗기 ᄐ고
> 막야검(莫耶劍)을 손애 들고 오온산(五蘊山) 드러가니
> 졔산(諸山)은 쳡쳡ㅎ고 ᄉ샹산(四相山)이 더옥 놉다

세상의 일들이 다 허무하기 짝이 없으니 불가에 귀의하여 극락의 즐거움을 누리겠다는 내용이다. 오욕과 칠정이 부질없으며, 오로지 부처님의 가르침을 얻어 마음의 지혜를 밝혀야 한다는 것이다. 시적화자는 중생들에게 부처를 믿고 따르라고 직접 설득한다. 중생들은 이 노래를 들으면서 또는 스스로 읊으면서 불심을 가다듬었으리라.

이렇듯 불교가사의 내용은 교리 중심으로 이루어져 있다. 표현도 다분히 불교적이다. 육적, 허공마, 선지식, 막야검, 오온산, 사상산 등은 모두 불교 경전에서 가져온 말들이다. 문자를 모르는 백성들에게 한자로 쓴 경전은 그림의 떡이다. 따라서 불교가사는 문자를 모르는 백성들을 포교하기 위한 교술적 목적문학이다.

이러한 양상은 동학가사에서도 비슷하게 나타난다. 동학을 창시한 수운(水雲) 최제우(崔濟愚 1824~1864)는 『용담유사(龍潭遺詞)』라는 가사집을 남겼다. 여기에 〈용담가(龍潭歌)〉와 같은 9편의 동학가사 작품이 수록되어 있다.

〈용담가〉는 최제우의 득도 체험을 다룬 대표적인 동학가사이다. 서두에서는 그의 고향인 경주 용담 일대의 뛰어난 풍광을 노래하고, 본사에서는 그의 가문과 부친이 한미함을 한탄한다. 그런 다음 자신이 득도하게 된 경위를 풀어놓는다.

가련하다 이내부친 여경인들 없을소냐
처자불러 효유하고 이러구러 지내나니
천은이 망극하여 경신사월 초오일에
글로 어찌 기록하며 말로 어찌 성언할까
만고 없는 무극대도 여몽여각 득도로다
기장하다 기장하다 이내운수 기장하다
하날님 하신말씀 개벽후 오만년에
네가 또한 첨이로다 나도 또한 개벽이후
노이무공 하다가서 너를·만나 성공하니
나도 성공 너도 득의 너의 집안 운수로다

경신년 4월 5일에 무극대도(無極大道)를 깨달았다고 했다. '한울님'이 말씀하시기를, 천지가 개벽한 지 5만 년이 지났는데 처음으로 도를 깨우친 사람이 나타났다는 것이다. 그가 바로 최제우 자신이다. 이러한 득도의 기쁨을 "글로 어찌 기록하며 말로 어찌 성언할까!" 하면서 한껏 드러낸다.

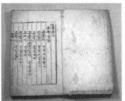

최제우 초상화(좌), 『동경대전』과 『용담유사』(우)

절대적 존재인 한울님과의 만남! 그것은 단순한 감격을 넘어서는 초월적인 신비체험에 가깝다.

이처럼 동학가사는 최제우의 득도 체험을 비롯하여 동학의 핵심사상을 두루 담고 있다. 조선후기 대다수의 백성들은 한자를 몰랐다. 한글조차 모르는 사람이 수두룩했다. 그들에게 한자로 된 경전은 무용지물이나 다름 없었다. 그러므로 최제우는 문자를 모르는 서민들을 포교할 목적으로 가사를 지었던 것이다. 일상적이고 쉬운 표현을 사용하여 동학의 핵심사상을 전달하고자 하였기에 널리 호응을 받을 수 있었다.

한편, 조선후기에 가톨릭이 전래되면서 그 교리를 담은 천주교가사가 나타나기 시작했다. 흑산도에 유배되어 병사한 정약전(丁若銓 1758~1816)이 지었다는 〈십계명가(十誡命歌)〉, 독학으로 교리를 깨우쳤다는 이벽(李檗 1754~1785)이 지은 〈천주공경가(天主恭敬歌)〉, 우리나라 두 번째 사제인 최양업(崔良業 1821~1861) 신부가 지은 〈사향가(思鄕歌)〉, 〈삼세대의(三世大義)〉 등이 대표적이다.

어와세상 벗님네야 이내말씀 들어보소
집안에는 어른있고 나라에는 임금있네
내몸에는 영혼있고 하늘에는 천주있네
부모에게 효도하고 임금에는 충성하네
삼강오륜 지켜가자 천주공경 으뜸일세
이내몸은 죽어져도 영혼남아 무궁하리
인륜도덕 천주공경 영혼불멸 모르면은
살아서는 목석이요 죽어서는 지옥이라
천주있다 알고서도 불사공경 하지마소
알고서도 아니하면 죄만점점 쌓인다네

우리나라 천주교의 선구자로 신자로 알려
진 이벽(李蘗)이 지은 〈천주공경가〉이다. 집
안에 어른이 있고 나라에 임금이 있듯이, 하
늘에는 천주가 있다고 설명한다. 영혼의 불
멸, 천당과 지옥, 유일신에 대한 믿음 등 천
주교의 핵심교리를 쉽게 풀어놓았다. 이처럼
〈천주공경가〉는 유교를 따랐던 당대의 사회
에 비교하여 천주의 절대성을 설파한다.

이벽 초상화

결국 종교가사는 한자를 모르는 일반 서민
들에게 핵심적인 교리를 전달하는 한편, 특정 종교를 믿도록 권유하는 역
할을 담당했다. 시조처럼 짧은 형식의 서정시는 이런 역할을 감당하기 어
렵다. 그에 비해 가사는 시적 형식이 아주 단순하다. 1행 4음보가 거의 전
부이다. 행수의 제한도 없다. 이런 느슨한 시적 형식 때문에 가사는 신앙
을 고백하거나 교리를 전달하는 데 제격이었을 것이다.

신앙의 깊이를 더해주는 가요 혹은 노래의 힘

중세까지만 하더라도 '시(詩)'보다 '시가(詩歌)'라는 말이 더 익숙했던 시대였다. 시와 시가는 한 끗 차이이다. 눈으로 읽는가 아니면 소리 내어 읊는가의 차이다. 독자가 작품을 즐기는 방식이 다르다는 말이다. 적어도 현대문학에서는 이제 시(詩)와 가(歌)의 간격은 확연히 멀어졌다.

하지만, 종교의 영역에서는 아직도 시와 가의 결합이 제법 단단한 편이다. 불교의 독경은 가사를 읊조리는 방식과 유사하다. 리듬과 억양이 닮았다. 성당의 미사, 교회의 예배에서는 찬송가가 한몫을 한다. 찬송가는 신에게 바치는 시를 노래로 부르는, 이른바 문학과 음악의 융합 예술이다.

그러면 왜 독경을 책 읽듯이 하지 않고 굳이 소리 내어 읊조리는가. 왜 신에게 바치는 시를 낭독하지 않고 곡조에 얹어 부르는가. 그것은 바로 노래의 힘 때문이다. 신앙의 깊이를 더해주는 힘! 절대자를 느낄 수 있게 해주는 힘! 신심을 심오하게 해주는 힘! 이런 힘들이 시 속에, 노래 속에 숨어있기 때문이다.

현대인들은 경쟁적인 사회구조 속에서 늘 바쁘다. 365일, 24시간 쉬지 않고 자전거를 타는 것과 유사하다. 자전거가 쓰러지지 않으려면 페달을 계속 밟아야 한다. 그래야 넘어지지 않는다. 이것이 바로 자전거의 패러독스이다.

극심한 경쟁에 내몰린 현대인들도 마찬가지다. 그들은 잠깐 동안이라도 라이딩(riding)을 멈출 수가 없다. 페달 밟기를 멈출 수 없다는 말이다. 멈추면 자전거가 넘어진다. 그렇기 때문에 현대인들은 늘 허기에 시달린다. 배도 고프고 마음도 고프다. 육체도 고프고 정신도 고프다. 특히, 세상살이에 두 눈을 뜰수록 영혼의 허기는 한층 더 극성스러워진다. 고급 자동차나 큰 평수의 아파트, 수백만 원에 달하는 명품가방도 이런 허기를 채워주지는 못한다.

바쁘게 돌아가는 세상! 자전거의 속도를 늦출 필요가 있다. 목적지만 바라보며 달리는 것만이 최선은 아니다. 가끔은 아예 자전거에서 내려서자. 그것이 훨씬 더 현명한 선택이 될 수도 있다. 때로는 자전거도 멈추어야 하고, 나도 멈추어야 한다.

잠시 자전거를 끌고 가면서 오솔길을 걸어보자. 길고 편한 호흡으로, 느긋하게 이완된 마음으로, 시를 읊어 보거나 노랫가락을 흥얼거려 보자. 그러면 고단한 삶의 타래가 풀어져 강물처럼 흐를 것이다. 지친 영혼이 살아나 들꽃처럼 다박다박 피어나 반길 것이다. 이쯤 되어야 자전거에 끌려가는 사람이 아니라 자전거를 끌고 가는 사람, 즉 진정한 삶의 주인공이 될 수 있다.

제4부

사회와 정치

군신 간의 연모와 원망

〈낙남헌 기로도〉의 일부분: 전각 안에 왕의
모습 대신 어좌만 그려져 있다.

중세시대에는 그 이름을 함부로 부르거나 쓸 수 없는 존재가 있었다. 그가 주관하는 행사를 그린 그림에서조차 그 모습을 그리면 안 되는 지엄한 존재가 있었다. 바로 '왕'이다.

예컨대, 정조가 사도세자의 능을 방문했던 일을 8폭으로 나누어 그린 병풍에도 정작 정조 자신의 모습은 찾아볼 수 없다. 하얀 장막을 둘러친 드높은 전각, 좌우에 줄지어 서 있는 신하들, 그 가운데에 모여 앉은 수십 명의 선비들! 하나같이 섬세하게 그려져 있지만, 유독 왕의 얼굴은 보이지 않는다. 그 대신 임금이 앉았던 어좌(御座)만 덩그러니 그려져 있을 뿐이다. 물론 아무도 앉지 않은 빈 의자일 뿐이다.

현대를 살아가는 우리는 그 시절의 왕이 얼마나 높은 존재였는지 실감하기 어렵다. 다만 무소불위나 생사여탈 같은 말을 통해 왕의 절대적인 위상과 권력을 짐작해볼 뿐이다. 왕의 말이 곧 법이었던 시절, 그는 존경과 두려움을 동시에 자아내는, 은혜와 형벌을 함께 베풀 수 있는 존재였다. 지엄하면서도 야누스 같은 양면적 얼굴을 가진 존재였다.

그러나 왕의 권한이 아무리 크다고 해도 그 역시 희로애락의 감정에 흔들리는 인간이었다. 뻔한 실수를 저지르기도 하고 소인배에게 휘둘리기도 했다. 그런 일이 벌어지면 신하들은, 때로는 억울한 누명을 쓰고, 때로는 혹독한 형벌을 감수해야 했다.

이러한 까닭에 우리가요에는 군신 간에 펼쳐졌던 애증의 정서를 노래한 작품들이 풍부하게 전해진다. 그 속에는 왕과 신하 사이의 원망과 연모의 감정들이 켜켜이 녹아들어 있다. 그것은 임금의 면전에서는 차마 내뱉을 수 없었던, 그러나 노래를 통해서라도 꼭 전하고 싶었던 진실한 소회였을 것이다.

맹세의 증표가 된 노래 : 신충의 〈원가〉

신라 제34대 임금인 효성왕(孝成王, 재위 737~742)은 즉위하기 전에 신충(信忠)과 가깝게 지냈다. 어느 날 궁궐 뜰에 있는 잣나무 아래에서 신충과 더불어 바둑을 두면서, 왕은 "훗날 만일 그대를 잊는다면 저 잣나무가 증거가 될 것이다."라고 말하였다. 그 말을 들은 신충은 얼른 자리에서 일어나 큰절을 올렸다.

여자는 자기를 사랑해주는 남자를 위해 화장을 하고, 남자는 자기를 인정해주는 사람을 위해 목숨을 바친다고 하지 않았던가. 그 당시 효성왕은 태자의 신분이었으니 거의 왕이나 다름없는 존재였다. 그런 존재가 자신을 중용하겠다고 약속했으니, 신충의 마음속에는 감격의 물결이 밀려들었다.

『삼국유사』에 실린 신충 이야기

몇 달 뒤 효성왕은 왕위에 올랐다. 그런데 왕은 신충과의 약속은 까맣게 잊어버리고 말았다. 실망한 신충은 왕을 원망하는 노래를 지어 잣나무에 붙였다. 푸르렀던 잣나무는 갑자기 누렇게 시들었다. 괴이하게 여긴 왕이 나무를 살펴보게 했더니, 사람들이 잣나무에 붙어있던 그의 노래를 가져다 바쳤다. 그제야 왕은 신충과의 약속을 떠올리며, "정무가 바빠서 각궁(角弓) 같은 공신을 잊을 뻔했구나!" 하고 탄식했다. 왕은 곧바로 신충을 불러 높은 벼슬을 내려주었다. 그러자 시들었던 잣나무가 되살아났다는 것이다.

그 향가가 바로 〈원가(怨歌)〉, 즉 '원망의 노래'이다.

갓 됴히 자시	질(質) 좋은 잣이
ᄀᆞᆯ 안둘곰 ᄆᆞᄅᆞ디매	가을에 말라 떨어지지 아니하매
너를 하니져 ᄒᆞ시ᄆᆞ론	너를 중히 여겨 가겠다 하신 것과는 달리
울월던 ᄂᆞ치 가시시온 겨ᄉᆞ레여	낯이 변해 버리신 겨울에여
ᄃᆞ라리 그르메 ᄂᆞ린 못ᄀᆞᆺ	달이 그림자 내린 연못 갓
녈 믌겨랏 몰애로다	지나가는 물결에 대한 모래로다
즈ᅀᅵ샷 ᄇᆞ라나	모습이야 바라보지만
누리 모ᄃᆞᆫ갓 여히온ᄃᆡ여	세상 모든 것 여희여 버린 처지여

(김완진 현대어역)

잣나무 잎은 겨울에도 떨어지지 않는다. 그러한 잣나무처럼 변치 않겠다던 맹세가 모두 헛일이 되고 말았다고 했다. 신충은 버림받은 자신의 처지를 달그림자가 짙게 드리운 연못 혹은 물결에 밀려나는 모래와 같은 하찮은 존재라고 한탄한다. 나아가 세상의 모든 것을 잃어버린 신세라고 절망한다. 그만큼 왕에 대한 원망과 허탈감은 컸다. 잣나무가 시들었다는 것은 주술로 치부하면 그만이지만, 신충이 입은 정신적 내상(內傷)은 매우 깊었음을 잘 보여준다.

어찌 되었든 효성왕의 약속은 노래의 힘을 빌려 이행되었다. 이런 점에서 〈원가〉는 '맹세의 증표' 노릇을 톡톡히 했다고 할 만하다. 이처럼 〈원가〉는 왕에 대한 서운함과 원망이 직접적으로 드러난다는 특징을 가지고 있다.

오이밭을 가꾸며 부른 연군의 노래 : 정서의 〈정과정곡〉

〈정과정곡(鄭瓜亭曲)〉은 정서(鄭敍 ?~?)가 지은 노래이자 작가가 알려진 유일한 고려가요이다. 정서는 인종의 처남이었다. 자연히 인종이 재위 (1122~1146)하는 동안에는 왕의 총애를 받으며 승승장구했다. 이른바 권문세가의 잘 나가는 인척(姻戚)이었다.

그러나 인종이 서거한 후 그의 입지는 크게 흔들렸다. 의종이 즉위하던 그해(1146), 정서는 참소를 입어 고향인 동래로 유배되었다. 의종은 "머지않아 다시 부르겠다."라고 하였으나, 그의 귀양살이는 20년 동안이나 이어졌다.

부산에 있는 〈정과정곡〉 시비

그 긴긴 세월 동안 정서는 오이밭을 가꾸며 소일했다. 마을 뒷산에 정자를 지어 '과정(瓜亭)'이라 이름을 붙이고, 이를 자신의 호로 삼았다. 이 무렵 임금을 그리워하는 정을 애달프게 읊은 노래를 지어 거문고를 타며 불렀다고 한다. 이 노래가 바로 〈정과정곡〉이다.

내 님믈 그리ᅀᆞ와 우니다니
산(山) 졉동새 난 이슷ᄒ요이다
아니시며 거츠르신ᄃᆞᆯ*
잔월효성(殘月曉星)*이 아ᄅᆞ시리이다
넉시라도 님은 ᄒᆞᆫ디 녀져라
벼기시더니* 뉘러시니잇가
과(過)도 허물도 천만(千萬) 업소이다
ᄆᆞᆯ힛 마리신뎌* 슬읏브뎌
니미 나ᄅᆞᆯ ᄒᆞ마 니ᄌᆞ시니잇가
아소 님하 도람 드르샤 괴오쇼셔

*아니시며 거츠르신ᄃᆞᆯ: 아니시며 거짓인 줄을   *잔월효성(殘月曉星): 새벽달과 새벽별
*벼기시더니: 우기다 또는 이간시키다
*ᄆᆞᆯ힛 마리신뎌: 뭇사람의 참언이었구나 또는 슬프게 하지 마소서

자신의 모습을 두견새에 빗대어 임금을 그리워하는 애처로운 모습으로 그리고 있다. 자신의 결백함은 새벽달과 새벽별이 알 것이라 했다. 나아가 어찌 나를 잊을 수 있겠느냐 하면서 다시 마음을 돌이켜 사랑해 달라고 애절하게 간청한다.

〈정과정곡〉은 이른바 '충신연주지사(忠臣戀主之詞)'의 맏머리로 언급되는 작품이다. 그 특징은 여성적 어조와 정서에서 찾을 수 있다. 여성적 어조는 임금에 대한 원망보다 자신의 애달픈 처지를 하소연하는 데 더 유리하게 작용한다. 이런 어조로 임금을 그리워하는 자신의 마음은 변함이

없다고 하소연한다. 이 때문에 〈정과정곡〉은 궁중 연회에서 불리는 악장으로 채택되었으며, 훗날 〈사미인곡〉과 같은 노래의 원류가 되었던 것이다.

문학성보다 아부? : 조선초기의 악장 〈감군은〉

한편, 궁중 연회나 제례에서 불리던 노래를 '악장(樂章)'이라고 하는데, 특히 조선이 건국된 15세기에는 여러 편의 악장이 지어졌다. 〈용비어천가(龍飛御天歌)〉, 〈월인천강지곡(月印千江之曲)〉, 〈신도가(新都歌)〉와 같은 작품들이 그런 노래에 해당한다. 이들 악장의 주요 내용은 조선을 창업한 이성계와 그 조상에 대한 송축, 왕업의 번성, 태평성대에 대한 기원 등이라고 할 수 있다.

총 4연으로 이루어진 〈감군은(感君恩)〉은 임금에 대한 무한한 송축을 담고 있다.

> 스히 바닷기픠는 닫줄로 자히리어니와
> 님의 덕틱기픠는 어느 줄로 자히리잇고
> 향복무강ᄒ샤 만셰를 누리쇼셔
> 향복무강ᄒ샤 만셰를 누리쇼셔
> 일간명월(一竿明月)*이 역군은(亦君恩)이샷다 (1연)
>
> 일편단심 뿐을 하늘하 아ᄅ쇼셔
> 빅골 미분(糜粉)*인들 단심이ᄯᆫ 가시리잇가
> 향복무강ᄒ샤 만셰를 누리쇼셔
> 향복무강ᄒ샤 만셰를 누리쇼셔
> 일간명월(一竿明月)이 역군은(亦君恩)이샷다 (4연)

*일간명월(一竿明月): 밝은 달 아래 낚싯대 하나를 드리움
*빅골 미분(糜粉): 뼈를 부러뜨리고 몸을 가루로 만듬

감군은을 지은 상진의 초상화

노래의 내용은 특별한 것이 없다 해도 과언은 아니다. 임금의 성덕이 바다보다 깊고 하늘같이 높다는 것, 일편단심은 변하지 않는다는 것이 전부이다. 정서적으로 큰 감동을 준다거나 또는 인식적으로 각성을 촉구하는 내용은 별로 없다.

표현적 측면에서도 눈에 띄는 구절은 찾기 어렵다. 바다와 태산, 하늘을 끌어들인 비유는 식상하기 짝이 없다. 게다가 '향복무강하사 만세를 누리소서' 하는 구절은 연마다 2번씩 반복되고, '일간명월이 역군은이샷다'라는 구절도 모든 연에서 반복된다. 이렇게 본다면 〈감군은〉은 정서적, 표현적, 내용적으로 보아 문학성이 높은 작품으로 보기는 어렵다.

그 이유는 분명하다. 악장이기 때문이다. 악장문학은 국가의 공식적 행사에서 부르는 노래이다. 제례나 연회 현장에서 왕실과 임금의 은덕을 예찬하는 실용적 목적을 가지고 있다. 이런 목적을 충분히 달성하려면 사람들에게 익숙한 표현을 쓰는 것이 효과적일 게다. 그래서 상투적 비유를 동원하고, 동일한 구절을 반복시켰던 것으로 보인다.

요즘 같으면 〈감군은〉과 같은 노래는 인기를 얻기 어려울 듯하다. 표현이 새롭지 않을 뿐만 아니라, 그 내용은 의례적인 송축에 불과하기 때문이다. 그러나 조선시대의 사정은 지금과 완연히 다르다. 왕과 왕실에 대한 송축은 아무리 지나쳐도 문제가 되지 않는다. 도리어 과도히 넘치도록 하는 것이 신하된 도리였으리라. 이 때문에 문학적 아름다움이나 긴장감이

아산시청 앞에 세워진 맹사성 동상과 강호사시가 시비(좌),
경기도 광주에 있는 맹사성의 묘소(우)

다소 떨어지는 것이 악장문학의 참모습일지도 모를 일이다.

시조에 나타난 군신관계! 그 찬란한 프리즘

한편, 시조문학에는 군신 사이에 발생하는 다양한 정서와 생각들이 형상화되어 있다. 왕에 대한 송축에서부터, 충성의 다짐과 신하의 도리, 벼슬길에서의 진퇴 문제, 임금에 대한 연모와 그리움, 유배에 대한 원망과 하소연 등과 같이 다단하면서도 찬란한 프리즘이 펼쳐진다.

먼저, 송축을 다룬 시조로는 맹사성(孟思誠 1360~1438)의 〈강호사시가(江湖四時歌)〉가 대표적이다.

강호에 봄이 드니 미친 흥이 절로 난다
탁료(濁醪) 계변(溪邊)*에 금린어(錦鱗魚)* 안주로다
이 몸이 한가히옴도 역군은(亦君恩)이샷다 (맹사성)

*탁료(濁醪) 계변(溪邊): 막걸리를 마시면서 노는 강놀이
*금린어(錦鱗魚): 쏘가리 또는 금빛 나는 물고기

이 작품의 문학사적 가치는 최초의 연시조라는 점이다. 계절별로 1수씩 총 4수로 이루어져 있다. 작품의 내용은 두 가지이다. 하나는 벼슬에서 물러나 자연을 즐기며 살아가는 만년의 한가한 삶이고, 다른 하나는 임금의 은혜에 대한 찬양이다. 강호의 한정과 임금의 은혜는 사실 연관성이 크지 않다. 그런데도 둘 사이의 연결이 왠지 낯설지 않게 느껴진다.

그 이유는 〈감군은〉과의 유사성 때문이리라. 특히 종장은 '일간명월이 역군은이샷다'라는 발상과 표현이 비슷하다. 아울러 둘 다 송축의 의미를 담고 있는 것도 똑같다. 이러한 유사성으로 두 작품은 장르가 다르긴 하지만 상호 영향을 미쳤을 가능성이 크다고 본다.

이와 같은 송축의 뜻을 담은 시조로 김구(金絿 1488~1534)의 작품도 유명하다.

올히 댤은 다리 학괴 다리 되도록애*
거믄 가마괴 해오라비 되도록애
향복무강(享福無疆) ᄒ샤 억만세룰 누리쇼셔 (김구)

*오리의 짧은 다리가 학의 다리처럼 길어질 때까지

오리 다리가 학의 다리처럼 길어질 때까지, 검은 까마귀가 해오라기처럼 하얘질 때까지 임금의 다복과 강녕을 축원한다. 이렇게 불가능한 일에 빗대어 임금의 복록을 기원하는 수법은 고려가요에서 흔히 나타난다. 대표적인 작품으로 〈정석가(鄭石歌)〉를 들 수 있다. 메마른 모래밭에 심은 구운밤이 싹트거나 옥으로 만든 연꽃이 피면, 님과 헤어지겠다는 식이다. 임금에 대한 연모가 얼마나 절대적인지 강변하는 방법이지만, 문학적 진정성은 다소 떨어진다.

두 번째는 왕에 대한 충성 다짐과 신하의 도리를 다룬 작품들이다.

송순이 머물며 시를 지었던 면앙정

(1) 스랑ᄒ올손 우리 님군 귀ᄒ실샤 우리 샹감
　　구중 심쳐의 자고 새야 빅셩 근심
　　우리도 이 은덕 잇지 말고 갈튱보국 ᄒ오리라 (이정소)

(2) 풍상이 섯거 친 날에 ᄀ 픠온 황국화(黃菊花)를
　　금분(金盆)에 ᄀ득 다마 옥당(玉堂)에 보내오니
　　도리(桃李)야 곳이온 양 마라 님의 쯧을 알괘라 (송순)

(3) 님군을 셤기오디 졍(正)ᄒ 길로 인도(引導)ᄒ야
　　국궁진쵀(鞠躬盡瘁)*ᄒ야 죽은 후(後)의 마라ᄉ라
　　가다가 불합(不合)곳 ᄒ면* 물너간들 엇더리 (김상용)

(4) 동과 항것과룰* 뉘라셔 삼기신고
　　벌와 가여미아* 이 뜨들 몬져 아니
　　ᄒ ᄆ옥매 두 뜯 업시 소기다나 마음생이다 (주세붕)

　　*국궁진쵀(鞠躬盡瘁): 심신을 바쳐 국사에 진력함　*불합(不合)곳 ᄒ면: 임금과 불화하면
　　　　　　　　　　　　　　　　　*동과 항것과룰: 종과 주인을　*벌와 가여미아: 벌과 개미가

　(1)은 백성을 먹여 살리는 임금에 대한 충성을 다짐한다는 내용이고, (2)는 홍문관에 노란 꽃이 활짝 핀 국화 화분을 보내주신 임금의 '뜻'을 받들어 절개를 지키겠다는 내용이다. 따뜻한 봄날에 피는 복숭아꽃과 오얏꽃

은 진정한 꽃이 아니라고 하면서, 서릿발 몰아치는 날에 피어나는 국화처럼 살아가겠다는 말이다.

⑶과 ⑷는 임금을 섬기는 도리를 이야기한다. 임금을 섬기되 올바른 길로 이끌어야 하며, 죽기를 각오하고 심신을 다 바쳐야 한다고 했다. 만약 임금이 간언을 받아들이지 않는다면 벼슬을 버리고 물러나는 것이 합당하다고 생각한다. 또한, 종과 상전의 관계처럼 임금에 대해 두 마음을 품어서는 안 된다고 강조한다. '충신은 두 임금을 섬기지 않는다'는 선조들의 도덕률을 떠올리게 하는 대목이다.

세 번째로는 벼슬길에서 물러날 것인지 말 것인지를 고민하는 진퇴의 갈등을 다룬 작품들이다.

⑸ 이시렴 브듸 갈짜 아니 가든 못흘쏜냐
　무단(無端)이 슬튼야 눔의 말을 드럿는야
　그려도 하 애도래라 가는 쯧을 닐러라 (성종)

⑹ 가노이다 가노이다 소신(小臣) 도라 가노이다
　충신도 ᄒ려니와 양친(養親)인들 마오릿가
　구틱여 오라 ᄒ시면 다시 도라 오오리다 (작자미상)

⑺ 강호애 노쟈 ᄒ니 성주(聖主)를 ᄇ리례고
　성주를 섬기쟈 ᄒ니 소악(所樂)애 어긔예라*
　호온자 기로(岐路)애 셔셔 갈 듸 몰라 ᄒ노라 (권호문)

⑻ 장안(長安)을 도라보니 북궐(北闕)이 천리(千里)로다
　어주(魚舟)에 누어신들 니즌 스치* 이시랴
　두어라 내 시름 아니라 제세현(濟世賢)*이 업스랴 (이현보)

*소악(所樂)애 어긔예라: 즐겨하는 바를 어기겠구나
*니즌 스치: 잊은 때가 혹은 잊은 사이　*제세현(濟世賢): 세상을 구제할만한 현인

(5)는 성종(成宗)이 총애하는 신하였던 유호인(俞好仁 1445~1494)을 떠나보내는 전별연에서 지었다는 시조이다. 노모를 봉양하기 위해 유호인은 외관직을 자청했다. 성종도 그의 마음을 되돌릴 수 없음을 알고 그를 합천군수에 제수했다. 그러면서도 성종은 네 번 씩이나 '정말 떠나가야 하느냐?' 하며 반복하여 묻는다. 유호인에 대한 인간적 우의가 얼마나 도타웠는지 잘 보여주는 대목이다.

(6)은 작자를 알 수 없는 작품인데 마치 (5)에 대한 답사처럼 느껴진다. 충과 효는 둘 다 절대적 가치이다. 충을 위해 효를 버릴 수 없지만, 또한 효를 위해 충을 외면할 수도 없다. 이 때문에 조선의 관리들은 늘 관직에서의 진퇴를 고민했다.

(7)은 부귀공명과 강호한정 사이의 방황을 잘 보여주는 작품이다. 시적 화자는 갈림길에 서서 갈 곳을 모르겠다고 한다. 수기(修己)의 삶과 치인(治人)의 삶을 조화시키려 했던 선조들의 고민을 엿볼 수 있게 한다.

(8)은 표면적으론 진퇴의 방황을 끝낸 시적 화자의 마음을 보여주는 시조다. 그러나 한양 일이 나의 일이 아니라는 고백이 진심이었을까. 아마도 진심은 아니었을 것으로 짐작된다. 공간적으로 멀리 떨어져 있지만, 그의 마음과 정신은 여전히 한양의 언저리를 맴돌고 있다. 그야말로 임금과 신하들은 심리적, 정서적 공동체를 형성하고 있다고 본다.

네 번째는 떨어져 있는 임금에 대한 그리움을 표출하는 작품들이다.

(9) 내 무음 버혀 내어 뎌 둘을 밍글고져
　　구만리(九萬里) 장천(長天)의 번드시 걸려 이셔
　　고온 님 게신 고디 가 비최여나 보리라 (정철)

(10) 님 보신 둘 보고 님 뵈온 듯 반기노라

님도 너를 보고 날 본 듯 반기는가
츨하리 저 둘이 되어서 비최여나 보리라 (이원익)

(9)와 (10)은 '달'을 매개로 하여 임금에 대한 그리움을 표현한 작품이다. 정철(鄭澈 1536~1593)은 자기 마음을 베어내 달을 만들어 임금 계신 곳을 비추고 싶다고 했다. 이원익(李元翼 1457~1634)은 아예 그 자신이 달이 되어 임금을 비추고 싶다고 한다. 발상과 표현이 비슷하다. 멀리 떨어져 있는 군주에 대한 연모의 감정을 잘 드러냈다고 평가된다.

마지막으로 유배로 인한 원망과 하소연을 다룬 작품들이다.

(11) 철령(鐵嶺) 노픈 봉(峯)에 쉬여 넘는 져 구름아
    고신(孤臣) 원루(冤淚)*를 비 사마 씌여다가
    님 계신 구중심처(九重深處)에 쑤려볼가 ᄒ노라 (이항복)

(12) 내 일 망녕된 줄 내라 ᄒ야 모를손가
    이 ᄆᆞᆷ 어리기도 님 위ᄒᆞᆫ 타시로쇠
    아믜 아ᄆᆞ리 닐러도 님이 혜여 보쇼셔 (윤선도)

(13) 님이 혜오시미 나는 전혀 미덧더니
    날 ᄉᆞ랑ᄒᆞ던 정(情)을 뉘손디* 옴기시고
    처음에 믜시던* 거시면 이대도록 셜오랴 (송시열)

               *고신(孤臣) 원루(冤淚): 외로운 신하의 억울한 눈물
                        *뉘손디: 누구에게   *믜시던: 미워하시던

(11)은 이항복(李恒福 1556~1618)이 광해군의 폐모사건에 연루되어 북청으로 귀양을 갈 때 지은 시조이다. 철령은 관북지방으로 넘어가는 관문 중하나이다. 예로부터 가파르고 험하기로 악명이 높은 고갯길이다. 억울하

백사 이항복의 친필: 충신의 정대하고 힘찬 기운이 느껴진다.

게 유배를 가게 된 심정을 구름과 빗물에 빗대어 잘 표현한 작품이다.

⑿와 ⒀은 충심을 알아주지 않는 군주에 대한 서운함을 드러낸 시조들이다. 윤선도(尹善道 1587~1671)는 자신의 마음이 다 임금을 위한 것이었으니 다른 사람들이 아무리 참소를 해도 잘 헤아려 달라고 간청한다. 송시열(宋時烈 1607~1689)은 임금의 총애가 홀연히 사라졌음을 한탄하면서 군주의 변심을 원망한다. 처음부터 사랑을 주지 않았다면 서럽지 않겠다는 것이다. 마치 어린아이의 투정이나 청춘남녀의 사랑 다툼을 보는 것 같은 작품이다. 자신의 결백함을 깊이 호소하면서도, 임금을 속이는 소인배들을 멀리해 달라는 충고를 담고 있는 연군의 노래라고 할 만하다.

한편, 이상으로 살펴보았던 군신 간의 다양한 정서와 생각들을 하나의 작품 속에 모두 담고 있는 것이 있어 주목된다. 바로 노계(蘆溪) 박인로(朴仁老 1561~1642)의 〈오륜가(五倫歌)〉 중에서 '군신유의 1~5장'이 그것이다.

성은(聖恩)이 망극(罔極)*흔 줄 사룸들아 아ᄂᆞᆫ다
성은 곳 아니면 만민(萬民)이 살로소냐
이 몸은 망극흔 성은을 갑고 말려 ᄒᆞ노라 (제1장)

직설(稷契)*도 안닌 몸애 성은도 망극ᄒᆞᆯ샤
백번을 죽어도 갚을 일이 업것마ᄂᆞᆫ
궁달(窮達)이 길이 달나 못 뫼압고 설웟로라* (제2장)

사ᄅᆞᆷ 삼기실 제 군부(君父) 갓게 삼겨시니
군부(君父)ㅣ 일치(一致)라 경중(輕重)을 두로소냐
이 몸은 충효 두 사이에 늘글 주를 모ᄅᆞ로라 (제3장)

심산(深山)의 밤이 드니 북풍이 더옥 차다
옥루(玉樓) 고처(高處)에도 이 ᄇᆞ름 부ᄂᆞᆫ 게오
간 밤의 치우신가 북두(北斗) 비겨 바리로라* (제4장)

이 몸이 죽은 후(後)에 충성(忠誠)이 넉시 되야
놉히 놉히 ᄂᆞ라 올라 창합(閶闔)*을 불너 열고
상제ᄭᅴ 우리 성주(聖主)를 수만세(壽萬歲)케 비로리라 (제5장)

*망극(罔極): 끝이 없음　*직설(稷契): 순(舜) 임금 때의 명신 직과 설
*못 뫼압고 설웟로라: 모시지 못함을 서러워하노라
*바리로라: 바라보노라　*창합(閶闔): 하늘의 문[天門] 혹은 궁전의 대문

　제1장은 망극한 성은을 갚겠다는 다짐이고, 제2장에서는 임금을 모시지 못하는 자신의 서러운 처지를 탄식하고 있다. 제3장은 임금과 부모가 한 가지라는 인식을 강조하며, 제4장은 임금에 대한 연모와 걱정을 드러낸다. 제5장은 죽어서 하늘에 올라가 상제께 임금의 만수무강을 빌겠다는 축원의 노래이다. 이와 같이 5편의 시조로 이루어진 '군신유의' 부분은 다짐과 도리, 연모와 걱정, 축원을 두루 포괄하고 있는 찬란한 색상의 프리즘 같은 연시조이다.

가사문학에 나타난 사랑과 원망의 줄타기 : 〈사미인곡〉과 〈속미인곡〉

연군의 정서를 표현한 가사로는 송강 정철의 〈사미인곡(思美人曲)〉이 그 절정이라 할 만하다.

이 몸 삼기실 제 님을 조차 삼기시니
혼 싱 연분(緣分)이며 하늘 모롤 일이런가
나 흐나 졈어 잇고 님 흐나 날 괴시니
이 모음 이 스랑 견졸 디 노여 업다
평싱(平生)애 원(願)ᄒ요디 혼디 녜쟈 ᄒ얏더니
늙거야 므스 일로 외오 두고 그리ᄂᆞᆫ고
엇그제 님을 뫼셔 광한뎐(廣寒殿)의 올낫더니
그 더디 엇디ᄒᆞ야 하계(下界)예 ᄂᆞ려오니
올 저긔 비슨 머리 헛틀언디 삼년일쇠
연지분(臙脂粉) 잇ᄂᆞ마ᄂᆞᆫ 눌 위ᄒᆞ야 고이 ᄒᆞ고
모음의 미친 실음 텹텹(疊疊)이 ᄡᅡ혀 이셔
짓ᄂᆞ니 한숨이오 디ᄂᆞ니 눈믈이라

가사문학의 백미로 손꼽히는 〈사미인곡〉의 앞부분이다. 정철은 50살이 되던 해에 동인의 탄핵을 받아 벼슬에서 물러나 고향인 전남 창평(昌平), 곧 지금의 담양(潭陽)에 4년간 은거했다. 유배는 아니었다. 그렇지만 송강에게는 귀양살이나 다름없는 좌절의 세월이었다. 그 기간에도 송강은 다시 관직에 돌아가고 싶어 하며 임금을 그리워하는 시가를 지었다. 이런 간절한 마음에서 불세출의 명작인 〈사미인곡〉과 〈속미인곡〉이 지어졌다.

〈사미인곡〉의 특징은 자신을 버림받은 여성으로, 임금을 사랑하는 남성으로 치환시켜 놓았다는 점이다. 여성의 섬세한 언어를 이용하여 임금의 총애를 구원하는 애절한 노래가 이어진다. 이로써 버림받은 여성의 원

『송강가사』 표지(좌), 담양에 있는 송강정(우), 정자 옆에 〈사미인곡〉을 새긴 시비가 세워져 있다.

망을 내면 깊숙이 감추는 대신, 임과의 재회를 염원하는 궁극의 사랑노래
가 만들어진 셈이다.

한편, 유배가사에서는 자신의 억울함을 하소연하는 내용이 주류를 이
룬다.

> 한(恨)이 쓸희 되고 눈물로 가디 삼아
> 님의 집 창 밧긔 외나모 매화(梅花) 되여
> 설중(雪中)의 혼자 픠여 침변(枕邊)의 이위는 듯
> 월중 소영(月中疎影)이 님의 옷의 빗취어든
> 어엿븐 이 얼굴을 네로다 반기실가
> 동풍이 유정(有情)ᄒ여 암향(暗香)을 블어 올려
> 고결(高潔)ᄒᆫ 이내 싱계 죽림(竹林)의나 부치고져
> 빈 낙대 빗기 들고 뷘 비를 혼자 씌워
> 백구(白溝) 건네 저어 건덕궁(乾德宮)의 가고지고

최초의 유배가사인 〈만분가(萬憤歌)〉의 중간부분이다. 연산군 4년에 선
왕인 성종의 실록 편찬이 시작되었다. 이때 김일손(金馹孫 1464~1498)이

그의 스승인 김종직(金宗直 1431~1492)의 〈조의제문(弔義帝文)〉을 실록에 포함시켰다. 이를 빌미 삼아 유자광(柳子光 1439~1512)은 사림들이 역심을 품었다고 참소했다. 연산군은 김종직과 그 일파를 대역죄인으로 규정하여 혹독한 형벌을 가했다. 이것이 바로 무오사화(戊午士禍)이다.

이때 조위(曺偉 1454~1503)도 연루되었다 하여 순천에 유배되었다. 그곳에서 자신의 억울함을 하소연하고 임금에 대한 그리움을 노래한 〈만분가〉를 지었다. 조위는 자기 자신을 귀양살이의 한과 눈물로 피어난 매화에 비유했다. 그리곤 빈 배를 혼자 타고 건덕궁으로 가고 싶다고 하소연한다. 임금에 대한 그리움이 잘 형상화된 충신연주지사라 할 것이다.

이처럼 유배체험을 소재로 하여 왕에 대한 연모와 원망을 노래한 가사작품은 여러 편이 전해진다. 조우인(曺友仁 1561~1625)의 〈자도사(自悼詞)〉, 김진형(金鎭衡 1801~1865)의 〈북천가(北遷歌)〉, 김춘택(金春澤 1670~1717)의 〈별사미인곡(別思美人曲)〉, 이진유(李眞儒 1669~1730)의 〈속사미인곡(續思美人曲)〉, 안조원(安肇源 또는 安肇煥)의 〈만언사(萬言詞)〉, 송주석(宋疇錫 1650~1692)의 〈북관곡(北關曲)〉 등이 대표적인 작품들이다. 조선전기에는 원망보다는 연모의 정서가 두드러진다. 하지만 조선후기로 갈수록 연모의 감정은 점점 옅어지는 대신 원망의 강도는 높아지는 경향이 있다. 어떤 것은 유배생활 자체의 고초를 적나라하게 다루기도 하고, 어떤 것은 명승지에 대한 유람과 풍류, 기녀와의 애달픈 사랑과 이별 등을 다루기도 하여 유배가사의 외연이 넓어지고 있음을 잘 보여준다.

역린(逆鱗)! 건드릴 수 없는, 건드리면 안 되는 존재

"용이란 짐승은 잘 친해지기만 하면 올라탈 수도 있다고 한다. 그러나 그 목 아래에 직경 한 자쯤 되는 역린(逆鱗)이 있어 만약 그것을 건드리면 반드시 사람을 죽이고 만다. 임금 또한 역린이 있다. 유세하는 사람이 임금의 역린만 건드리지 않는다면 목적을 달성할 수 있을 것이다."

『한비자(韓非子)』에 나오는 이야기이다. 용의 목에 있는 역린을 건드리면 안 되는데, 왕에게도 이러한 역린이 있다는 것이 요지이다. 아무리 올바른 충언이라도 임금의 역린을 건드리면 목숨이 위태로워진다. 그러니 쓴 말이든지 단 말이든지 간에 역린을 건드리지 말라고 충고한다.

맞는 말이다. 어느 조직이든 윗사람이 있고 아랫사람이 있다. 윗사람이라고 하여 완벽한 것은 아니다. 그 또한 지극히 인간적인 약점 하나 정도는 가지고 있다. 아무에게도 들키고 싶지 않은, 어떤 일이 있어도 감추고 싶은, 궁극의 자존심 같은 것! 상대방의 치명적 역린을 언급하는 것은 현명치 못하다.

하물며 중세시대의 왕은 절대군주였다. 신적 존재에 버금가는 막강한 힘을 지닌 존재였다. 그의 역린을 건드린다는 것은 곧 죽음을 의미했으리라. 신하와의 약속을 배반했다거나 억울한 형벌을 내렸다고 하더라도, 왕에 대한 원망은 매우 위험한 일이었다. 이런 진퇴양난의 모호한 상황을 타개하기 위하여 선조들은 원망과 연군을 맛있게 버무린 '연주지사(戀主之詞)'를 지었던 것으로 보인다. 역린을 건드리지 않는 한도 내에서 임금과 신하는 정서적, 심리적, 인식적 공동체를 이루고 있었던 것이었다.

현대인들도 각자의 역린을 가지고 있다. 촌철살인! 한 치의 쇠로도 사람을 죽일 수 있다는 말이다. 말 한마디, 사소한 행동 하나도 타인과의 관계를 심각하게 악화시킬 수 있다. 따라서 상대방의 역린이 무엇인지 생각하고, 그것을 건드리지 않도록 배려할 필요가 있다. 그것은 상대방에 대한 인간적 예의이기도 하다.

전란의 체험과 감회

　『인연』이라는 수필집으로 유명한 피천득(皮千得 1910~2007) 선생은 〈오월〉이라는 아름다운 글을 이렇게 끝맺고 있다.

　"연한 녹색은 나날이 번져 가고 있다. 어느덧 짙어지고 말 것이다. 머문 듯 가는 것이 세월인 것을. 유월이 되면 '원숙한 여인' 같이 녹음이 우거지리라. 그리고 태양은 정열을 퍼붓기 시작할 것이다."

　초여름의 시작인 유월은 말간 신록이 짙은 녹음으로 바뀌는 계절이다. 그래서 유월은 봄에서 여름으로 넘어가는 징검다리 절기이다. 옴지락거리며 솟아난 여린 나뭇잎들이 울울창창한 숲을 이루고, 모란과 장미와 찔레꽃은 온천지를 물들인다. 은근한 향기가 우리의 산하를 채우고 새와 짐승들은 저마다 어린 새끼들을 낳아 기른다.

　그러나 이렇듯 청량한 생명의 잔치 속에서도 우리 민족의 유월은 유달리 고단했던 것 같다. 풀죽으로 끼니를 때웠다고 하던 보릿고개도 유월이요, 동족상잔의 피비린내 나는 한국전쟁이 일어난 것도 유월이다. 또한 시대를 거꾸로 거슬러 올라가 보면, 임진왜란을 일으킨 왜군이 한양을 유린한 것도 유월이었으며, 수양제의 백만 대군이 평양 일대까지 남하한 것도 유월이었다.

　큰 산이 큰 그림자를 드리운다는 여느 시구처럼, 유월의 도도한 역사는 우리에게 큰 가르침을 준다. 유월을 필두로 시작되는 우리 민족의 여름철은 생명의 환희와 역사의 아픔이 공존하는 시기이다. 그나마 다행스러운 것은, 우리 민족이 겪어온 전란의 역사는 문학작품 속에 뚜렷한 흔적을 남겼다는 점이다. 그것은 전란에 대한 경험적 기록이자 문학적 응전의 몸짓이다. 이러한 몸짓을 더듬다 보면, 여름은 늘 뜨겁게 우리들에게 다가온다.

외적을 물리친 마법의 시편 : 을지문덕 〈여수장우중문〉

한국문학사에 있어서 전란을 소재로 한 최초의 시가는 〈수나라 장수 우중문에게 주다(與隋將于仲文)〉라는 한시이다. 을지문덕 장군이 지은 이 시는 현전하는 가장 오래된 우리나라 한시이기도 하다. 더욱 놀라운 것은, 이 시가 싸움이 한창 벌어지는 와중에 지어졌으며, 나아가 수나라의 대군을 물리치는 데 큰 힘을 발휘했다는 점이다.

고구려 영양왕 23년(612), 수나라 양제(煬帝)는 113만여 명의 군사를 이

을지문덕 초상(좌측 상하, 위는 대한제국 교과서에 실린 삽화)
살수대첩을 상상하여 그린 그림(우측)

끌고 고구려를 침략했다. 군량을 운반하는 사람까지 합치면 족히 200만이 넘는 대군이었다. 양제가 스스로 6군을 거느리고, 우문술에게는 좌군 12군을, 우중문에게는 우군 12군을 주어 통솔하게 했다. 하루에 하나씩 군단을 출발시켰는데 모두 다 떠나는 데 40일이나 걸렸으며, 늘어선 길이가 천 리에 이르렀다고 한다.

수나라의 백만 대군은 고구려로서는 애초부터 감당할 수 없는 대군이었다. 을지문덕은 정면대결을 피하기로 했다. 그러면서 적을 피로하게 만드는 장기전을 펼쳤다. 고구려는 싸우는 척하다가 후퇴하기를 거듭했다. 어떤 날은 하루에 일곱 번을 싸워 일곱 번을 후퇴했다. 이렇게 연승을 거두자 우중문은 내심 우쭐하여 평양성 30리 밖에까지 추격해 왔다.

그러나 이것은 을지문덕이 쳐놓은 그물에 걸려든 것에 불과했다. 우중문은 그물 안에 걸려든 줄도 모르고 계속 달려들었다. 그런 와중에도 을지문덕은 항복하는 체하며 대범하게 우중문의 진영을 찾아가 적의 허실을 탐지했으며, 시를 지어 우중문을 조롱하기도 했다.

신통한 책략은 천문을 꿰뚫었고	神策究天文
기묘한 작전은 지리를 통하였네	妙算窮地理
싸워서 이긴 공이 이미 높으니	戰勝功旣高
족함을 알고 싸움 그만두길 바라노라	知足願云止

겉으로만 보면 이 시는 우중문을 칭송하는 말로 치장되어 있다. 그렇지만 이런 말들은 겉치레일 뿐이다. 마지막 구절에서 을지문덕은 지금까지 세운 전공에 만족하고 싸움을 그만두라고 넌지시 권고한다. 상대를 칭찬하는 척하면서 또는 화친을 제안하는 척하면서, 실제로는 스스로 철군할 것을 충고한 셈이다. 이 시가 직접적 계기가 되었다고 확언할 수는 없으

나, 실제로 수나라는 평양성 공격을 포기하고 군사를 돌렸다.

　이유와 경과가 어찌 되었든 〈우중문에게 주는 시〉는 수나라 대군을 물리치는 데 매우 긴요한 역할을 담당했다. 이런 점에서 이 시는 외적을 물러나게 만든 전략적 마법의 시라고 평가할 만하다. 한 편의 짧은 시가 대군을 움직이게 하고, 승패를 좌우하는 힘을 발휘한 셈이다. 보이지 않지만, 분명히 존재하는 시의 힘이자 문학의 위력이다.

승리를 기억하는 방식 : 양사준의 〈남정가〉

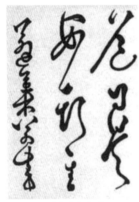

양사언의 글씨

　조선시대에 이르러 전란에 대한 사실적 내용을 담은 시가들이 나타나기 시작한다. 그 중에서 을묘왜변을 소재로 한 양사준(楊士俊 ?~?)의 〈남정가(南征歌)〉는 대표적인 전쟁가사로 꼽힌다. 양사준은 명종 때 과거에 급제하여 평양서윤, 정랑 등의 벼슬을 한 인물이며, 조선시대 3대 명필로 일컬어지는 양사언(楊士彦 1517~1584)의 친동생이다.

　명종 10년(1555) 5월, 한 떼의 왜구가 70여 척의 배를 타고 호남지방에 침입했다. 그들은 어란포, 장흥, 영암, 강진 일대를 돌아다니며 약탈을 일삼았다. 절도사와 장흥부사는 왜구와 싸우다가 전사하고 영암군수는 포로로 사로잡혔다. 이렇게 전세가 심상치 않자, 조정에서는 토벌군을 파견하여 진압하기로 했다. 이때 양사준은 방어사 김경석(金景錫)을 따라 출정하여 영암에서 왜구를 물리쳤다. 이런 참전 경험을 토대로 양사준은 〈남정가〉를 지었다.

　〈남정가〉는 서사, 본사, 결사의 세 부분으로 이루어져 있다. 앞부분에

는 을묘왜란의 초기 전황과 백성들의 참혹한 희생이 사실적으로 그려져
있다.

　나라가 무사하여 이백 년이 넘었더니
　문관 무관 편히 놀며 병란을 잊었다가
　때는 을묘년 달은 한여름에
　섬 도적 구름처럼 날아오니 뱃수를 누가 셀까
　생각 없는 저 병사(兵使)야
　네 진(鎭)을 어디 두고 달도(達島)로 들어갔느냐
　옷 벗어 항복 비니 처음 뜻과 다르도다
　부모 처자를 뉘 아니 두었을까
　칼 맞거니 살 맞거니 들판에 시체 쌓였으니
　불쌍하구나 남도의 백성들이여
　적세 승승하여 십성(十城) 연속 함락되니
　봉우리에서 바라보니 골골이 병화(兵火)로다

　을묘왜변(乙卯倭變)의 초기 전황을 묘사한 부분을 현대어로 옮겼다. 조선
을 건국한 후 2백여 년 동안 문무 관리들이 놀며 즐기기를 일삼으며 전란을
잊었다고 했다. 그런데 갑자기 왜구가 구름처럼 몰려드니 병사는 당황하여
섬으로 도망쳤다가 항복했다는 것이다. 그 결과 10개의 성이 연달아 함락
되고 말았다. 수많은 백성들만 왜구의 칼과 화살에 목숨을 잃었다. 얼마나
많은 사람들이 죽었는지 백성의 시체가 들판을 뒤덮을 정도로 참혹했다.
　본사에는 토벌군의 남행노정, 영암싸움의 승리가 그려져 있다.

　싸움을 다투는 군사가 이처럼 많단 말인가
　응양대(鷹揚隊) 풍마대(風馬隊) 좌화열(左火烈) 우화열(右火烈)
　일시에 뛰어드니 포화가 우박이요

성난 파도 세찬 눈발이요 빗발 같은 화살이라

나를 감당 못 하거늘 어디로 들어왔느냐

긴 창을 네 쓰겠는가 큰 검을 네 쓰겠는가

칼 맞아 살더냐 화살 맞아 살더냐

천병(天兵)이 포위한대 내달아 어디 갈래

사철 사냥하는 모습을 뛰어난 그림 솜씨로

수렵도를 그려낸들 이같이도 쉬울까

쇠북을 두드리니 승기(勝氣)가 성을 채우고

용맹한 군사 달려가니 적을 찾아 사로잡네

정기(旌旗)를 보아하니 달린 것이 적의 머리요

동쪽 성을 바라보니 쌓이는 것이 적의 시체로다

토벌군이 출정하여 영암에서 일전을 벌이는 장면이다. 용양대, 풍마대, 좌화열, 우화열 등의 부대에 소속된 군사들이 성난 파도처럼, 세차게 휘날리는 눈발처럼, 한꺼번에 달려들었다는 것이다. 포위된 왜구들은 칼에 찔리고 화살에 맞아 죽었는데, 그들의 시체가 산을 이루었다고 했다. 이를 두고 양사준은 '영암일첩(靈巖一捷)'이라 부르며 승리를 자축한다.

결사에서는 "편안할 때 전란을 잊지 말며 이겼노라 자만 말고 / 군사조련에 병장기 수리하고 병농(兵農)을 함께 다스려" 훗날의 전란에 대비해야 한다고 강조한다. 구구절절이 옳은 말이다. 국방에 있어서 가장 무서운 적은 우리 마음속 깊이 숨어있는 자만이다. 전란은 일어나지 않을 것이라는, 설사 전쟁이 일어나도 패하지 않을 것이라는 막연한 자신감! 이런 자신감은 상대를 얕잡아보게 만들고, 돌이킬 수 없는 패배를 불러오는 치명적인 독이다.

임진왜란, 7년 대전쟁의 참상 : 허균의 〈노객부원〉, 최현의 〈용사음〉

그러나 안타깝게도 병농을 균형 있게 다스리며 전란에 대비해야 한다는 양사준의 바람은 실현되지 않았다. 을묘왜변(1555)이 일어난 지 37년 만에 전대미문의 대전쟁이 이 땅을 휩쓸었다. 선조 25년(1592) 4월 14일 오후, 고니시가 이끄는 왜선 700여 척이 부산 앞바다에 나타났다. 7년간 조선왕조의 근본을 뒤흔들었던 임진왜란의 서막이 열린 것이었다.

왜군은 곧바로 부산성과 동래성을 함락시키고, 세 갈래로 나뉘어 북상을 거듭했다. 이후 관군의 별다른 저항도 없이, 왜군은 한 달만에 한양에 무혈 입성하였으며, 평안도와 함경도 일대까지 거침없이 치고 올라갔다. 이렇게 시작된 참혹한 전쟁은 7년 동안이나 계속되었다.

조선의 백성들에게 임란이 얼마나 잔인하고 끔찍한 경험이었는지는 그 무렵에 지어진 한시, 가사, 시조에 잘 나타나 있다. 먼저, 한시에서는 희대의 이단아로 일컬어지는 허균(許筠 1569~1618)의 〈노객부원(老客婦怨)〉이 대표적이다. 전란으로 인해 비참한 삶을 살아가는 노객부, 즉 '늙은 떠돌이 아녀자'의 원한을 실감 나게 그려낸 작품이다.

부산성 순절도   동래성 순절도

칼 휘두르는 두 왜적은 어디서 왔는지	揮刀二賊從何來
어둠 속에 엿보며 서로 다투어 따라와	闚暗躡蹤如相猜
성난 칼로 목을 베어 목이 찢어졌네	怒刃劈脰脰四裂
어미 아들 다 죽어 원한의 피 흐르고	子母併命流冤血
나는 어린아이를 끌고 덤불 속에 엎드렸소	我挈幼兒伏林藪
아이는 울다 들켜 잡혀가고 말았으니	兒啼賊覺驅將去
나 혼자 겨우 남아 호랑이굴 벗어났지만	只餘一身脫虎口
너무 황급하여 감히 소리조차 치지 못했소	蒼黃不敢高聲語
다음 날 아침 와보니 두 시체 버려져	明朝來視二骸遺
시모인지 남편인지 분간할 길 없었다오	不辨姑屍與郎屍
까마귀 솔개는 창자 쪼고 개가 뜯어 먹는데	烏鳶啄腸狗嚙骼
삼태기로 흙을 퍼 덮은들 누가 도와주랴	藁椵欲掩憑伊誰
간신히 석 자 깊이 구덩이 겨우 파서	辛勤掘得三尺窅
남은 뼈 수습하여 구덩이에 묻고 나니	手拾殘骨閉幽坎
홀로 외로운 그림자 어디로 돌아갈까	煢煢隻影終何歸

시어머니와 남편의 살해 장면을 두 눈으로 직접 목도한 여인! 어린 자식이 잡혀가는 데도 무서워서 소리도 지르지 못한 엄마! 짐승들이 뜯어먹다 남은 시체를 혼자서 묻어야 했던 아내! 이 얼마나 참혹한 경험인가! 그야말로 지옥 같은, 결코 잊을 수 없는 경험이었을 게다. 이후 그 여인은 모든 가족들을 상실한 채 주점에 머물며 허드렛일을 하면서 하루하루를 연명하며 살아야 했다는 것이다.

한편, 최현(崔晛 1563~1640)이 지은 〈용사음(龍蛇吟)〉이라는 작품에도 임란의 참상이 잘 드러나 있다. 최현은 임진왜란이 일어나자 37살의 나이로 의병에 가담하였으며, 이때의 체험을 바탕으로 〈용사음〉이라는 가사를 지었다. 〈용사음〉은 '임진년과 계사년의 일을 읊다'라는 뜻이다.

조종(祖宗)의 오랜 땅에 도적이 임자 되어
뫼마다 죽이거니 골마다 더듬거니
원혈(冤血)이 흘러내려 평지에 강이 되니
건곤(乾坤)도 꽉 찼구나 피할 곳이 전혀 없다
선왕을 욕보이니 능침(陵寢)이라 안보(安保)하며
아이를 죽이거니 늙은이라 살았으랴
복선(福善) 화음(禍陰)은 뉘라서 옳다더냐
우연히 어리석어야 이 하늘 믿을려나

전란 중의 참혹상을 잘 보여주는 대목을 현대어로 옮긴 것이다. 왜적들이 쳐들어와 주인 노릇을 하며 살육을 일삼았다고 했다. 어린아이건 늙은이건 할 것 없이 많은 백성들이 죽임을 당했는데, 그들이 흘린 피가 강을 이루었다는 것이다. 게다가 왜적들은 중종의 능을 파헤치는 등 선왕들의 능침을 훼손하였다. 이런 참상을 두고 최현은 '착한 사람은 복을 받고 악한 사람은 벌을 받는다'는 보편적 진리가 잘못된 것이 아니냐고 반문한다. 그 정도로 임란이 남긴 상처는 깊었으며 백성들의 삶은 피폐했다.

임란의 책임 그리고 반성과 비판 : 박인로의 〈선상탄〉, 이덕일의 〈우국가〉

7년 대전쟁의 경험이 참혹할수록 그에 대한 반성과 비판도 일어났다. 과연 임진왜란의 책임을 누구에게 물어야 하는지 각기 다른 생각들이 쏟아졌다. 시가 중에도 그러한 반성과 비판의 사유를 담은 작품들이 여럿 전해진다.

먼저, 최현(崔晛 1563~1640)의 〈용사음(龍蛇吟)〉의 후반부에서는 싸움에 참여한 장수들의 무능함, 관리들의 부패를 지적하며 전란의 책임을 묻고 있는데, 편의상 현대어로 옮긴 것이다.

(가) 어리석구나 김수(金晬)야 빈 성을 뉘 지키리
   우습구나 신립(申砬)아 배수진은 무슨 일인가
   양령(兩嶺)을 높다 하랴 한강을 깊다 하랴
   계략이 없으니 하늘이라 어찌하리
   많고 많은 백관도 숫자만 채울 뿐이로다

(나) 이 좋은 수령들 씹느니 백성이요
   톱 좋은 변장(邊將)들 자르느니 군사로다
   재화로 성 쌓으니 만 장(萬丈)을 뉘 넘으며
   고혈로 해자 파니 천 척(千尺)을 뉘 건너리

경북 영천의 노계시비

전남 여수의 선상탄 가사비

(가)는 왜군과 싸움에서 패배한 장수들의 무능을 비판하는 부분이다. 김수(金晬 1547~1615)는 임란 당시 경상우감사(慶尙右監司)였는데 왜적과 싸우기는커녕 먼저 도망치기에 급급했다. 신립(申砬 1546~1592) 장군은 조령(鳥嶺)을 버리고 충주성 서북쪽에 있는 탄금대(彈琴臺)에 배수진(背水陣)을 쳤다가 패배한 어리석은 장수라고 평가했다.

(나)는 관리들의 부패상을 사실적으로 보여주는 부분이다. 수령들은 백성들의 재물을 빼앗고, 변방 장수들은 군사들의 등골을 빼먹었다고 했다. 그렇게 착취한 재물

이 성처럼 높고, 백성들이 흘린 고혈이 해자(垓字)처럼 깊다는 것이다. 이렇게 가혹한 착취와 향락을 일삼는 탐관오리들 때문에 전란이 일어났다는 직설적 비판이다.

가사문학의 거장 노계(蘆溪) 박인로(朴仁老 1562~1642)는 선조 38년 (1605) 〈선상탄(船上嘆)〉을 지어 왜에 대한 분노를 드러냈다.

우리나라 문물이 한당송(漢唐宋)에 지랴마는
국운이 불행하여 해추(海醜) 흉모(凶謀)에
만고수치 안고 있어 백 분의 한 가지도
못 씻어 버리거든 이 몸이 무상한들
신하되어 있었다가 궁달이 길이 달라
못 뫼압고 늙었으니 우국단심이야 어느 때나 잊을런고

임란을 '바다도적[海醜]'이 일으킨 음흉한 모략이라 하면서, 이를 만고에 씻을 수 없는 수치라고 했다. 일국의 신하로서 나라의 모욕을 갚아주진 못했지만, 나라의 안위를 걱정하는 단심만은 잊지 않겠다고 다짐한다. 그리

임란 당시 일본이 그린 굶주린 조선인들의 모습

곧 끝부분에서는, "섬나라 오랑캐들아 빨리 항복하려므나 / 항자 불살이니 너흴 구태 섬멸하랴" 하며 왜에 대한 분노를 쏟아낸다. 빨리 항복하면 죽이지는 않겠다는 말이다. 다소 허황된 생각이라 하겠으나 왜에 대해 극도로 악화된 감정을 잘 보여준 작품이라 하겠다.

한편, 칠실(漆室) 이덕일(李德一·1561~1622)은 28수로 된 〈우국가(憂國歌)〉라는 연시조를 남겼다. 이들 작품 중에는 왜에 대한 분노를 토로하고, 당파싸움만 하는 관리들의 세태를 비판하는 작품이 들어 있다.

나라히 못 니즐 거슨 녜 밧긔 뇌여 업다*
의관(衣冠) 문물(文物)을 이대도록 더러인고
이 원수 못내 갑풀가 칼만 굴고 잇노라 (제3수)

뵈 나하 공부대답(貢賦對答) 쏠 찌허 요역대답(徭役對答)*
옷 버슨 적자(赤子)*들이 비곫파 셜워ᄒ니
원컨댄 이 뜻 아ᄅ샤 선혜(宣惠) 고로 ᄒ쇼셔 (제11수)

힘뻐 ᄒᄂᆞᆫ 싸홈 나라 위ᄒᆞᆫ 싸홈인가
옷 밥에 뭇텨 이셔 홀 일 업서 싸호낫다
아마도 근티디* 아니ᄒ니 다시 어이 ᄒ리 (제13수)

*녜 밧긔 뇌여 업다: 왜적 밖에 전혀 없다
*요역대답(徭役對答): 베를 짜서 공물세금 내고 쌀을 찧어 부역세금을 냄
*옷 버슨 적자(赤子): 갓난 아이 곧 백성을 뜻함   *근티디: (싸움을) 그치지

제3수는 전란을 일으킨 왜에 대한 울분을 드러내며 언젠가는 원수를 갚고 말겠다는 의지를 보여준다. 제11에서는 베와 쌀을 악독하게 수탈해가는 관리들의 부패를 언급한 후, 배고프고 헐벗은 채 살아야 하는 백성들의 고단한 삶을 해결해 달라고 호소한다. 제13수에서는 당파싸움의 폐해를

지적한다. 관리들의 싸움이 나라를 위한 것이 아닌, 사적 이익과 재물만을 추구하고 있음을 적나라하게 드러내는 작품이다. 이처럼 〈우국가〉에는 당시 지배층의 부패와 당파싸움에 대한 신랄한 비판의식이 내재되어 있다.

꿈속에서 돌아오다! : 왜국에 포로로 끌려갔던 백수회의 〈재일본장가〉

임진왜란 때는 수없이 많은 사람들이 왜국에 포로로 끌려갔다. 양반과 상민, 남자와 아녀자를 불문하고 왜국에 잡혀가 온갖 고초를 겪었다. 이렇게 포로들의 애달픈 마음을 노래한 작품도 몇몇 남아 있다.

아침저녁으로 서산을 슬피 바라보니
일촌 간장이 끊어지는 듯 이어지는 듯
건곤을 부앙(俯仰)하고 고사를 헤아리니
부모은덕과 형제우애를 못다 갚은 신세로다
침상에 꿈꾸어 고국에 돌아오니
궁실(宮室)이 여전하고 송국(松菊)이 거칠도다
부모께 절하며 두 아우 덥석 잡고
그동안 못 보며 양쪽의 슬픈 일들
이르며 물으면서 눈물을 서로 흘리고
쌓이고 쌓인 정을 못내 베푼 사이에
오랑캐 노래 시끄러워 나비가 놀라 깨도다

송담(松潭) 백수회(白受繪 1574~1642)가 지은 〈재일본장가(在日本長歌)〉의 뒷부분을 현대어로 옮겼다. 그는 19살에 왜국에 끌려가 "차라리 이씨의 귀신이 될지언정 개 같은 짐승의 신하는 되지 않겠다" 하며 조선인으로 절의를 지켰다. 그렇게 옹골찬 절개를 천명했으면서도, 그 또한 마음속에 돈아나는 가족에 대한 그리움과 고국에 대한 향수는 어찌할 수 없었으리라.

애간장이 끊어지는 고통 속에 포로가 된 자신의 처량한 신세를 헤아린다. 그러나 전란의 책임을 타인에게 묻지는 않고, 부모형제의 사랑을 갚지 못한 자신의 잘못으로 돌리고 만다. 포로의 처지에서 조선을 원망할 수도 없고, 일본만을 탓할 수도 없었을 것이다. 그 어느 쪽도 내놓고 비판하거나 하소연할 수 없는 딱한 심정을 엿볼 수 있다.

오로지 그가 할 수 있는 것은 꿈꾸는 것뿐이다. 현실에서 불가능한 일도 꿈속에서는 가능하기 때문이다. 꿈속에서 귀국하여 부모님께 절을 올리고, 두 아우를 만나 그간의 정회를 언설하며 눈물로 재회의 기쁨을 나눈다. 그러나 왜인들이 부르는 노랫소리에 놀라 깨어나니, 꿈속의 일은 무상할 뿐이라는 것이다. 이렇듯 〈재일본장가〉에는 포로의 슬픈 삶이 고스란히 담겨있다. 백수회는 이 작품 외에도 〈도대마도가(到對馬島歌)〉, 〈화경도인안인수가(和京都人安仁壽歌)〉를 남겼다. 이들 모두가 포로의 심회를 그려낸 애달픈 작품이다.

굴욕의 역사, 병자호란의 울분과 각오 : 채득기의 〈봉산곡〉

한편, 임진왜란이 끝난 후 45년째 되는 해(1636)에 병자호란이 일어났다. 청나라 태종은 12만의 대군을 이끌고 압록강을 넘어 임경업(林慶業 1594~1646) 장군이 지키는 백마산성(白馬山城 평안북도 의주)을 우회하여 한양으로 쳐들어왔다. 인조 임금은 급한 대로 남한산성으로 피신했다. 이곳에서 45일간 버티다가, 성문을 열고 삼전도(三田渡)에 나아가 굴욕적인 항복의 예를 올렸다. 청나라 황제 앞에 세 번 무릎을 꿇고 아홉 번 머리를 조아리는, 이른바 '삼궤구고두례(三軌九叩頭禮)'를 행했던 것이다.

이러한 슬픈 역사를 배경으로 하여 지어진 작품이 바로 채득기(蔡得沂

항복하는 인조

삼전도비의 옛 모습

1605~1646)의 〈봉산곡(鳳山曲)〉이다. 이는 병자호란을 배경으로 하는 유일한 가사이자 청에 대한 분노를 드러낸 작품으로도 유명하다. 채득기는 심양(瀋陽)에 들어가 소현세자(昭顯世子)와 봉림대군(鳳林大君 훗날의 정조)을 호위하는 직무를 담당하였으며, 이런 경험을 바탕으로 〈봉산곡〉을 지었다.

"가노라 옥주봉아 있거라 경천대야"라는 첫 구절을 보면, 이 작품은 경북 상주(尙州) 일대를 배경으로 하고 있음을 알 수 있다. 경천대는 상주의 유명한 정자로서 이곳에 오르면 도도히 흐르며 굽이치는 낙동강을 조망할 수 있다.

> 요천(堯天)이 폐색하고 송일(宋日)이 잠겼으니
> 동해수(東海水) 어이 둘러 이 치욕 씻으려뇨
> 오궁(吳宮)에 섶을 쌓고 월산(越山)에 쓰래 다니
> 임금모욕에 신하가 죽음은 고금의 떳떳한 도리요
> 하물며 우리 집이 세세 국은 입사오니
> 아무리 산골짜기인들 대의를 잊을 손가
> 평생에 어리석은 계책으로 광란을 막으랴대
> 재주 없고 약한 힘으로 큰집 무너짐을 어이할고

동해의 물을 둘러다가 병자호란의 치욕을 씻고, 임금이 모욕과 수치를 당했으니 신하로서 마땅히 죽는 것이 도리라고 했다. 또한, 대대로 국은을 입은 가문 출신으로 대의를 잊을 수 없다고도 했다. 그럼에도 불구하고 광란을 막고 무너지는 나라를 지탱할 힘이 약한 것을 한탄하며, 기필코 원수를 갚고 말겠다는 의지를 한껏 드러냈다.

전쟁을 잊지 말라!

두말할 필요도 없이, 전란은 그것 자체로 참혹한 것이다. 그러나 전쟁이 없는 인류의 역사는 존재하지 않는다. 이것이 전쟁의 아이러니이다. 고전가요는 이러한 전란의 아픔과 상처를 보듬으면서, 또한 전란의 책임이 누구에게 있는지 깊이 있게 고민해 왔다. 가사와 한시, 시조 등 다양한 갈래를 통해 승리의 기쁨을 그려내기도 하고, 패배의 쓰라림을 형상화하기도 했다. 그것은 전쟁에 대한 문학적 응전(應戰)이었다.

사마양저(司馬穰苴)는 자신이 지은 병법서에서 "천하가 비록 평안하더라도 전쟁을 잊으면 반드시 위태롭다."라고 하였다. 전쟁을 잊지 말고 항시 그에 대비하라는 경고의 메시지이다. 전란의 체험을 담은 우리시가도 마찬가지이다. 참혹했던 전란의 역사를 잊지 말고 길이 기억해달라고, 전란을 잊은 민족에겐 또다시 전란이 찾아온다고, 우리들에게 소리 높여 외치고 있다.

지도자의 삶과 길

사람은 혼자 살 수 없다. 크든 작든 무리를 지어 살아간다. 먹을 것이 늘 부족했던 원시시대에도, 도처에 먹을 것이 넘쳐나는 현대사회에도, 무리 짓기가 생존에 도움이 된다는 말은 유효하다. 그것이 생존에 유리하기 때문이다. 무리에서 벗어나는 것은, 차선을 이탈한 자동차처럼, 위험한 일이다.

인류의 무리 짓기가 혈족을 넘어 확대되면서 마을이나 부족, 민족이나 국가와 같은 사회적 공동체가 만들어졌다. 공동체의 규모가 커질수록 내적, 외적 상황은 복잡해지기 마련이다. 내부 구성원들 사이에 이익의 충돌이 일어나기도 하고, 좀 더 좋은 것을 얻어내기 위한 경쟁이 심화되기도 한다. 어깨를 맞대고 있는 주변의 공동체 간에는 민족적, 국가적 명운을 건 큰 싸움이 발생하기도 한다. 그러한 경쟁과 다툼은 궁극적으로 나의 생존 혹은 무리의 흥망성쇠와 밀접하게 연관되어 있다.

평범한 가정에서조차 가장의 역할이 강조되듯, 큰 무리에서는 지도자의 능력이 중요하다. 훌륭한 지도자를 가지고 있느냐 하는 문제가 곧 그 공동체의 번성을 좌우한다. 만약 그런 리더가 있다면 번성하게 될 것이고, 반대로 그런 리더가 없다면 쇠퇴하게 될 것이다. 이와 같이 한 공동체의 흥망이 축적되어 인류의 역사이자 문화를 이룬다.

그런데 『삼국사기』, 『고려사』, 『조선왕조실록』과 같은 역사서를 보면, 대부분의 내용이 왕과 조정 대신들의 언행과 치적을 기록하고 있다. 왕과 대신들은 그들이 살았던 시대를 대표하는 지도자 계층이다. 우리는 왜 그들이 남긴 역사를 읽어야 하는가. 어느 한 시대를 이끌었던 지도자들의 모습과 행적은 곧 우리들의 거울이기 때문이다. 우리는 역사의 기록을 통해서 이전 시대의 사람들과 대화를 나눈다. 서로 소통하면서 보다 나은 현재와 미래를 구상한다. 따라서 위대한 지도자의 형상은 우리시대, 우리사회의 미래를 탐색하는 창문이라 할 수 있다.

우리 시가문학에서도 빼어난 지도자를 주요한 화두 중의 하나로 다루고 있다. 물론 소설이나 희곡처럼 지도자의 자질이나 행적을 구체적으로 나열하는 것은 아니다. 그렇지만 진정한 의미의 탁월한 지도자란 어떤 사람이어야 하는지에 대한 깊은 생각을 엿볼 수 있다.

윗사람은 윗사람답게! 아랫사람은 아랫사람답게! : 충담의 〈안민가〉

공자의 초상

지금부터 2,500여 년 전, 노나라에 살고 있던 공자(孔子)는 제나라로 옮겨갔다. 노나라에서 큰 변란이 일어났기 때문이었다. 그 당시 제나라는 경공(景公)이 다스리고 있었는데, 경공은 공자의 학문과 명성에 대해 익히 알고 있었다. 경공은 공자를 환대하며 나라를 다스리는 도리에 대해 물었다.

공자는 "임금은 임금답고 신하는 신하답고 아버지는 아버지답고 아들은 아들다운 것입니다." 하고 답하였다. 이에 경공이 응하여 말하기를, "좋은 말씀입니다. 진실로 임금이 임금답지

않고 신하가 신하답지 않고 아버지가 아버지답지 않고 아들이 아들답지
않다면, 비록 곡식이 있다고 한들 내가 그것을 먹을 수가 있겠습니까?" 하
였다.

여기에서 유래된 명언이 바로 '군군신신(君君臣臣) 부부자자(父父子子)'
이다. 얼마나 보편타당하고 널리 알려진 말이었는지, 신라시대 향가에도
이 구절이 들어가 있는 작품이 있다.

君은 어비여	군은 아버지요
臣은 ᄃᆞᅀᆞ샬 어ᅀᅵ여	신은 사랑하실 어머니요
民ᄋᆞᆫ 얼흔아히고 ᄒᆞ샬디	민은 어린 아이로고 하실지면
民이 ᄃᆞᆮ 알고다	민이 사랑을 알리이다
구믈ㅅ다히 살손 物生	꾸물거리며 사는 물생이
이흘 머기 다ᄉᆞ라	이를 먹어 다스려져
이 ᄯᅡ홀 바리곡 어듸갈뎌 흘디	이 땅을 버리고 어디갈고 할지면
나라악 디니디 알고다	나라가 유지될 줄 알리이다.
아으 君다이 臣다이 民다이 ᄒᆞᄂᆞᆯᄃᆞᆫ	아으 군답게 신답게 민답게 할지면
나라악 太平ᄒᆞ니잇다	나라가 태평하나이다

(양주동 현대어역)

경덕왕 24년(765) 3월 3일, 왕이 귀정문(歸正門) 다락 위에 올라 신하들
에게 영복승(榮服僧)을 데려오라고 하였다. 신하들은 마침 근처에 있던 근
엄한 얼굴에 화려한 옷을 입은 대덕(大德)을 데려왔다. 그러나 왕은 자기가
바라는 스님이 아니라고 하고 돌려보낸다. 그때 누더기를 걸친 초라한 행
색의 스님이 지나가자, 왕이 기뻐하며 맞이했다. 스님은 남산 삼화령(三花
嶺)에 있는 미륵불 앞에 차를 올리고 오는 길이라고 했다. 왕이 차 한 잔을
청했다. 찻잔에는 풍요로운 향내가 가득한데, 차 맛은 기묘하고 깊었다.

스님의 이름은 충담(忠談)이었다. 그가 지은 〈찬기파랑가(讚耆婆郞歌)〉는 뜻이 높아 항간에 소문이 자자했다. 경덕왕도 그 소문을 들어 충담에 대해 이미 잘 알고 있었다. 이에 왕은 백성을 다스려 편안하게 할 노래를 지어달라고 청하니, 충담이 〈안민가(安民歌)〉를 지어 바쳤다. 왕이 이를 아름답게 여겨 왕사(王師)로 봉하였으나 충담은 웃으면서 사양했다.

경덕왕은 그해 6월에 죽었다. 그러니까 〈안민가〉가 지어진 후 석 달 뒤에 세상을 떠났다는 말이다. 왕으로 재위한 기간이 24년이라면 결코 짧지 않은 세월이다. 나라를 다스리는 법을 체득할 수 있는 충분한 시간이다. 그러나 현실은 그렇게 녹록지 않았던가 보다. 신하들은 영복승을 데려오라는 경덕왕의 말뜻을 단번에 알아채지 못할 정도로 우매했다. 영복승! 말 그대로 화려한 옷을 입은 스님이라는 뜻이다. 그래서 신하들은 호화로운 가사를 걸친 근엄한 대덕을 데려온 것이다. 임금과 신하 사이에 소통이 이루어지지 않는 셈이다. 아니, 알면서도 못 알아 들은 척했을 수도 있다. 현실은 답답한 '먹통' 그 자체였던 셈이다.

경덕왕은 호화로운 대덕을 물리치고, 그 대신 초라하기 짝이 없는 충담을 받아들인다. 화려한 겉모습이 아닌 내면의 깊이를 갖춘 스님다운 스님!

삼화령 미륵삼존불: 국립경주박물관으로 옮겨 전시되어 있다.

경덕왕이 찾던 진정한 영복승의 모습이다. 화려함이나 근엄함은 껍데기에 불과하다. 중요한 것은 높은 깨달음과 올바른 정신이다. 거들먹대지 않고 수행에만 정진하는 참다운 스님을 찾은 것이다.

충담은 유교 경전에도 조예가 있었던 듯하다. 그렇기에 '군군신신민민'의 도리를 쉽게 풀어서 〈안민가〉를 짓는다. 임금은 엄한 아버지로, 신하는 자애로운 어머니로, 백성은 어린 자식에 비유하여 이른바 공자의 '정명(正名)' 사상을 풀어낸다. 정명이란 자기 직분을 익히 알고 그것을 충실히 수행해 갈 때 비로소 태평해질 수 있다는 평범한 진리이다.

이쯤에서 경덕왕이 굳이 '귀정문'을 찾아간 까닭도 짐작할 수 있다. 귀정문은 '올바름으로 돌아가는 문'이라는 뜻이다. 경덕왕은 그를 따르는 신하들은 물론이고 화려한 대덕의 행태도 올바르지 않다고 생각했던 것 같다. 따라서 잘못됨에서 벗어나 올바름으로 돌아가야 한다는 경덕왕의 의도가 '귀정문'에 담겨있다고 할 수 있다.

경덕왕이 생각하는 올바름은 바로 '군군신신민민(君君臣臣民民)'이다. 임금은 임금답게, 신하는 신하답게, 백성은 백성답게 생각하고 행동해야 한다는 것이다. 즉, 윗사람은 윗사람다워야 하고 아랫사람은 아랫사람다워야 한다. 건강하고 행복한 공동체는 윗사람과 아랫사람이 함께 만들어 가는 공동체이다. 구성원들이 각자 자신의 위치에서 자신의 역할을 감당해낼 때, 그 사회는 한층 더 안정되고 단단해진다. 이것이 바로 치세의 이치이자 조직의 섭리이다. 평범하지만 늘 되새겨야 할 이치라고 하지 않을 수 없다.

보스에 대한 기억과 다짐 : 충담의 〈찬기파랑가〉, 득오의 〈모죽지랑가〉

그렇다면 진정 훌륭한 윗사람이란 어떠한 사람이어야 하는가? 어떤 인품과 리더십을 갖추어야 하는가? 이에 대한 답은 아랫사람의 기억과 평가를 통해 찾을 수 있다.

늣겨곰 ㅂ라매	흐느끼며 바라보매
이슬 불갼 ㄷ라리	이슬 밝힌 달이
힌 구룸 조초 ㅴ간 언저레	흰 구름 따라 떠간 언저리에
몰이 가룬 믈서리여히	모래 가른 물가에
耆郎이 즈싀올시 수프리야	기랑의 모습이올시 수풀이여
逸烏나릿 지벼긔	일오내 자갈 벌에서
郎이여 디니더시온	낭이 지니시던
ㅁㅿㅣ ㄱ숤 좃ㄴ라져	마음의 갓을 쫓고 있노라
아야 자싯가지 노포	아아, 잣나무 가지가 높아
누니 모둘 두폴 곳가리여	눈이라도 덮지 못할 고깔이여

(김완진 현대어역)

'기파랑을 찬송하는 노래'라는 뜻을 가진 〈찬기파랑가(讚耆婆郎歌)〉의 전문이다. 경덕왕이 알고 있을 정도로 그 당시 사람들에게 널리 알려진 작품이다. 그렇지만 정작 '기파랑(耆婆郎)'에 대한 기록은 전혀 찾아볼 길이 없다. 작품의 수준과 명성을 생각한다면 매우 안타까운 일이다. 아마도 제법 유명했던 화랑이었을 것으로 짐작할 뿐이다.

가사의 내용으로 보아 기파랑은 한 무리의 낭도들을 이끄는 우두머리였다는 점은 분명하다. 그들 무리는 '일오'라는 시냇가에서 수련을 했으며, 그 주변에는 울창한 잣나무 숲이 둘러싸고 있었을 것으로 짐작된다. 기파랑과의 추억이 쌓인 그곳에서 시적 화자는 떠나간(혹은 죽은) 기파랑을 그리워한다.

시적 화자가 기억하는 기파랑은 '우거진 수풀 같은 모습'이며, '눈도 덮지 못할 정도로 드높은 우듬지 같은 존재'이다. 잣나무는 가지가 많고 솔 잎이 풍성한 상록수이다. 한겨울에도 푸른 잎을 달고 있어 굳건한 지조와 절개를 상징한다. 냉혹한 추위를 이겨내는 강건함! 쭉쭉 치솟는 가지처럼 드높은 기상! 변치 않는 의리와 꼿꼿함! 이것이 바로 기파랑에 대한 집단 적 기억과 평가이다. 기파랑은 떠났지만, 그를 따르던 무리는 보스의 모습 과 정신을 잊지 않으려 애쓰고 있다. 보스가 남겨준 '마음의 끝'을 따라 시 냇가와 잣나무 숲을 서성이고 있는 것이다.

간봄 몯 오리매	지나간 봄 돌아오지 못하니
모둘 기스샤 울므를 이 시름	살아계시지 못하여 울어 마를 이 시름
두던 도롬곳 됴하시온	눈두덩 볼두덩 좋으신
즈시 히 헤나삼 헐니져	모습이 해가 갈수록 헐어 가도다
누늬 도랄 없시 뎌옷	눈의 돌음 없이 저를
맛보기 엇디 일오아리	만나보기 어찌 이루리
낭이여 그릴 모수미 즛 녀올 길	낭 그리는 마음의 모습이 가는 길
다보짓 굴헝히 잘 밤 이샤리	다복 굴헝에 잘 밤 있으리

(김완진 현대어역)

득오(得烏)라는 낭도가 지었다는 〈모죽지랑가(慕竹旨郞歌)〉이다. '죽지 랑을 추모하는 노래'라는 뜻으로 보아, 죽지랑(竹旨郞 ?~?)이 죽은 이후에 지어진 것으로 추정된다. 다행스럽게도 죽지랑과 득오에 대해서는 비교적 자세한 이야기가 전해진다.

득오는 죽지랑이 이끄는 무리에 속한 낭도였다. 그런데 어느 날 익선(益 宣)이라는 관리가 득오를 부산성(富山城)의 창고지기로 데려간다. 사전협 조 같은 것은 없었다. 일방적인 차출이었다. 그곳에서 득오는 온갖 고초를 겪으며 부역을 한다. 죽지랑은 무리를 이끌고 가서 득오를 위로하고, 익선에게 득오의 말미를 줄 것을 청한다. 그렇지만 익선은 부역이라는 명분을 내세우며 죽지랑의 청을 거절한다. 곁에 있던 사람들이 곡물과 안장을 주고 청하니 그제야 허락했다. 물론 효소왕이 익선과 그 아들에게 중벌을 내리는 것으로 이야기는 마무리되지만, 씁쓰름한 뒷맛은 어쩔 수 없다.

죽지랑은 김유신(金庾信 595~673)과 더불어 삼국통일의 대업을 이룩한 당대의 전쟁영웅이다. 전쟁터에서는 그 명성과 위세가 하늘을 찔렀으리라. 하지만 전쟁이 끝나고 평화가 지속하면서 화랑집단의 위의는 흔들리기 시작했다. 익선의 행패도 이런 시류 속에서 발생된 것이었다. 그 당시로서는 자연스러운 일 중의 하나였을 게다. 따라서 죽지랑 이야기는 화랑도의 위상 변화를 둘러싼 사회적 갈등과 대립을 보여주는 흥미로운 이야기라고 할 수 있다.

그렇지만 죽지랑이 보여주는 지도자적 정신과 행위는 새삼 눈여겨 볼 만하다. 죽지랑은 수백 명의 낭도를 이끄는 화랑도의 수장(首長)이었다. 또한 군사를 이끌고 수많은 전장을 누빈 명장이기도 했다. 그러므로 죽지랑이 마음만 먹는다면 위력으로 얼마든지 익선을 제압할 수도 있었을 것이다. 실제로 죽지랑이 부산성으로 갈 때 137명의 낭도들이 그를 수행했었다.

그러나 죽지랑은 그렇게 하지 않았다. 오직 부하를 위하는 마음으로 익선에게 머리를 숙여 득오의 휴가를 간청한다. 자신의 명성과 체면을 내세우지 않았으며, 부하들을 앞장세워 물리적인 강제력을 사용하지도 않았다. 죽지랑의 속은 부글부글 끓었을 터이지만, 익선의 오만함에도 흥분하지 않고 참아낸다. 이야말로 부하의 고충을 마치 자신의 어려움처럼 생각하는 부하 사랑의 화신이며 리더다운 큰 그릇의 소유자라 할 만하다.

득오를 비롯한 낭도들은 죽지랑을 한없이 따뜻한 지도자로 기억한다. 세상을 떠난 죽지랑을 위해 눈물이 마를 정도로 애도한다. 또한 영정에 그려진 얼굴이 해마다 퇴락하는 것을 안타까워한다. 그리곤 훗날 다시 만날 날을 기약하며, 잡초가 우거진 구렁 속에서 잠자는 것조차 달콤하게 여긴다.

이처럼 누가 진정 훌륭한 지도자인가 하는 것은 그가 떠난 이후 추종자들이 어떻게 지도자를 기억하는가에 달려 있다고 본다. 특히, 아랫사람들의 기억과 평가는 절대적이라 할 수 있다. 따라서 아랫사람은 곧 윗사람의 거울이라 할 만하다. 윗사람의 인품과 역량을 있는 그대로 비추어 보여주는 맑은 거울이다.

칼보다 강한 정신의 지도자 : 영재의 〈우적가〉

한편, 위대한 지도자가 되려면 추종자에게 무엇을 먼저 만족시켜야 하는가 하는 점도 중요한 지점이다. 영재(永才)라는 스님이 지었다는 〈우적가(遇賊歌)〉는 이런 물음에 대한 고민을 보여주는 향가이다.

제의 ᄆᅀ미	제 마음의
즈ᅀᅵ 모돌 보려든	모습이 볼 수 없는 것인데
日遠鳥逸 ᄃ라리 난 알고	일원조일 달이 난 것을 알고
열ᄃᆫ 수플 가고셧다	지금은 수풀을 가고 있습니다
다ᄆᆫ 외오ᄂᆫ 破家니림	다만 잘못된 것은 강호(强豪)님
머믈오시ᄂᆞ눌 도도랄랑여	머물게 하신들 놀라겠습니까?
이 자ᄇᆫ가시아 말오	병기(兵器)를 마다하고
즐길 법(法)이ᅀᅡ 듣ᄂᆞ오다니	즐길 법(法)을랑 듣고 있는데
아야 오직 뎌오밋ᄒᆞᆫ 믈른	아아, 오직 조만한 선업(善業)은
안죽 틱도 업스니다	아직 틱도 없습니다 (김완진 현대어역)

『삼국유사』에 실린 영재에 대한 기록

영재 스님은 성격이 활달하고 익살스러웠다. 재물에 얽매이지도 않았으며 또한 향가를 잘 지었다. 그가 90살 남짓 되어 남악(南岳)에 숨어 살기로 하고 대현령(大峴嶺)에 이르렀을 때였다. 어디서 불현듯 60여 명의 도적떼가 나타나 그를 해치려 했다. 스님은 도적떼의 칼날 앞에서도 두려워하지 않고 태연했다. 도적들이 그가 영재 스님임을 알고 노래를 부르게 했는데, 그 노래가 바로 〈우적가〉이다. 노래에 감동한 도적들이 선물로 비단 2필을 내밀자, 영재는 비단을 땅바닥에 내동댕이치며 "재물은 지옥에 떨어지는 근본이다."라고 소리쳤다. 도적들은 그 말에 감동하여 모두 머리를 깎고 제자가 되어 지리산으로 들어갔다.

이것이 〈우적가〉가 지어진 내력이다. 노랫말과 이야기의 내용만으로 본다면, 〈우적가〉는 다분히 불교적 교리를 담고 있다고 본다. 도가 높은 스님이 지었고, 재물을 멀리하고 선업을 닦으며 더욱 정진해야 한다는 내용이 모두 불교적이기 때문이다. 보잘것없는 재화에 매달리지 말고 인생의 참뜻과 바른길을 찾아 수련한다는 교훈적 향가이다.

그런데 빼어난 지도자의 역할이라는 관점에서 보면, 〈우적가〉는 추종자들이 궁극적으로 소망하는 것이 무엇인지 잘 보여준다. 추종자들은 대체로 무언가 결핍된 존재들이다. 때로는 육체적으로, 때로는 정신적으로, 배가 고프다. 그렇지만 육체적 허기보다 더욱 심각한 것은 정신적, 영적 허기이다. 극도의 정신적 허기가 밀려오면 그들은 모래성처럼 허망하게 무너지고 만다. 〈우적가〉에 등장하는 도적떼를 보라. 그들은 날카로운 칼을 든 채 영재 스님의 한마디에 무릎을 꿇지 않았는가.

지도자는 추종자들의 육체적 허기는 물론이고 정신적, 영적 허기까지 메워주어야 한다. 육체적 허기는 주먹밥 한 덩어리만으로도 해소할 수 있다. 평범한 리더도 조금만 노력하면 손쉽게 해결할 수 있다. 그러나 정신적 허기는 그렇지 않다. 리더 스스로 높은 수준의 깨달음에 도달해 있어야 하고, 그것이 저절로 흘러넘쳐야 하며, 단번에 감동시킬 수 있는 힘을 가지고 있어야 한다. 영재 스님이야말로 바로 결핍된 영혼들의 허기를 채워주는 이상적인 지도자의 표본이 아닌가 한다.

아랫사람의 헌신에 대한 기억과 보훈 : 예종의 〈도이장가〉

훌륭한 지도자는 그를 따르는 추종자들이 오래 기억하고 평가하며 추앙한다. 그렇다면 이와 반대로 공동체를 위해 혹은 윗사람을 위해 값진 희생을 치른 아랫사람은 누가 기억해야 하는가? 어떤 방법으로 그의 의로운 행적을 부각할 수 있는가? 고려 제16대 임금인 예종(睿宗)이 1120년에 지었다는 〈도이장가(悼二將歌)〉는 이런 측면에서 의미 있는 관점을 시사해주는 시가이다.

니믈 오올오슬븐 ㅁㅅㅁ	님을 온전케 하온
ㄱ 하늘 밋곤	마음은 하늘 끝까지 미치니
넉시 가샤디	넋이 가셨으되
몸 셰오신 말씀	몸 세우고 하신 말씀
셕 맛도려 활자바리 가시와뎌	직분 맡으려 활잡는 이 마음 새로워지기를
됴타 두 功臣아	좋다 두 공신이여
오래옷 고돈 자최ᄂᆞ	오래오래 곧은 자취는
나토신뎌	나타내신저 (김완진 현대어역)

신숭겸의 장렬한 죽음을 그림으로 그린 삽화
(동국삼강행실도 소재)

〈도이장가〉란 '두 장수를 애도하는 노래'라는 뜻이다. 927년, 후백제의 견훤은 대군을 이끌고 신라를 공격했다. 다급해진 경애왕은 왕건에게 구원을 요청한다. 왕건이 군사를 이끌고 출전하는 사이, 견훤은 이미 경주를 함락시킨 후, 경애왕을 죽이고 신라의 마지막 임금인 경순왕을 세웠다.

고려군이 출동했다는 전갈을 받은 견훤은 군사를 몰아 대구로 향했다. 고려군은 팔공산 골짜기에서 후백제군을 맞아 혈전을 벌였다. 그러나 시간이 지날수록 전세는 고려군에게 불리하게 전개되었다. 결국 왕건은 후백제군에게 포위되어 몰살될 위기에 처했다. 그때 신숭겸(申崇謙 ?~927) 장군이 왕건에게 말했다.

"폐하! 저와 옷을 바꾸어 입고 적의 아가리를 벗어나소서."

왕건은 눈물을 삼키며 황금갑옷을 벗어 신숭겸에게 건넸다. 신숭겸은 왕의 갑옷을 입고 화려하게 장식된 어마(御馬)에 올라 적진으로 돌진했다. 이때 김락(金樂 ?~927) 장군도 그 뒤를 따랐다. 이렇게 신숭겸과 김락 장군은 궁지에 몰린 왕건을 살려내고 그를 대신하여 죽었다. 위기에 처한 왕을 살리기 위해 스스로 택한 아름다운 죽음이었다.

훗날 태조는 팔관회 잔치 자리에 두 장군이 없는 것을 애석히 여겼다. 이에 짚으로 두 공신의 인형을 만들어 관복을 입혀 자리에 앉게 하고, 술잔을 따라 올렸다. 그랬더니 두 공신이 마치 살아있는 것처럼 술잔을 받아 마시기도 하고 자리에서 일어나 춤을 추었다는 것이다.

그렇게 태조 때부터 시작된 추모행사는 예종 때까지 계속되었다. 예종이 서경에서 벌어진 팔관회에 참석하였는데, 마침 관복 차림의 짚 인형을 뒤집어쓴 사람이 말을 타고 이리저리 뛰어다니는 것을 보았다. 그들이 바로 태조를 구해낸 공신들의 인형임을 알게 되자, 그에 감동하여 〈도이장가〉를 지었다고 했다.

〈도이장가〉는 그 제목과 배경설화에서 짐작할 수 있듯, 두 공신의 장렬한 죽음을 추모하고 그들의 '곧은 자취'가 영원함을 드러내고자 하는 노래이다. 두 장군의 죽음이 왕을 온전케 하였을 뿐만 아니라, 그 뜻이 하늘 끝에까지 미쳤다는 것이다. 즉, 그들의 충절은 하늘처럼 높고 대대로 영원히 기억하겠다는 뜻이다.

이런 점에서, 태조 왕건이 인형을 만들어 두 장수의 부재를 안타까워했다는 것이나, 후대의 왕들이 이를 폐지하지 않고 지속했다는 것은 의미가 있다. 게다가 예종이 추모의 노래까지 지어 남겼다는 것은 더욱 뜻깊은 일이라고 생각한다. 왜냐하면 왕으로서 신하의 죽음을 당연한 것으로 여기지 않고, 그들의 충절을 대대로 기억해 주었기 때문이다.

이처럼 국가의 지도자는 아랫사람의 헌신을 기억하고 그에 걸맞은 보훈을 해주어야 한다. 이러한 기억과 보훈이 있어야만 아랫사람에게 공동체를 위한 헌신을 당당하게 요구할 수 있다. 보훈만을 지나치게 강조하다 보면 속되다고 치부할 수도 있다. 그러나 그렇게만 생각할 일은 아니다. 공동체를 유지하려면 그 누군가의 헌신과 희생은 불가피하다. 개인의 헌신과 희생이 기억된다는 확신이 있을 때, 의로운 충절의 길로 선뜻 나설 수 있다. 따라서 아랫사람에 대한 기억과 보훈은 지도자가 반드시 수행해야 할 막중한 소임 중의 하나라고 할 것이다.

관원의 자부심과 덕화의 포부 : 안축의 경기체가 〈관동별곡〉

중세시대의 왕이 한 나라의 최고 지도자라면 그를 보좌하는 관원들은 중간 지도자라 할 수 있다. 이들 관원은 국법으로 정해진 절차에 따라 선발되고 관직에 등용되었다. 특히, 고려 제4대 임금인 광종이 과거제도(科擧制度)를 본격적으로 시행하게 되면서 비교적 합리적인 관리 선발이 이루어지게 되었다.

하지만 신분에 따라 응시할 수 있는 과거시험의 종류가 달랐고, 가문이 좋은 문벌의 후손들은 굳이 과거시험에 매달리지 않아도 음서(蔭敍)를 통해 출사의 기회가 주어졌다. 이렇게 과거나 음서를 통해 관직에 진출한 사람들은 대부분 그 당시의 지배층 또는 상층민에 해당한다.

관직에 진출한 상층민들은 왕명을 받아 백성들을 다스리고 가르치는, 이른바 교화(敎化)의 소임을 담당했다. 그들은 왕과 백성들 사이에서 매개체 역할을 하면서 사회적 리더로서 자리매김하게 되었다. 따라서 관원들은 남다른 자부심과 함께 교화의 포부를 지니고 있었다.

이와 같은 관원의 지도자적 심리와 정서를 잘 보여주는 작품 중 하나가 안축(安軸 1287~1348)이 지은 경기체가 〈관동별곡(關東別曲)〉이다.

海千重 山萬疊 關東別境
해천중 산만첩 관동별경

碧油幢 紅蓮幕 兵馬營主
벽유당 홍련막 병마영주

玉帶傾盖 黑槊紅旗 鳴沙路
옥대경개 흑삭홍기 명사로

바다는 천 겹이요 산은 만 겹이니 관동의 경치 아름답도다

푸른 깃발 세우고 붉은 장막 펼친 병마영주 되었도다

옥대 띠고 비스듬한 일산 검은 창과 붉은 깃발 들고 명사길 가는도다

爲 巡察 景幾何如　　　　　　아! 순찰하는 광경이 어떠합니까?
위 순찰 경기하여

朔方民物 慕義起風　　　　　삭방의 백성들 의를 사모하고 바른 풍
삭방민물 모의기풍　　　　　속 따르도다

爲 王化中興 景幾何如　　　　아! 왕의 덕화 흥하는 그 모습이 어떠합
위 왕화중흥 경기하여　　　　니까?

안축은 죽계(竹溪)에 기반을 두고 중앙정계에 진출한 신흥사대부이다.
고려와 원나라 양국의 과거에 모두 급제하여 그에 대한 자부심이 대단
했다. 그는 42살 때 강원도존무사로 부임하여 자신의 관할지역을 둘러보
면서 〈관동별곡〉을 지었다. 전체 9장으로 이루어져 있는데, 상층관료로서
의 열망과 흥취가 담겨 있다. 특히, 제1장에는 병마영주로서 위풍당당하
게 행차하는 모습을 묘사한다. 그 이면에는 상층관료의 자긍심과 함께 백
성들을 바르게 교화하고픈 소망이 내포되어 있다.

이와 같이 〈관동별곡〉은 신분적, 학문적, 관직상으로 높은 윗사람이 백
성들을 잘 가르쳐 풍속을 바르게 해야 한다는 인식을 직설적으로 표출하
는 노래라고 할 것이다. 이는 입신양명에 대한 신흥사대부의 욕망과 함께,
임금과 백성 사이에서 중간자적 역할을 톡톡히 해야 한다는 강렬한 책무
감에서 비롯된 인식이라 생각한다. 이야말로 중세적 관료 특유의 지도자
적 성향이 아닌가 한다.

백성들의 교화를 위한 도덕 교과서 : 정철의 〈훈민가〉

조선시대에 이르러 어리석은 백성들을 가르쳐 풍속을 순화시켜야 한다
는 관료들의 인식은 매우 보편화된 것으로 보인다. 이를 잘 보여주는 작품

이 바로 정철(鄭澈 1536~1594)이 지은 〈훈민가(訓民歌)〉이다. 전체 16수로 이루어진 연시조인데 그중에서 몇 수만 보기로 한다.

> 님금과 빅성과 ᄉᆞ이 하ᄂᆞᆯ과 따히로디
> 내의 셜운 일을 다 아로려 ᄒᆞ시거든
> 우린ᄃᆞᆯ 슬진 미나리ᄅᆞᆯ 혼자 엇디 머그리 (제2수)

> ᄆᆞᄋᆞᆯ 사ᄅᆞᆷᄃᆞᆯ하 올ᄒᆞᆫ 일 ᄒᆞ쟈ᄉᆞ라
> 사ᄅᆞᆷ이 되여 나셔 올티곳* 못ᄒᆞ면
> ᄆᆞ쇼ᄅᆞᆯ 갓 곳갈 싀워* 밥머기나 다ᄅᆞ랴 (제8수)

> 상뉵 쟝긔 ᄒᆞ디 마라 숑ᄉᆞ 글월 ᄒᆞ디 마라
> 집 배야* ᄆᆞ슴ᄒᆞ며 ᄂᆞ미 원슈 될 줄 엇디
> 나라히 법을 셰우샤 죄 인ᄂᆞᆫ 줄 모로ᄂᆞᆫ다 (제15수)

*올티곳: 올바르게 또는 옳은 일
*ᄆᆞ쇼ᄅᆞᆯ 갓 곳갈 싀워: 소와 말에게 갓과 고깔을 씌워   *집 배야: 집안이 허물어져

제2수에서는 임금과 백성 사이가 천지 차이이지만, 임금은 작은 일까지도 다 알고져 하시니, 미나리조차 혼자 먹을 수 없다고 했다. 군신(君臣) 간의 도리를 밝히고 관료의 역할을 거듭 강조했다고 하겠다. 제8수에서는 마을 사람들에게 올바르게 살아야 한다고 역설하고, 제15수에서는 놀음이나 송사를 하지 말라고 훈계한다.

이러한 교화의 범주에는 부모, 형제, 부부, 자식, 남녀, 친구, 이웃, 노인 등 일상적 시공간에서 만날 수 있는 사람들과의 관계가 거의 다 언급된다.

제1수 나를 낳아 길러주신 부모님의 은혜를 갚아야 한다.

제2수 사소한 일까지 헤아리는 임금의 은혜를 잊지 말아야 한다.

제3수 형제는 한 핏줄이니 우애 있게 지내야 한다.

제4수 부모님께서 살아계실 때에 효도를 다 해야 한다.

제5수 부부는 일심동체이니 서로 존경해야 한다.

제6수 남녀는 유별하니 서로 이름도 묻지 말아야 한다.

제7수 어린 자녀들에게 책읽기를 권장해야 한다.

제8수 올바른 행동을 하지 않으면 소나 말과 같다.

제9수 웃어른을 공경하고 항상 예절로 모셔야 한다.

제10수 친구 간에는 신의를 지켜야 한다.

제11수 가난한 이웃 사람들을 돌봐주어야 한다.

제12수 장례나 혼사를 치를 때 서로 도와야 한다.

제13수 농사일을 할 때 상부상조해야 한다.

제14수 아무리 빈곤해도 남의 물건을 탐내지 말아야 한다.

제15수 도박과 송사를 하지 말아야 한다.

제16수 노인을 공경하고 보살펴 드려야 한다.

〈훈민가〉는 정철이 강원도관찰사로 재직하던 1580년(선조 13) 정월부터

훈민가 시비

이듬해 3월 사이에 백성들을 계몽하고 교화할 목적으로 지은 연시조이다. 백성들이 읊조리거나 노래하기 좋도록 이해하기 쉬운 순우리말을 사용하여 지었다. 어려운 한문 구절이나 한자표현은 거의 찾아볼 수 없을 정도이다. 그만큼 글자를 모르는 백성들을 염두에 둔 작품이라 하겠다.

〈훈민가〉의 내용과 표현으로 볼 때, 가히 도덕 교과서의 집약본이라 할 만하다. 물론 유교적 윤리관에 근거한 것이지만, 정상적인 사람이라면 누구나 지켜야 할 바람직한 도리들을 두루 포괄하고 있다. 이를 보면 조선시대의 관료들은 백성들에 대한 교화 욕구가 매우 강렬했던 것으로 짐작된다. 나아가 교화를 위한 실질적인 노력도 게을리하지 않았던 것으로 보인다.

잘못된 관료들을 비판하는 노래 : 이덕일과 이세보의 시조

그렇지만 모든 관료들에게 교화 욕구가 있었던 것은 아니었다. 개중에는 당파싸움에 매달리며 자기 파당의 사리사욕을 앞세우거나 백성들의 고달픈 삶의 질곡을 외면하는 관료들도 적지 않았던 것 같다. 칠실(漆室) 이덕일(李德一 1561~1622)이 지은 〈우국가(憂國歌)〉에는 이렇듯 사욕에 사로잡힌 부패하고 무능한 관료들의 모습이 잘 그려져 있다.

학문을 후리티오 문무(文武)를 ᄒ온 뜻은
삼척검(三尺劍) 둘러메오 진심보국(盡心報國) 호려터니
ᄒᆫ 일도* ᄒ옴이 업ᄉ니 눈물계워 ᄒ노라 (제1수)

공명과 부귀란 여사(餘事)로 혀여 두고
낭묘상(廊廟上)* 대신(大臣)네 진심국사(盡心國事) ᄒ시거나

이렁셩 저렁셩 ᄒ다가 내죵 어히 ᄒ실고 (제12수)

이 이권들 즐거오며 져 디다* 셜울소냐
이긔나 디나 즁의 젼혜 불관(不關)ᄒ다만은
아무도 ᄭᆡᄃᆞ디 못ᄒ니 그를 셜워ᄒ노라 (제17수)

*ᄒᆞᆫ 일도: 한 가지 일도　*낭묘상(廊廟上): 조정의 정치를 보살피는 전각의
*져 디다: 졌다고 하여

〈우국가〉 28수 중에서 세 작품만 뽑아 옮긴 것이다. 〈우국가〉는 제목 자체가 '나라를 걱정하는 노래'라고 한 것처럼, 28수 전체에 국가에 대한 근심과 염려가 자못 묵직하기 짝이 없다. 제1수에서는 나랏일에 참여하지 못하는 자기 신세에 대해 한탄한다. 제12수에서는 부귀공명에만 몰두하는 조정 대신들을 비판하며, 제17수에서는 당파 간의 승패에만 집착하는 우매함을 개탄한다.

이덕일은 선조 27년(1594)에 무과에 급제했으나, 여느 무인들이 그랬던 것처럼 곧바로 관직에 기용되지 못했다. 정유재란 때 의병을 이끌고 충무공(忠武公) 이순신(李舜臣 1545~1598) 장군의 막하에 들어가 싸워 공을 세웠다. 그 후 통제우후(統制虞候)에 제수되었으나 부임하지 않고 고향에 은거하며 〈우국가〉 28수를 지어 강개한 울분을 토로하고 있다.

한편, 조선후기에 이세보(李世輔 1832~1895)가 지은 여러 시조 작품에서도 관료사회의 부패상이 적나라하게 그려져 있다.

⑴ 또 한 말를 이졋구나 육월 보름 지격(至隔)일다*
　　문남무(文南武)* 치격 보아 칭원(稱冤) 업시 제목 쓰쇼
　　엇지타 ᄉᆞ졍(私情)이 공도(公道)를 막어

(2) 구구ㅅ정(區區私情) 더 어든 지(災) 빅셩을 위ᄒ미라

　 히식(該色)아* 명심ᄒ여 원망 업시 분급ᄒ라

　 아모리 엄쇽(嚴束)*한들 졔 낭탁(囊橐)*을

(3) 그럿타도 ᄒ련이와 무변수령 ㅈ네 듯쇼

　 이걸구걸ᄒ여 온 원 치민션졍(治民善政) 졍셩젹다

　 엇지타 ㅅ롬마다 물욕이 먼져

*지격(至隔)일다: 기일이 바싹 닥쳐 왔구나　*문남무(文南武): 문반과 남반과 무반
*히식(該色)아: 아전들아　*엄쇽(嚴束): 엄하게 단속함
*낭탁(囊橐): 주머니 또는 전대와 자루

무려 458수의 시조를 남긴
이세보 초상화

(1)에서는 문반, 남반, 무반 수령 따지지 말고 실제 공적만 적어 올리라고 한다. 그래야 원망이 없을 뿐 아니라 사사로운 인정이 공평한 도리를 막지 않는다는 것이다. (2)는 아전들에 대한 경계이다. 백성들의 이러저러한 속사정을 다 따져본 후, 원망 없이 일을 처리해야 한다고 당부한다. 그렇지만 아무리 엄히 단속해도 모두들 제 주머니 채우기에 급급하다고 개탄한다. (3)은 무과 출신 수령에게 주는 훈계투의 시조이다. 무인들은 문인에 비해 관직을 얻기가 매우 어려웠다. 그렇게 간신히 얻은 원님 자리인데 치민선정 하려는 정성이 적다고 따끔하게 지적한다. 백성들의 이익보다 자신의 물욕을 앞세우면 안 된다고 경고한다.

이들 세 작품 속에 공통된 인식은 관료들의 일 처리가 불공평하고 사리사욕에 치우쳐 있다는 것이다. 사정(私情)이 공도(公道)를 무너뜨리는 세

태를 직설적으로 비판한다. 관료들의 부정부패는 백성들의 살과 피를 빨아먹는 병폐이며, 나아가 국가의 뼈대를 야금야금 갉아 먹는 폐단이다. 종국에는 공동체를 허물어뜨리는 심각한 죄악의 근원이다.

이와 같이 이덕일과 이세보는 한결같이 잘못된 관료들의 행태를 고발하는 한편, 그들이 당당하게 걸어가야 할 올바른 길을 제시해준다. 그것은 공평하고 떳떳하며 올바른 관료가 되어달라는 것이다. 관료들이 가장 사랑해야 하고 또한 가장 두려워해야 하는 존재는 누구인가. 임금이 아니라 백성들이다. 윗사람이 아니라 아랫사람이다. 이것이 바로 조선의 많은 관료들이 잠시도 망각하지 말았어야 할 중요한 교훈이다.

"어찌 내가 왕이 될 상인가?"

2013년에 개봉된 영화 〈관상(觀相)〉은 관상쟁이를 이용하여 역모자를 찾아낸다는 재미있는 스토리를 중심으로 전개된다. 수양대군이 단종을 몰아내고 왕위를 차지한 역사적 사건을 엮어서 관객의 흥미를 높인다. 영화 속에서 노쇠한 세종은 세자(훗날의 문종)를 바라보며 깊은 근심에 빠진다. 세자가 너무 병약했기 때문이었다. 이에 소문난 관상가인 내경을 불러들여 종친과 대신들의 관상을 보게 한다.

영화의 절정은 수양대군과 내경의 만남이다. 사냥을 하고 돌아오던 수양대군은 대뜸 내경에게 묻는다.

"어찌 내가 왕이 될 상인가?"

내경은 얼결에 아니라고 답한다. 사실 그는 수양대군의 얼굴에서 역모의 기운을 느꼈지만, 이를 되돌릴 수는 없다고 생각했던 것이다. 훗날 사람들이 수양대군의 관상을 잘못 보았다고 하자 "상은 변하는 것이다."라고 둘러댄다.

관상을 통해 역모자를 골라낸다는 발상 자체가 비상식적이고 비합리적이라고 무시할 수도 있다. 그렇지만 천 길 물속은 알아도 한 길 사람 속은 모른다고 하지 않았던가. 사람의 속내는 천 길 물속보다 깊어서 단번에 알아내기 어렵다. 또한, 그 마음이 어떻게 변할지 예측하기도 어렵다. 그래서 모 대기업에서도 신입사원을 뽑을 때 관상을 참고했다는 유명한 일화도 있는 것이다.

한 사람의 품성과 능력을 단기간에 파악하기란 힘든 일이다. 어느 정도 시간을 두고 겪어보지 않으면, 그 사람의 속내를 알아보기 어렵다. 섣부른 판단은 도리어 더 위험하다. 다소 시간이 걸리더라도, 또한 다소 절차가 복잡하더라도, 사람을 선별할 때는 신중하고 또 신중해야 한다.

특히, 한 무리의 지도자를 뽑을 때는 거듭하여 심사숙고할 필요가 있다. 그에게 주어지는 직위가 높고 권한이 크기 때문이다. 한순간의 잘못된 선택을 한 조직은 필경 가혹한 대가를 치르기 마련이다. 따라서 조직의 규모가 커질수록 지도자는 유능함과 함께 올바름을 갖춰야 한다. 무능함보다 더 해로운 것은 그릇됨이다. 따라서 조직이 크고 작던 간에 한 조직의 리더는 탁월한 역량과 올바른 정신을 모두 균형 있게 지니고 있어야 한다.

제5부

일상과 풍류

농사일의 즐거움과 애환

'글은 쓰는 걸까? 짓는 걸까?' 한 줄기 바람이 스쳐 가듯, 가끔 이런 생각에 잠기곤 한다. 쓴다는 것과 짓는다는 것은 같은 행위인가? 그 결과물인 '쓴 글'과 '지은 글'은 어떻게 다를까? 지금도 그 둘 사이의 경계를 나눌 수 없으나, 개인적으로 '글쓰기'라는 말보다 '글짓기'라는 말을 더 선호한다. 집을 짓는 일처럼 글짓기는 '생각의 집'을 짓는 일임은 틀림없다.

농사일도 마찬가지이다. 농사를 한다고도 하고 짓는다고도 한다. 논밭을 갈아 종자를 뿌리고, 가마솥처럼 펄펄 끓는 불볕더위를 참아내며 김을 매고, 토실토실하게 여문 알곡을 벅찬 마음으로 거두어들인다. 그 곡식으로 음식을 만들어 조상에게 올리고, 이듬해까지 일가족을 먹여 살렸다. 이런 점에서 농사란 가히 '생명의 집'을 짓는 일이라 칭할 만하다.

특히, 입고 먹고 자는 의식주 일체를 오롯이 농경에 의존했던 시대에는 농사는 곧 생존 그 자체였다. 임금도 궁궐 깊숙한 곳에 작은 논을 만들어 놓고 친히 농사를 지었다. 풍년을 기원하고 농부의 노고를 잊지 않겠다는 의례적 농사였다. 혹여 흉년이라도 들면 왕도 화려한 옷을 입지 않고 수라상에 올리는 반찬 수를 줄였다. 가뭄이나 홍수를 자신의 부덕 때문이라 치부하면서 하늘에 용서를 빌었다. 이처럼 농사일은 나라 차원에서 단순한 노동 그 이상의 의미를 내포하고 있었다. 오죽하면 임금은 백성을 하늘로

삼고, 백성은 먹는 것을 하
늘로 삼는다고 했을까.

이로 인해 농사일은 전통
적 문화예술의 주요한 소재
거리 중 하나였다. 백성들은
들일을 하면서 농업노동요
를 불렀다. 마을 단위로 단
오굿이나 별신굿을 하면서
마을의 평안과 풍년을 기원

창덕궁 후원에 있는 청의정과
임금이 농사를 지었다는 논의 모습

했다. 이뿐만이 아니다. 농사와 관련된 노래가 지어지고 불려졌다. 그만큼
농사는 천하의 근본이라 일컬을 정도로 중대한 일이었다.

그렇지만 농사일을 온몸으로 감당해야 했던 백성들에게 농사는 힘들고
고달픈 일이기도 했다. 피할 수만 있다면 피하고 싶은 그런 고역이었다.
게다가 농사일은 그 시기를 놓치면 허사가 되는 경우도 흔했다. 그러므로
거듭하여 농사일의 가치와 근면의 중요성을 일깨워줄 필요가 있었다. 이
러한 현실적 필요성을 충족하기 위한 하나의 방편으로 농사를 소재로 한
노래를 지어 널리 부르게 했다.

'뿌림'의 설렘 : 봄날의 근면 혹은 새벽의 분주함

농사일 또는 농촌에서의 삶을 다룬 시조는 제법 많은 편이다. 하지만
농부의 입장 혹은 농부의 삶을 들여다보는 관찰자의 처지에서 농사일을
다룬 시조는 그리 많지 않다. 그러나 모래알 속에 진주가 숨어있듯, 몇
몇 수작이 남아있어 주목된다. 조존성(趙存性 1563~1627)의 〈호아곡(呼兒
曲)〉, 신계영(辛啓榮 1577~1669)의 〈전원사시가(田園四時歌)〉, 이휘일(李

윤두서의〈채애도〉: 나물 캐는
아낙의 모습을 실감 나게 그렸다.

徽逸 1619~1672)의 〈전가팔곡(田家
八曲)〉, 위백규(魏伯珪 1727~1798)의
〈농가구장(農歌九章)〉, 이세보(李世輔
1832~1895)의 〈농부가(農夫歌)〉 등이
바로 그들이다. 이들은 봄부터 겨울까
지의 사계절이나, 새벽부터 저녁까지
의 농촌의 하루를 한 편의 파노라마처
럼 보여준다.

한 해 농사의 시작은 논밭을 갈아
씨앗을 뿌리는 일에서 비롯된다. 파종
에 임하는 농부의 마음은 풍년에 대한
설렘으로 가득 차 있으며, 근면과 분주함으로 그것을 구현하고픈 욕구가
충만해 있다.

봄날이 졈졈 기니 잔설(殘雪)이 다 녹거다
매화는 볼셔 디고 버들가지 누르럿다
아히야 울 잘 고티고 채전(菜田)* 갈게 ㅎ야라

양파(陽坡)*의 플이 기니 봄 빗치 느저 잇다
소원(小園)* 도화(桃花)는 밤 비예 다 픠거다
아히야 쇼 됴히 머겨 논밧 갈게 ㅎ여라

*채전(菜田): 채소밭   *양파(陽坡): 양지 바른 언덕   *소원(小園): 뒤뜰

신계영의 〈전원사시가〉 중에서 봄을 노래한 제1,2수인데, 마치 쌍둥이
처럼 그 내용은 흡사하다. 초장과 중장은 어디서나 볼 수 있는 봄날의 정
경을 그린다. 잔설이 거의 녹을 즈음 매화꽃이 자욱한 안개처럼 피어난다.

개울가 버들강아지도 누우런 새싹을 틔운다. 햇살 바른 둔덕엔 어느새 풀빛이 파랗고, 복숭아 꽃망울은 금방이라도 터질 것 같은 태세다. 완연하기 그지없는 농촌의 봄날이다.

봄기운이 무르익었다는 것은 곧 본격적인 농사철이 시작된다는 뜻이다. 서둘러 무너진 울타리를 고치고 남새밭도 갈아야 한다. 소도 배불리 먹여 논밭을 갈아야 한다. 이렇게 봄은 그물 구멍처럼 할 일이 많은 계절인지라, 잠시도 허비할 수 없이 분주하다. 잠깐 게으름을 피우다 보면 적기를 놓치기에 십상이다. 그렇게 되면 일 년 농사가 낭패가 될 수도 있다.

이 때문에 부지런함을 강조하는 작품도 여러 편이다.

동창(東窓)이 불갓ᄂ냐 노고지리 우지진다
쇼 칠 아히ᄂ 상긔 아니 니러ᄂ냐
재 너머 ᄉ래 긴 밧츨 언제 가려 ᄒᄂ니 (남구만)

시별 지쟈 죵다리 썻다 호믜 메고 사립 나니
긴 수풀 츤 이슬에 뵈잠방이 다 졋거다
아희야 시절이 됴흘션졍 옷시 졋다 관계ᄒ랴 (이명한)

아희야 구력망틱 어더 서산에 날 늣거다
밤 지낸 고사리 ᄒ마 아니 ᄌ라시라
이 몸이 이 푸새 아니면 조석 어니 지내리 (조존성)

아희야 죽조반(粥早飯)* 다고 남묘(南畝)*에 일 만해라
서투른 짜부*를 눌 마조 쟈부려뇨
두어라 셩세궁경(聖世躬耕)*도 역군은이시니라 (조존성)

*죽조반(粥早飯): 아침 전에 먹는 죽   *남묘(南畝): 남쪽 밭   *짜부: 따비
*셩세궁경(聖世躬耕): 태평스런 세상에 몸소 밭을 갈음

남구만(南九萬 1629~1711)과 이명한(李明漢 1595~1645)의 시조는 농부의 근면함을 강조한 작품이다. 사래 긴 밭을 갈려면 새벽같이 일어나야 한다. 밭일을 나가는 새벽길! 자욱한 이슬에 베잠방이가 흥건히 젖었으리라. 그러나 농부가 이슬을 꺼리면 안 된다. 또한 피할 수도 없는 일이다. 그 시절은 밭일하기에 한없이 좋은 절기이기 때문에 촌음이라도 아껴야 한다.

조존성의 시조 2수는 〈호아곡(呼兒曲)〉에서 가져왔다. '호아곡'이란 아이를 부르는 노래라는 뜻이니, 매 작품의 첫머리가 '아희야'로 시작되는 것을 고려한 명칭이다. 제1수는 고사리 채취가 소재인데, 그 속에 투영된 화자의 설렘과 조급함이 흥미롭다. 고사리는 하루 이틀 사이에 쑥쑥 자란다. 어릴수록 부드럽고 쫄깃한 맛이 일품이다. 너무 많이 패면 질겨서 먹을 수 없다. 당연히 화자의 마음은 바쁠 수밖에 없다. 가급적 빨리 살진 고사리를 채취하고픈 기대감이 풍만하기 때문이다. 제3수에서도 마찬가지이다. 급히 해야 할 밭일은 많고 쟁기질은 서툴다. 그런데도 아침 죽은 아직도 미완성이다. 마음은 급할 수밖에 없다. 기대감에 들뜬, 봄날 새벽의 분주함을 전해주는 경쾌한 작품이다.

그렇지만 농촌살이라는 것이 새벽에만 국한될 수 없다. 해가 뜰 무렵부터 저녁 늦게까지 농사일은 계속된다. 이러한 농촌의 하루를 보여주는 작품이 바로 이휘일의 〈전가팔곡〉 제6, 7, 8수이다.

새배 빗* 나쟈 나셔 백설(百舌)*이 소리ᄒᆞ다
일거라 아ᄒᆡ들아 밧보러 가쟈스라
밤 ᄉᆞ이 이슬 긔운에 언마나 기럿ᄂᆞᆫ고 ᄒᆞ노라 (제6수)

보리밥 지어 담고 도트랏 깅*을 ᄒᆞ여
비 골ᄂᆞᆫ 농부들을 진시(趁時)예* 머겨스라
아ᄒᆡ야 ᄒᆞᆫ 그릇 올녀라 친히 맛바 보내리라 (제7수)

서산애 히 지고 플 긋테 이슬 난다
호뮈를 둘너 메고 돌 듸여 가쟈스라
이 중의 즐거운 쯧을 닐러 무슴ᄒ리오 (제8수)

각각 새벽, 정오, 저녁을 소재로 한 작품이다. 새벽편에서는 지빠귀 소리에 일어나 밭을 보러 가자고 재촉한다. 채소와 작물들이 밤사이에 얼마나 자랐는지 서둘러 가보자는 것이다. 설렘과 기대감이 솔솔 풍기는 느낌이다.

정오편의 소재는 점심밥이다. 꼭두새벽부터 일을 했으니 얼마나 출출하겠는가. 그런데도 점심은 보리밥에 나물국이 전부다. 진정 하잘것없는 차림에 불과하다. 그러나 정오편에는 오래된 우물처럼 깊은 울림이 있다. 밥 때문이 아니다. 농부를 위하는 따스한 배려심 때문이다. 비길 데 없이 소박한 점심 차림이지만, 화자는 농부들을 먼저 먹게 한다. 그런 후에야 맛이 괜찮은지 몸소 먹어보겠다는 것이다. 명치끝이 짜르르해지는 지점이다.

저녁편은 집으로 돌아오는 정경을 노래한다. 농부들은 해가 저문 후에야 집으로 향한다. 저녁 이슬과 달빛이 농부를 따른다. 새벽부터 이어진 고달픈 농사일이지만, 귀갓길은 제

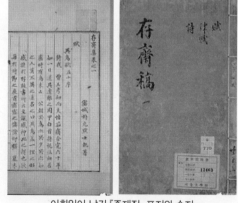

이휘일이 남긴 『존재집』 표지와 속지

법 즐겁고 낭만적이다. 고달픈 하루를 무사히 끝냈다는 안도감, 그리고 풍년에 대한 소망이 작용했기 때문이다. 아마도 마음속에선 벌써 황금빛 들녘이 물결치고 있으리라.

'가꿈'의 인내 : 뙤약볕의 고통과 점심밥의 참맛

파종은 봄날의 며칠 동안 이루어질 뿐이다. 그렇지만 파종이 끝났다고 해서 풍년이 보장되는 것은 아니다. 정작 중요한 것은 작물을 가꾸는 일이라 할 수 있다. 한여름 내내 관심을 기울이면서 돌보아야 비로소 실한 결실을 얻을 수 있는 법이다.

이 때문에 '가꿈'에는 인내가 필수적이다. '인내는 성공의 어머니'라는 격언처럼, 농부들은 뜨거운 뙤약볕을 아래서 고단한 노동을 견뎌내야 한다.

오늘은 비 기거냐 삿갓세 호믜 메고
뙤잠방이 거두치고 큰 논을 다 민 후에
쉬다가 점심에 탁주 먹고 새 논으로 가리라 (김태석)

쵸운(初耘) 지운(再耘)* 풀 밀 적의 져 농부 슈고한다
ᄉ립 쓰고 홈의 들고 샹평(上坪) ᄒ평(下坪)** 분쥬ᄒ다
아마도 실시(失時)ᄒ면 일 년 싱이 허ᄉ인가 (이세보)

*쵸운(初耘) 지운(再耘): 초벌 김매기와 재벌 김매기 *샹평(上坪) ᄒ평(下坪): 윗논과 아랫논

김태석(金兌錫 ?~?)은 분주히 논일하는 농부의 모습을 그린다. 비가 개자마자 농부들은 삿갓을 쓰고 논으로 간다. 선택의 여지가 있을 수 없다. 제때에 피와 잡초를 뽑아 주어야 벼가 잘 자라기 때문이다. 그런데 김매기

는 한나절에 끝나지 않는다. 오전엔 큰 논을, 오후엔 다른 논을 또 매야 한다. 적어도 며칠 동안 김매기가 이어질 뿐만 아니라, 김매기 자체도 두세 차례 반복되는 힘든 일이다.

이세보의 시조는 〈농부가〉에서 가져왔다. '초운'은 초벌 김매기를, '재운'은 재벌 김매기를 말한다. '상평'은 윗논을, '하평'은 아랫논을 칭한다. 이렇게 김매기는 한 해에 두 차례에 걸

단원 김홍도의 〈새참〉

쳐 해주어야 벼가 제대로 자란다. 그렇지 않으면 일 년 농사는 허사가 될 수 있다고 경고한다.

김매기는 대략 음력 7,8월에 이루어진다. 이때가 바로 한 해 중에 가장 덥다는 삼복 무렵이다. 이런 날 땡볕 아래 엎드려 김매기를 한다고 상상해 보라. 형언하기 어려울 정도로 날씨는 무덥고, 일은 고될 것이다. 이러한 실상이 잘 그려진 것이 이휘일과 위백규의 시조이다.

여름날 더운 적의 단 짜히 부리로다*
밧고랑 미자ᄒ니 뚬 흘너 따희 듯네
어ᄉ와 립립신고(粒粒辛苦)*를 어늬 분이 알ᄋ실고 (이휘일)

뚬은 듣ᄂ대로 듯고 볏슨 쬘대로 쬔다
청풍의 옷깃 열고 긴 파람 흘리 불 제
어디셔 길 가ᄂ 손님ᄂ 아ᄂᄃᄉ이 머무ᄂ고 (위백규)

*단 짜히 부리로다: 뙤약볕에 달구어진 땅이 불 같이 뜨겁구나
*립립신고(粒粒辛苦): 곡식의 낱알마다 맺힌 수고로움

앞엣것은 이휘일의 연시조 〈전가팔곡〉 중 세 번째 작품인데, 여름날 농사일의 고통을 여실하게 그리고 있다. 뙤약볕으로 달구어진 땅은 불처럼 뜨겁고, 땀방울은 뚝뚝 떨어진다고 했다. 이렇듯 괴로운 노동을 인내한 후에야 비로소 알곡을 얻을 수 있다. 낱알 하나하나마다 농부들의 수고로운 땀과 극한의 고통이 담겨 있다. 하지만 상층민들은 이러한 속사정을 잘 알지 못한다고 안타깝게 여기는 마음이 잘 표현되어 있다.

뒤엣것은 위백규가 지은 연시조 〈농가구장〉의 네 번째 작품이다. 시적 상황은 앞의 작품과 비슷하다. 화자는 지금 김매기를 하고 있다. 땀은 쉴 새 없이 흘러내리고 염천(炎天)엔 햇볕이 쏟아진다. 그렇다고 일을 그만둘 수는 없는 법! 그저 옷섶을 풀어헤쳐 시원한 바람을 쐬고, 휘파람을 불며 잠시 더위를 식힐 뿐이다.

농작물은 농부의 땀과 인내를 먹고 자란다. 정성스레 보살피고 가꿀수록 더욱 튼실하게 성장하게 마련이다. 땀은 거짓말을 모른다. 이것이 바로 땀의 진리요 법칙이다. 농부들이 고단한 노동을 견디는 것도 이러한 진리를 너무나 잘 알고 있기 때문이다.

하지만, 하늘이 무너져도 솟아날 구멍이 있다고 했다. 불지옥 같은 삼복더위와 샘물처럼 솟아나는 땀의 고통을 잊게 해주는 '한낮의 작은 행복'이 있다. 바로 맛있는 점심밥과 달콤한 낮잠이다.

힝긔*예 보리 ᄆ오* 사발의 콩닙 치라
내 밥 만흘셰요 네 반챤 적글셰라
먹은 뒷 흔숨 줌경*이야 네오 내오 다흘소냐 (위백규)

　　　　　　*힝긔: 행기 즉 밥공기　　*보리 ᄆ오: 보리밥이 고봉이오
　　　　　　　　　　　　*흔숨 줌경: 잠이 겹다 또는 잠이 오다

위백규의 〈농가구장〉 제5수이다. 공기에 수북하게 푼 보리밥과 사발에 담긴 콩잎절임! 점심으로 내온 밥과 반찬의 전부이다. 소탈하다 못해 부실하다 할 만하다. 그렇지만 하얀 쌀밥과 기름진 반찬만이 배고픔을 메워주는 것은 아니다. '혹여 내 밥이 많을까? 네 반찬이 적을까?' 걱정해주는 온정(溫情)이야말로 허기를 채워주는 진정한 밥이다. 나아가 점심 뒤에 즐기는 다디단 오수(午睡) 역시 빼놓을 수 없는 농부의 행복이다.

품앗이의 미덕 : 함께하는 마을공동체

논일이나 밭일 중에는 혼자서 감당할 수 없는 일도 많다. 또한 농사일 자체가 고되기 때문에 여럿이 함께하는 것이 효과적이기도 하다. 더구나 중세시대에는 주로 사람이나 가축의 힘을 이용하여 농사를 지었기 때문에, 마을 사람들이 상부상조하면서 일하는 것이 유리했다. 이런 방식을 품앗이 또는 두레라고 한다.

품앗이란 마을 사람들이 서로 품을 지고 갚고 하면서 농사일을 거드는 것을 말한다.

농인(農人)이 와 이로디 봄 왓니 바틔 가새
압집의 쇼보* 잡고 뒷집의 따보 내니
두어라 내집 부디 ᄒ랴 넘 ᄒ니 더욱 조타 (이휘일)

셔산에 도들 볏* 셔고 구움은 느제로* 내다
비 뒷 무근 풀이 뉘 밧시 짓터든고
두어라 ᄎ례지운 닐이니 미ᄂ다로 미오리라 (위백규)

*쇼보: 쟁기   *도들 볏: 진돋을 볕 즉 해가 돌아오를 때의 햇살
*느제로: 늦에로, 늦은 조짐으로

조선시대 논매기 재현 행사 :
농악대의 풍물 소리를 위안 삼아
도롱이를 입은 농부들이
논을 매고 있다.

첫 번째는 이휘일의 〈전가팔곡〉 중 제2수이다. 마을 사람들이 함께 밭
일을 하는데, 앞집에서는 쟁기를 내오고 뒷집에서는 따보를 가져온다. 밭
갈이의 순서도 내 밭이 먼저가 아니다. 도리어 다른 집 밭을 먼저 가는 것
이 더욱 좋다고 했다. 서로 양보하고 배려하는 미풍양속이라 하지 않을 수
없다.

두 번째는 위백규의 〈농가구장〉 중 제1수이다. 비 온 뒤에 온갖 잡초가
무성해졌을 것이다. 누구든지 자기 밭의 풀을 먼저 뽑아내고 싶어 한다.
농부로서 충분히 욕심낼 만한 대목이다. 그러나 어느 누구도 그러한 욕기
(慾氣)를 드러내지 않는다. 그저 애초에 정한 차례대로, 함께 힘을 모아,
우거진 사래밭을 매어나가자고 스스로 양보한다. 정녕코 아름답고 지혜로
운 광경이다.

이처럼 품앗이의 미덕을 칭송한 시조는 제법 많이 존재한다. 김태석은
"시별 눕히 쎳다 지게 메고 쇼 니여라 / 압논 네 븨여든 뒷 밧츠란 니 븨
리라 / 힘가지 지거니 시러노코 이라져라 모라라" 하였다. 이정소(李廷熽
1674~1736)는 "내 길흔 완완ᄒ니 압희 몬져 셔오쇼셔 / 내 밧츤 넉넉ᄒ니
ᄀ흘 몬져 갈ᄅ쇼셔 / 어즙어 녜 죠흔 풍속을 다시 볼가 ᄒ노라." 하였다.
다른 사람을 앞세우고, 이웃의 밭을 먼저 갈라고 양보하는 참다운 마을공

동체의 모습이 눈에 선하다. 지금은 사라진, 다시 한번 되살리고픈 우리의
미풍양속 중의 하나다.

고단함을 푸는 법 : 농촌생활의 여유와 흥취

활줄은 항상 걸어두지 않는다. 평소에는 활줄을 풀어 이완시키고, 사용
할 때만 시위를 얹는다. 긴장과 이완, 당김과 놓아줌, 이 두 가지의 균형
이 활을 더욱 강하게 하고 그 성능을 오래 보전하게 한다.

농부의 삶도 마찬가지이다. 맺힌 것이 있으면 풀어야 한다. 뙤약볕 아
래에서 고단한 노동을 했다면, 그에 버금가는 여유와 흥취를 즐길 필요가
있다. 소진된 기운을 회복시켜야 또 다른 고단함을 감당할 수 있다. 그것
이 인간 세상의 변치 않는 이치이다.

먼저, 하루의 고단함을 풀어내야 한다. 여기에는 한낮에 틈틈이 푸는
방법과 저녁에 하루를 마감하며 푸는 방법이 있다.

논밧가라 기음미고 돌통디* 기ᄉ미* 퓌여물고
코노리 부로면서 팔쭉츕이 제격니라
아희는 지어ᄌᆞᄒ니 후후(詡詡) 웃고 놀니라 (신희문)

*돌통디: 흙이나 나무로 만든 담뱃대   *기ᄉ미: 썰어 만든 담배

신희문(申喜文 ?~?)이 지은 시조인데 고단함을 해소하려는 농부의 비결
이 언급되어 있다. 김매기를 하는 도중에 담배 피우기, 콧노래 흥얼대기,
어깨춤 추기 같은 방법으로 고달픔을 극복한다. 또 다른 그의 시조에서는
"뵈 즘방이 호뮈 메고 논밧가라 기음 미고 / 농가(農歌)을 보로며 달을 띄
여 도라 오니 / 지어미 술을 거르며 내일 뒷밧 미옵세 ᄒ더라" 하였다. 이

시조에서는 노래와 술로 하루의 노고를 풀어버린다. 귀가 할 때 민요를 흥얼대고, 집에 오면 지어미가 막 걸러낸 탁주를 마신다. 그 술잔에는 지아비에 대한 은근한 애정과 감사의 마음이 가득하다 하겠다.

한편, 계절적 특성을 이용하여 여유와 흥취를 즐기는 경우도 있다.

> 잔화(殘花) 다 딘 후의 녹음(綠陰)이 기퍼 간다
> 백일(白日) 고촌(孤村)에 낫둙의 소리로다
> 아히야 계면됴 불러라 긴 조롬 ᄭᅵ오쟈

신계영의 〈전원사시가〉 중에서 옮겨온 것이다. 봄꽃이 다 지고 나면 푸르른 녹음의 터널로 접어든다. 한여름의 농촌은 이글이글 타오르는 태양 아래 고요하다 못해 적막하다. 가끔 낮닭이 '꼬끼요!' 하고 소리칠 뿐이다. 무더위에 지친 사람들은 그늘 아래 멍석을 깔고 꾸벅꾸벅 졸음에 빠진다. 그러나 조는 것도 한계가 있다. 지루함을 깨뜨리기 위해 아이에게 계면조를 부르게 한다. 별다른 오락거리가 없었던 시절에 흔히 볼 수 있었던 가장 간편한 형태의 여유와 흥취가 아닌가 한다.

한편, 가을이 되면 제법 규모 있게 흥취를 즐기기도 했다. 소위 국화음(菊花飮) 같은 크고 작은 형태의 모임이 행해졌다. 신계영이 남긴 시조 중에도 이런 야유(野遊)의 모습을 실감 나게 보여주는 작품이 있다.

> 동리(東籬)*예 국화 피니 중양(重陽)*이 거에로다
> 자채(自蔡)*로 비즌 술이 ᄒᆞ마 아니 니것ᄂᆞ냐
> 아히야 자해(紫蟹) 황계(黃鷄)*로 안주 쟝만ᄒᆞ야라 (신계영)

*동리(東籬): 동쪽 울타리 *중양(重陽): 중양절 곧 음력 9월 9일
*자채(自蔡): 자채라는 품종의 올벼
*자해(紫蟹) 황계(黃鷄): 자줏빛 나는 게, 즉 꽃게와 누른 빛깔의 닭

국화가 피었으니 중양절이 가까웠다고 했다. 중양절은 음력 구월 구일, 즉 중구(重九)를 말한다. 이때는 국화와 단풍을 구경하면서 음주가무를 즐기는 것이 풍속이었다. 그러므로 중양절에 눈앞에 닥쳤으니 햅쌀로 술을 빚고 게와 닭고기 같은 특별한 안주를 준비하라는 것이다.

눈을 지그시 감고 한번 상상해보라. 드높은 가을 하늘, 그 아래 펼쳐진 단풍과 들꽃의 향연, 누렇게 익어가는 들판, 달콤한 술과 맛있는 안주와 흥겨운 노랫가락……. 그 여유와 흥취가 생생하게 전해져 오는 듯하다. 이는 숨 가쁘게 진행될 가을걷이를 차비하는 재충전이라 할 수 있다.

거둠의 희열 : 추수의 기쁨과 말 못 할 그 속내

농부가 가장 희열을 느끼는 계절은 아마 가을이 아닐까 싶다. 한 해 동안 공들여 가꾸어온 곡식들을 갈무리하고 곧 다가올 혹한의 겨울을 대비하는 계절이기 때문이다. 따라서 가을은 '거둠의 희열'을 맛보는 시기라고 할 만하다.

ᄀ을희 곡셕 보니 됴흠도 됴흘셰고
내 힘의 닐운 거시 머거도 마시로다
이 밧긔 천사만종(千駟萬鍾)*을 부러 무슴ᄒ리오 (이휘일)

  *천사만종(千駟萬鍾): 여러 필의 말이 끄는 좋은 수레와 매우 풍족하게 많은 봉록

이휘일의 〈전가팔곡〉 제4수인데, 추수의 기쁨과 만족감이 잘 표현된 작품이다. 누렇게 익은 벼이삭을 바라보는 농부의 마음은 뿌듯하기 그지없으리라. 내 힘으로 일군 것을 먹을 수 있게 되었기 때문이다. 천사만종이란 네 마리의 말이 끄는 좋은 수레와 높은 벼슬(혹은 녹봉)을 뜻한다. 한마

디로 세속적인 부귀영화의 극치를 가리킨다. 하지만 화자는 이것마저 부럽지 않다고 힘주어 말한다. 농사일의 고단함을 이겨내고 제힘으로 얻은 알곡에서 느끼는 자부심이 찰랑찰랑 전해져 오는 듯하다.

이세보 역시 가을걷이의 의미를 보여주는 시조를 남겼다.

일 년을 수고ᄒ여 백곡이 풍등(豐登)ᄒ니
우순풍조(雨順風調) 아니런들 함포고복(含哺鼓腹) 어이ᄒ리
아마도 국태평(國太平) 민안락(民安樂)은 금세(今世)신가 (이세보)

농부의 수고로 배불리 먹게 되었을 뿐만 아니라 태평하고 안락한 시절이 되었다고 했다. 하지만 이세보는 농사의 현장에 동참하진 않았다. 그저 상층민 또는 관찰자로서 다분히 관념적으로 농부의 삶을 인식하고 있다는 한계가 있다.

한편, 추수의 희열은 마을잔치로 이어지는 경우가 흔히 있었다. 이러한 마을잔치의 정경을 실감 나게 그려낸 시조도 있다.

ᄀ을 타작 다ᄒ 후에 동내 모하 강신(講信)홀 지*
김풍헌의 메더지*에 박권농의 되롱춤*이로다
좌상의 이존위ᄂ 박장대소 ᄒ더라 (이세보)

췹ᄒ나니 늘그니요 웃나니 아희로다
흐튼 슌비 흐린 술을 고개 수겨 권홀 때예
뉘라셔 흙쟝고 긴노래로 ᄎ례춤을 미루ᄂ고 (위백규)

*동내 모하 강신(講信)홀 지: 동네 사람들이 모여 향약의 계를 맺을 때
*메더지: '메던이'라는 이름의 노래   *되롱춤: 어깨춤 또는 도롱이춤

먼저, 이세보의 시조에서는 김풍헌, 박권농, 이존위 같은 양반네도 참석했음을 밝힌다. 이때 이름조차 없는 서민들도 말석을 차지했을 것이다. 그 자리에서 메더지 민요를 부르고 되롱춤이라는 어깨춤을 춘다. 이들은 농사일에는 직접 참여하지 않으나, 농부들이 힘을 합쳐 순조롭게 농사를 지을 수 있게 향촌의 질서를 유지하는 역할을 했다.

또한, 위백규의 시조는 〈농가구장〉에서 가져온 것인데, 이러한 마을잔치의 면모를 잘 보여주는 작품이다. 노소가 한데 어우러진 모습, 낭자한 분위기 속에서도 예의를 지키는 모습, 땅바닥을 두드려 박자를 맞추며 즐기는 모습이 짧은 시조 속에 조화로이 그려져 있다. 나아가 이 작품은 한자어 대신 순우리말로 흥겨운 잔치마당의 정취를 한 폭의 그림처럼 묘사했다는 점이 눈에 띈다. 가히 가작이라 칭할 만하다.

하지만, 추수가 마냥 즐거운 일만은 아니었던 것 같다. 가을걷이가 끝나면 필연적으로 '일 년 결산'이 이루어진다. 매년 풍년이 든다면 얼마간의 세금쯤이야 크게 문제될 것이 없으리라. 그러나 자연은 때때로 인간에게 가혹한 시련을 가져다준다. 가뭄이 들기도 하고 홍수가 나기도 한다. 태풍이 불어와 다 자란 벼가 쓰러지고, 탐스럽게 익은 사과가 속절없이 떨어지기도 한다. 이렇게 흉년이 들었을 경우 '한 해 결산'은 감당하기 힘들 정도의 큰 부담으로 받아들여졌다.

그디 츄슈(秋收) 얼마 헌고 니 농ᄉ 지은 거슨
토셰(土稅) 신역(身役) 밧친 후의 몃 셤이나 남을는지
아마도 다ᄒ고 나면 과동(過冬)이* 어려 (이세보)

우리 싱이 드러보쇼 샨의 올나 샨젼(山田) 파고
들의 나려 슈답(水畓) 가러 풍한셔습(風寒暑濕)* 지은 농ᄉ

지금의 동증(洞徵) 니증(里徵)*은 무삼일고 (이세보)

*과동(過冬)이: 겨울나기가　*풍한서습(風寒暑濕): 바람과 추위와 더위와 습기
*동증(洞徵) 니증(里徵): 한마을에 살던 사람이 세금을 체납하면 동리에 연대책임을 물어 대
신 납부하게 하는 조세제도

둘 다 이세보의 작품인데, 조세와 부역의 과다함을 비판한다. 토지세와 신역을 계산하고 나면 남는 게 거의 없다는 것이다. 세금을 내고 나면 일가족이 겨울을 나기도 어려울 정도다. 이야말로 뼈저리게 아픈 눈물의 결산이라 하지 않을 수 없다.

또한 농부의 고된 삶에 대한 탄식도 적나라하게 이어진다. 농부들은 화전을 일구고 무논을 가는 등의 고달픈 노동을 인내해야 한다. 게다가 '풍한서습'도 참아내야 한다. 즉, 세찬 비바람, 매서운 추위, 불같은 햇볕, 찌는 듯한 무더위를 견뎌야 한다는 말이다. 이처럼 고달프기 짝이 없는 것이 농부들의 피할 수 없는 운명이라고 토로한다.

그러나 농부의 생애를 더욱 옥죄는 것은 정작 다른 데 있다고 항변한다. 이른바 동징(洞徵)이나 이징(里徵) 같은 부조리한 조세제도가 바로 그것이다. 동징이나 이징은 도망친 사람의 세금을 남아있는 마을 사람들에게 분담시키는 제도이다. 일종의 연좌제형 조세제도라 할 것이다. 다른 사람의 세금을 떠맡는 것이기 때문에, 백성의 고통을 외면한 악법 중의 악법이었다.

농민들은 불합리한 조세제도로 인해 현대인이 상상하기 힘들 정도로 고단한 삶을 견뎌내야 했다. 이세보는 이러한 농민들의 고통을 외면하지 않고 부조리한 현실을 고발하였다. 조선시대의 다른 시조작가에게서 보지 못했던 남다른 국면이다. 함부로 내놓고 말할 수 없는 농민들의 속내를 형상화했다는 점에서 국문학사적으로도 큰 의미를 갖는 지점이다.

겨울을 건너는 법 : 두 가지의 겨울나기

곰이나 뱀, 개구리가 겨울잠을 잔다는 엄동설한! 농촌의 겨울은 지루한 농한기(農閑期)이자 다음 해 농사를 대비하는 준비기간이다.

북풍이 노피 부니 앞 뫼히 눈이 딘다*
모첨(茅簷)* 춘 빗치 석양이 거에로다
아히야 두죽(豆粥)* 니것ᄂᆞ냐 먹고 자랴 ᄒᆞ로라 (신계영)

어제 쇼 친 구들* 오늘이야 채 덥거니
긴 줌 계우 ᄭᅵ니 아젹 날이 높파 잇다
아히야 서리 녹앗ᄂᆞ냐 닐고 쟈고 ᄒᆞ노라 (신계영)

*딘다: 떨어진다   *모첨(茅簷): 초가집의 처마
*두죽(豆粥): 콩죽   *쇼 친 구들: 청소한 구들

신계영의 〈전원사시가〉 중 제7,8수를 가져온 것이다. 북풍과 백설로 상징되는 한겨울, 화자의 특별한 활동은 많지 않다. 기껏해야 콩죽을 쑤는 아이를 재촉하거나, 구들장에 들러붙은 시커먼 그을음을 제거하는 정도다. 콩죽은 동짓달 긴긴밤의 허기를 메우기 위함이요, 구들장은 방바닥을 좀 더 따끈하기 덥히기 위함이다. 둘 다 물쩍지근한 농한기를 건너가기 위한 방편이다.

별다른 먹을거리나 소일거리가 마땅치 않았던 시절, 한껏 늦잠을 즐기는 것도 나름의 명분이 있었다. 지난 일 년의 피로를 풀어버리는 동시에 새해를 위한 원기를 축적한다는 것이다. 일찍 일어나라, 부지런히 일하라 등과 같은 생활준칙도 겨울엔 강요되지 않는다.

다른 한편으로 겨울은 새해 농사를 대비하는 준비기간이다.

밤의란 ㅅ츨* ㅅ고 나죄란 쮜*를 부여
초가집 자바 미고 농기(農器)졈 ᄎ려스라
내년희 봄 온다 ᄒ거든 결의* 종사ᄒ리라 (이휘일)

*ㅅ츨: 새끼줄   *쮜: 띠 혹은 이엉   *결의: 즉시

이휘일의 〈전가팔곡〉 중 제5수를 옮긴 것이다. 밤에는 새끼를 꼬고 낮에는 초가지붕을 새로 이으며, 틈틈이 농기구도 손질해 두라고 했다. 그렇게 해야 새봄이 오는 즉시 곧바로 농사일을 시작할 수 있다는 가르침이다. 아무리 겨울이라도 한가하게 시간만 보낼 것이 아니라 농사지을 준비를 해야 한다는 당부가 담긴 작품이라 하겠다.

이와 같은 교훈적 주제는 이세보의 〈농부가〉 제1수에서도 확인할 수 있다.

정월의 농긔(農器) 닥고 이월의 밧츨 간다
쟝정은 들의 놀고 노약*은 집의 잇셔
지금의 게으른 쟈부(子婦) 신측(申飭)*한다 (이세보)

*노약: 노인네 및 아이나 아녀자 같은 약자   *신측(申飭): 단단히 타일러서 가르침

이월의 농촌풍경을 노래한 작품이다. 정월에는 농기구를 손질해 두고, 이월이 되면 밭갈이를 시작한다고 했다. 젊은 남정네들은 벌써부터 들판에 나가 농사일을 시작한다. 이때 노인들은 집에 남아 게으른 며느리를 단단히 타일러야 한다는 것이다.

결국 농부들의 겨울나기는 휴식과 농사 준비로 압축된다. 잘 쉬고 잘 준비하는 것, 이것들이야말로 풍년을 위한 필수요소라 할 수 있다. 이것이 바로 농부들이 혹한의 겨울을 건너는 방도였다고 하겠다.

농사의 성공비결 vs. 다른 일의 성공비결

같은 씨앗을 심어도 그 결실이 늘 똑같지는 않다. 땅의 기름진 정도에 따라서 혹은 가꾸는 사람의 정성과 노력에 따라서 수확의 양이 달라진다. 그뿐만이 아니다. 맛과 향, 심지어 식감과 영양성분까지도 달라지기도 한다. 이러한 차이가 생기는 연유는 무엇일까?

여러 가지 이유가 있을 것이다. 토양과 물이 달라서, 비와 바람과 햇빛이 달라서 등등의 실로 여러 가지 이유를 찾을 수 있다. 모두 다 합당한 원인이라 생각한다. 하지만 이런 부류의 원인은 대체로 주변적이고 지엽적이다.

농사의 성공비결은 농부의 땀과 눈물, 정성과 인내가 아닌가 한다. 파종부터 추수까지 농부의 수고가 없으면 작물은 제대로 성장할 수 없다. 뿌리고, 가꾸고, 거두는 일련의 과정이 오로지 농부의 땀과 눈물로 완성된다. 농부가 기울이는 정성, 고단함을 견디는 인내가 농사의 성패를 좌우한다. 벼는 농부의 눈길과 손길과 발길을 먹고 자란다. 사랑과 관심을 많이 받은 곡식이 더 알이 굵고, 더 찰지고, 더 깊은 맛이 있다.

농사일만 그럴까? 다른 일의 성공비결은 농사의 그것과 다를까? 그렇지 않다. 자식농사도 부모의 땀과 눈물, 정성과 인내가 있어야 성공할 수 있다. 가정이나 학교, 사업이나 장사는 물론이고, 하물며 취미생활도 마찬가지이다. 각자 쏟을 수 있는 최대치의 땀과 눈물을 투자해야 목표한 지점에 도달할 수 있다.

진심어린 정성과 지독한 인내심이 없다면 크건 작건 간에 성공은 보장되지 않는다. 이것이 바로 세상의 모든 사람에게 공평한 이치 중의 하나이다. 때론 땀내가 더 구수하기도 하고, 눈물 젖은 빵이 더 달콤하기도 하다. 하늘 아래 거저 주어지는 것은 없다.

아녀자의 일상과 그 속내

윤효중의 나무조각 작품 〈물동이를 인 여인〉:
여인의 고달픈 삶을 담담하고 단아하게
표현했다.

우리 역사와 문화 속에서 아녀자의 삶은 결코 녹록지 않았다. 삼종지도(三從之道), 칠거지악(七去之惡), 여필종부(女必從夫) 같은 말만으로도 여인들의 삶이 얼마나 차별받아 왔는지 짐작된다. 또한, 출산과 육아는 논외로 하더라도 여인들이 해야 할 일, 즉 여공(女工)은 얼마나 많았던가. 길쌈, 바느질, 다듬이질, 빨래, 밭일, 논일, 방아 찧기 등 일일이 나열하기 힘들 정도다. 일상 속에서 먹고 입는 일의 대부분을 여인들이 감당했다. 나아가 부모봉양과 손님접대, 제사 받들기와 같은 유교의 거창한 도덕과 예법을 구현하는 데도 그네들의 정성어린 손길이 닿지 않는 곳이 없었다.

그러면서도 딸에게는 이름조차 지어주지 않았다. 문자도 가르치지 않았으며, 큰소리를 내는 것도 금기시했다. 아녀자가 글자를 알면 팔자가 기구해지고, 말을 많이 하면 불화가 일어난다는 생뚱맞은 논리로 얽어맸다. 나아가 시부모에게 불효를 했거나 아들을 낳지 못한다는 명분으로 시댁에서 쫓겨나기도 했다. 온갖 규범과 덕목을 들먹이며 아녀자의 삶을 규제했던 것이다.

이렇듯 순종적 삶을 강요받았던 옛 여인들의 속내는 어떠했을까. 그 고달픔과 비애가 상상 이상으로 크고 깊었을 게다. 우리의 고전가요 속에는 옛 여인들의 일상과 정서를 그려낸 작품들이 제법 전해진다. 특히, 성리학적 이념이 일상의 시공간까지 속속들이 파고들었던 조선시대의 시가를 통해 여인을 삶과 탄식을 살펴보는 일은 지금의 시점에서도 진지한 의미를 시사한다.

'금지옥엽'에서 '출가외인'으로!: 이옥의 〈새색시〉

당나라 한시 중에 〈신가랑(新嫁娘)〉이라는 작품이 있는데, 막 시집온 새색시의 마음을 잘 담고 있는 것으로 유명하다.

시집온 지 사흘 만에 부엌 들어가	三日入廚下
손을 씻고 국을 끓였다네	洗手作羹湯
시어머님 식성을 아직 몰라서	未諳姑食性
먼저 시누이에게 맛보게 하네	先遣小姑嘗

'신가랑'이란 곧 '새색시'를 이르는 말이다. 예전의 신부들은 시집온 지 사흘이 되면 살림살이를 시작했다. 시부모께 지어 올리는 최초의 봉양! 얼마나 마음이 떨리고 조심스럽겠는가. 새색시는 먼저 손을 깨끗이 씻고 국을 끓인다. 그러나 간이 잘 맞는지, 맛은 이상하지 않은지, 새색시로선 가

늠하기 어렵다. 시어머니의 식성을 아직 모르기 때문이다. 그러자 새색시는 시누이를 불러 국을 맛보게 한다. 이 얼마나 현명한 처사인가.

　두 눈을 감고 이 시를 찬찬히 읊조려 보라. 국자로 국을 떠서 시누이에게 맛보게 하는 새색시의 모습이 눈에 선하게 떠오른다. 맛이 좋다고 했을까? 아니면 얼굴을 찌푸리며 맛이 없다고 타박했을까? 지혜롭고 신중한 새색시의 고운 마음을 엿보게 하는 작품이다.

　이와 견줄만한 우리 한시로 이옥(李鈺 1760~1815)의 〈신가랑(新嫁娘)〉이라는 작품이 있다. 총 17수로 이루어진 연작시인데 새색시의 속마음을 파노라마처럼 잘 그려낸 작품으로 평가된다.

신랑은 나무기러기 들고	郎執木雕雁
신부는 말린 꿩고기 받들었네	妾奉合乾雉
꿩 울고 기러기 높이 날 때까지	雉鳴雁飛高
둘의 사랑 그치지 않으리	兩情猶未已(제1수)
사경에 일어나 머리 빗고	四更起梳頭
오경에 시부모께 문안 올릴 제	五更候公老
다짐하건대 기왕에 시집온 몸	誓將歸嫁後
먹고 자지 않고 힘쓰리라	不食眠日午(제4수)

　제1수는 혼례를 치르는 신랑신부의 모습을 그렸다. 신랑은 흔히 목안(木雁)이라 하는 나무기러기를 들고 서 있고, 신부는 말린 꿩고기를 받들고 서 있다. 이렇게 대례청에 마주 선 신랑신부를 두고, 그 꿩이 울고 그 나무기러기가 높이 날아갈 때까지 사랑이 이어지기를 바란다고 했다.

　제4수는 새색시의 다짐을 보여준다. 신부는 사경에 일어나 몸단장을 하고, 오경에 시부모께 아침 인사를 올린다. 열대여섯 살 남짓한 어린 나이

김준근의 풍속화 : 〈장가가고〉(좌), 〈시집가고〉(우)

에 새벽 일찍 일어나는 일이 쉽지 않겠으나, 새색시의 다짐은 금강석처럼 견고하다. 이왕에 시집은 왔으니, 낮에는 먹고 자는 일조차 잊고 살림살이에 힘쓰겠다는 것이다. 한편으론 기특하면서도 다른 한편으론 명치끝이 알알하다. '딸'에서 '며느리'로의 전환을 받아들이는 새색시의 마음이 잘 그려졌다.

그러나 '며느리의 삶'은 필연코 친정 식구들과의 이별을 전제로 한다. 낯선 사람, 낯선 환경 속에서 이루어지는 시집살이는 결코 만만치 않다. 그럴수록 친정에 대한 그리움은 커지게 마련이다.

친정은 광통교이고	兒家廣通橋
시댁은 수진방이라네	夫家壽進坊
가마에 오를 때마다	每當登轎時
눈물이 절로 치마를 적시네	猶自淚沾裳(제9수)

어린 여종이 와서 창틈에 대고	小婢窓隙來
'아기씨' 하고 나직이 부르면	細喚阿只氏
친정 생각이 문득 떠올라	思家如不禁
내일은 가마 타고 다녀오리라	明日送轎子(제13수)

제9수는 친정에 들렀다가 시댁으로 돌아갈 때의 정경을 읊는다. 친정은 광통교, 지금의 광교 사거리 부근이다. 시댁은 수진방, 지금의 종로구청 근처 어디쯤이다. 넉넉잡고 1시간 남짓이면 오갈 수 있는 가까운 거리이다. 그러나 며느리가 느끼는 정서적 거리는 무척이나 멀고도 멀다. 친정은 큰일이 있을 때나 한번 다녀갈 수 있는 곳이기 때문이다. 따라서 새색시는 가마를 타고 친정을 떠날 때마다 눈물의 이별을 겪는다.

제13수는 친정에 대한 그리움을 섬세하게 그린 작품이다. 어린 여종은 아마도 시집올 때 친정에서 데려왔을 가능성이 크다. 새색시 곁에서 시중을 들라며 딸려 보냈을 게다. 따라서 여종은 새색시의 속내를 누구보다 잘 알고 있다. 그들은 상전과 노비라는 단순한 주종관계가 아니다. 정서적, 심리적 교감을 나누는 친밀한 결속체이기도 하다.

그러므로 '아기씨!' 하고 부르는 여종의 말은 호칭어 그 이상의 의미를 지닌다. 아마도 아기씨는 친정을 몹시 그리워했으리라. 그러나 친정에 가고 싶다거나 시집살이가 힘들다는 것을 함부로 드러낼 수는 없는 일! 그 힘든 속내를 알아챈 여종은 창틈에 대고 낮은 목소리로 '아기씨!' 하며 안타까운 마음을 애잔하게 드러낸다.

청실로 한번 머리를 묶어　　　　　一結靑絲髮
파뿌리 되도록 함께하자 기약했건만　相期到蔥根
부끄럼 없다가도 되레 부끄러워　　無羞猶有羞
석 달 내내 말 한마디 못 건넸다네　三月不共言(제10수)

서방님 위해 옷 짓고 깁다가　　　　爲郞縫衲衣
꽃내음 서리어 시들해지면　　　　　花氣惱儂倦
굽은 바늘 옷섶에 꿰고　　　　　　曲針揷衿前
앉아서 숙향전을 읽는다네　　　　　坐讀淑香傳(제12수)

시댁에서 새색시가 기댈 수 있는 유일한 언덕은 신랑이다. 그러나 남녀가 유별했던 조선시대에 신부가 신랑에게 가까이 가는 길은 멀기만 하다. 그런 사정이 제10수와 제12수에 그려져 있다. 신부는 석 달이 지나도록 신랑에게 말 한마디 건네지 못한다. 꽃내음이 은근한 봄밤! 신부는 신랑의 옷을 지으면서 서방님을 기다린다. 바느질은 곧 기다림의 다른 말이다.

그러나 서방님은 쉬이 돌아오지 않는다. 기다림은 또 다른 기다림을 낳는다. 그럴수록 시간은 천천히 흐른다. 그래서 기다림은 때때로 지루하다. 그 물쩍지근한 지루함을 떨쳐내기 위해 신부는 바느질을 멈추고 숙향전을 읽는다. 많고 많은 이야기책 중에 왜 하필『숙향전』일까? 이선과 숙향의 천생연분처럼 서방님과의 로맨스를 상상했을까. 아니면 숙향이 겪는 수난의 과정을 더듬어 가면서 시집살이의 어려움을 잠시 잊고자 했을까. 대리만족이든, 의도적 회피이든 간에, 풋사과같이 새콤한 새색시의 사랑을 엿보게 한다.

새색시는 '딸'에서 '며느리'로 넘어가는 경계적 인물이다. 혼례는 그 경계를 알려주는 이정표이다. 이런 관점에서 이옥의 〈신가랑〉은 '어여쁜 딸'에서 '며느리'로 바뀌어가는 새색시의 면면과 속내가 잘 그려낸 작품이다. 이제 신부는 금지옥엽(金枝玉葉)에서 출가외인(出嫁外人)으로 전환되는 분기점에 서 있다. 그녀 앞에는 평탄한 꽃길만이 아니라, 험난한 산길과 뜨거운 사막길이 함께 놓여 있다.

남성의 시선으로 관찰한 여성의 삶

인구의 절반을 차지하는 남성들! 여성의 대칭 혹은 데칼코마니처럼 여겨지는 남성들! 그들은 여성의 삶을 어떻게 바라보았을까. 아버지나 남편으로서 또는 가부장적 사회의 주역으로서 남성들은 그들 나름의 시각으로 여성을 관찰하고 사유했을 것이다. 이런 점에서 먼저 남성들이 지은 한시 속에 그려진 여성의 삶을 살펴보는 것도 흥미롭다.

경주와 안동 지방엔	雞林永嘉
뽕나무가 우거졌네	桑柘莫莫
봄날 누에 칠 제	春而浴蠶
집집마다 만 개의 잠박이요	一戶萬箔
여름이라 실 뽑으면	夏而繅絲
한 손에 백 타래씩	一指百絡
처음 실을 뽑을 적에	始繀而縒
엉킨 실을 다듬어 짜내니	方織以繹
철꺽철꺽 저 북소리	雷梭風杼
천둥인가 벼락인가!	脫手霹靂
비단과 깁, 능라와 모시	羅綃綾縠
겹올과 외올, 얇은 비단	縑綃縛縠
연기인가 안개인가	煙纖霧薄
하얀빛의 눈인가 서리인가	雪皓霜白
청색과 황색, 주홍과 녹색 물들여	靑黃之朱綠之
아름다운 무늬비단 만들어서	爲錦綺爲繡纈
재상들의 옷도 짓고	公卿以衣
아녀자도 옷 만들어 입어	士女以服
끌리는 소리 바스락바스락	樞曳綷縩
떨치면 번쩍번쩍하네	披拂煜赫

고려후기의 문신 최자(崔滋 1188~1260)가 지은 〈삼도부(三都賦)〉의 일부를 옮긴 것이다. '삼도(三都)'는 곧 고구려의 도읍이었던 평양, 고려의 수도인 개성, 그리고 몽고를 피해 들어간 강화도를 말한다. 〈삼도부〉는 이들

세 도읍을 대상으로 그 역사적 흥망성
쇠를 읊은 작품이다.

그중에서 우리의 시선을 끄는 대목
은 경주와 안동의 풍토를 다룬 부분
이다. 두 지방은 뽕나무가 잘 자라는
곳으로 잠업(蠶業)이 성행했던 지역
이다. 잠업은 누에를 길러 고치를 따
고, 실을 뽑아 고운 물을 들이고, 아
름답고 화사한 옷감을 짜서 옷을 짓는
일에 이르기까지 여러 단계에 걸친 복
잡한 과정을 거친다.

최자의 문집 『보한집』

〈삼도부〉에는 이러한 누에농사의 구체적 모습이 표현되어 있다. 봄에
는 뽕나무가 우거지고, 집집마다 누에시렁과 누에섶이 가득하다. 여름에
는 고치에서 실을 뽑아내고, 고운 물감을 들여 옷감을 짜기 시작한다. 길
쌈질은 눈서리가 내리는 겨울까지 계속된다. 그 소리가 '우레'와 '벼락'
같다고 했다.

이처럼 한 필의 비단은 거저 얻어지는 것이 아니다. 길고 긴 인내와
기다림을 씨줄로 삼고 수고로운 땀과 정성을 날줄로 삼아, 한 올 한 올 짜
내야 한다. 이러한 누에농사의 대부분은 여성의 노동으로 이루어진다. 이
처럼 〈삼도부〉에는 아녀자의 수고와 희생이 잘 그려져 있다.

한편, 공민왕 때 고려로 귀화한 설손(偰遜 ?~1360)은 〈다듬이질 노래[擬
成婦擣衣詞]〉를 통해 남녀 간의 분명한 역할 분담을 보여준다.

옷감 다듬고 또 다듬어　　　　　擣擣閨中練
서리와 눈처럼 흰옷 한 벌 지었네　裁縫如霜雪

싸고 또 싸서 변방에 부치니	緘題寄邊庭
그 속의 눈물은 피가 된다네	中有淚成血
여자는 한번 시집을 가면	婦人得所歸
언제나 오직 하나의 절개	終始惟一節
내 신세 이리도 박명하여	云胡妾薄命
오랫동안 서방님과 헤어져야 하는가	與君長相別
기럭기럭 구름 속의 기러기	嗈嗈雲間雁
날아가며 우는 소리 저리 슬플까	飛鳴亦何哀
어찌하여 편지 한 장 없으니	豈無一書札
부치려다 다시 망설인다네	欲寄復徘徊
원하노니 각각 서로 노력해요	願言各努力
제 생각일랑 하지 마셔요	賤妾不足懷
서방님 진실로 충성 다하면	君亮執精忠
저는 응당 규방에서 죽으렵니다	妾當死中閨

시적 상황으로 보면 남편은 변방으로 수자리를 살러 가고, 아내는 홀로 남아 서방님을 그리워한다. 얼마나 남편이 보고팠으면, 아내는 옷감을 다듬고 또 다듬는다. 눈처럼 하얀 겨울옷! 그 옷자락에는 아내의 피 같은 눈물이 배어 있다.

그런데 계절이 바뀌었는데도 남편에게서는 한 장의 편지도 없다. 서운하고 원망스럽다. '저는 잘 지내고 있어요!' 하고 먼저 편지를 보내려 하다가도 되레 머뭇거린다. 행여나 남편의 마음을 흔들지 않을까 하는 지레 걱정 때문이다. 그러는 사이에 기다림의 시간은 점점 길어지고 그리움의 깊이는 오래된 우물처럼 깊어간다.

하지만, 아내는 남편의 무관심을 탓하지 않는다. 그 대신 절개를 지키겠다는 다짐으로 자신을 다잡는다. 그것이 혼인한 여인의 길임을 재확인

한다. 나아가 자기 생각은 하지 말고 충성
을 다하라고 당부한다. 자신은 규방에서
외로이 죽어도 좋다는 것이다. 비장한 독
백이다.

이와 같이 〈다듬이질 노래〉는 여성적
어조로 아내의 속마음을 표현하고 있으
나, 실제로는 남성적 인식이 뚜렷하게 가
미된 작품으로 보인다. 특히, 여성은 절개
로 상징되는 규방의 도리를 지켜야 한다
는 언술은 남성적 색채가 짙다. 이때 여성
은 일방적으로 희생을 요구받는 존재이자

김준근 풍속화 〈다듬이질〉

수동적 순종자(順從者)의 모습으로 포장된다.

한편, 동방의 백낙천이란 찬사를 들었던 조선후기의 문인 석북(石北) 신
광수(申光洙 1712~1775)는 제주도 해녀의 활기찬 모습을 다음과 같이 그
렸다.

때는 2월, 성의 동쪽 따뜻한 날에	城東二月風日暄
집집마다 아가씨들 바닷가 나와	家家兒女出水頭
가래 하나, 다래끼 하나, 뒤웅박 하나	一鍬一答一匏子
벌거숭이에 짧은 바지도 부끄럽지 않아	赤身小袴何曾羞
깊은 바다 푸른 물에 뛰어드니	直下不疑深靑水
바람이 분분 공중에 튄다네	紛紛風葉空中投
북인은 놀라나 남인은 괜찮다 웃네	北人駭然南人笑
물결을 치며 이리저리 타고 놀거니	擊水相戲橫乘流
오리처럼 둥둥 물 위에 떴구나	忽學鳬雛沒無處
문득 푸른 물결 사이로 솟아올라	斯須湧出碧波中

뒤웅박에 올라 물 위에 둥둥 떠서	但見匏子輕輕水上浮
허리의 뒤웅박끈 급히 끌어 올리고	急引匏繩以腹留
긴 파람으로 숨 토해내니	一時長嘯吐氣息
그 소리 슬퍼서 깊은 수궁까지 닿았네	其聲悲動水宮幽
인생에 일을 하되 하필 해녀를 할까	人生爲業何須此
그대 다만 이익을 탐내 죽음 무릅쓰는가	爾獨貪利絕輕死
뭍에선 농사, 누에, 나물 캔다는 말 듣지 못했나	豈不聞陸可農蠶山可採
세상에 험한 일 물질보다 더한 것 없다네	世間極險無如水

〈잠녀가(潛女歌)〉의 중간 부분을 옮긴 것이다. 생기 넘치는 해녀들의 모습을 그린 작품이다. 깊고 푸른 바다에 거침없이 뛰어드는 해녀들! 그녀들에게 두려움이란 있을 수 없다. 오리처럼 헤엄치며 매끄럽게 물결을 탄다. 파도를 따라 가라앉았다가 문득 솟아오르기도 한다. 육지에서 태어나 자란, 해녀를 두 눈으로 처음 본, 사대부의 눈에 신기하기 짝이 없는 광경이었을 게다.

그러면서도 신광수는 '호오이 호오이' 하는 해녀들의 숨비소리를 안타까이 여긴다. 숨비소리는 잠수할 때 참았던 숨을 내뱉는 소리다. 거친 호흡을 빨리 가다듬는 고통과 인내의 숨소리이다. 이러한 해녀들의 숨비소리가 수궁에 닿을 정도로 물질이 힘들다고 했다.

나아가 '북쪽 사람'의 시선으로 해녀를 평가한다. '벌거숭이'에 가까운 해녀들의 노출이 부끄럽다는 것이다. 조선시대에는 여성들의 집 밖 외출이 통제되고, 밖으로 나올 땐 장옷으로 얼굴을 가렸다. 그런 시절에 해녀들의 짧은 바지는 낯설고 불편한 광경이었을 것이다.

그러나 이는 사대부의 '높은 시선'일 뿐이다. 해녀의 물질은 현실이자 생활이다. 팍팍한 삶을 살아가는 생업의 현장이다. 제주의 풍토는 육지와 다르다. 농사지을 땅과 물이 부족하고 산나물도 다양하지 않다. 바다에서

먹거리를 찾는 일이 당연하다. 따라서 해녀의 외면을 부정적 시각으로 바라보는 것은 부적절하다. 오히려 그녀들의 고달픈 물질을 딱하게 여기거나 혹은 활기찬 생활력을 긍정하는 것이 온당한 시선이 아닐까.

여성 한시에 그려진 '그녀'의 속마음

이렇듯 남성 한시에 그려진 여성은 다분히 겉모습에 치우쳐 있다. 정작 중요한 여인의 내면에 대한 진지한 포착은 다소 아쉬운 편이다. 이와 달리 여성들이 지은 한시에는, 비록 남겨진 작품의 편수는 적지만, 우물처럼 깊은 그녀들의 속내가 구구절절 담겨 있다.

먼저 고려후기에 어떤 학사(學士)의 딸이 지은 한시부터 보기로 한다.

말 위의 도련님 뉘 집 자제이신가	馬上誰家白面生
석 달이 지나도 이름조차 몰랐네	邇來三月不知名
지금 비로소 김태현임을 알았거늘	如今始識金台鉉
가는 눈 긴 눈썹 은근히 맘에 드네	細眼長眉暗入情

이름도 없는 한 처자가 지은 연정시(戀情詩)이다. 그녀는 '김태현'이라는 서생을 짝사랑했다. 아마도 서생은 말을 타고 처자의 집을 자주 드나들었던 것 같다. 그의 발길이 이어진 지 석 달! 그 사이 처자는 서생을 마음속 정인(情人)으로 품게 되었다. 은밀한 사랑이 싹튼 것이다.

김태현(1261~1630)은 열 살 때 아버지를 여의고 열다섯 살 때 감시(監試)에 장원급제하여 첨의정승(僉議政丞)이라는 높은 벼슬에 올랐던 인물이다. 『고려사』에 따르면, 그는 풍채가 단아하고 눈썹과 눈매가 그림 같았다고 한다. 학업에도 열성이어서 동년배에 비해 급제도 빨랐다. 한 마디로 얼굴도 잘생기고 공부도 잘하는 '범생이'였다.

높은 산은 저절로 그 모습이 드러난다고 했던가. 스승도 그를 눈여겨 보게 되었다. 집에 데려와 함께 식사를 할 정도로 특별히 아끼는 '애제자'로 삼았다. 그런데 김태현을 주목한 사람은 스승만이 아니었다. 그의 딸도 김태현에게 흠뻑 빠져들었다. 급기야 처자는 시를 지어 창틈으로 던져 넣었다. 관습의 벽을 뛰어넘어 사랑을 고백한 것이다.

그러나 짝사랑은 짝사랑일 때 아름답다. 대개 짝사랑은 혼자만의 외로운 사랑앓이로 끝나는 경우가 허다하기 때문이다. 처자의 짝사랑도 고백하는 순간 파경에 이른다. 김태현은 돌연 발길을 끊었다. 그는 재능 있는 제자이긴 했으나 남녀 간의 사랑에는 아직 숙맥이었던 것 같다. 여하튼 처자의 한시는 여성이 지은 능동적인 연모의 시로서 그 가치가 높다.

한편, 조선전기 무인이었던 이각(李恪 1374~1446)의 부인은 〈송부출새(送夫出塞)〉, 즉 '남편을 변방으로 떠나보내며'라는 시를 남겼다.

어느 곳 모래밭에 푸른 깃발 세웠을까	何處沙場駐翠旗
군사들 노래, 오랑캐 피리가 꿈속에 슬프네	戍歌羌笛夢中悲
길가의 버드나무를 내가 어찌 원망하리	陌頭楊柳吾何悔
다만 달빛에 말 매어 두고 돌아오길 기다릴 뿐	只待歸鞍繫月支

이각은 태종 2년에 무과에 급제하여 수군첨절제사, 병마도절제사와 같은 무관의 주요관직을 두루 역임했던 장수다. 세종 14년(1432)에는 최윤덕을 따라 북방의 야인들을 정벌하기도 했다. 이때 압록강 주변의 여진족을 진압하고, 그 일대를 우리의 영토로 편입시켰다. 이각의 부인이 〈송부출새〉를 지은 것도 이 무렵이 아닌가 한다.

예나 지금이나 무인의 삶은 안온(安穩)하지 않다. 평시에는 변방을 떠돌아야 하고 전란이 일어나면 목숨을 걸고 싸워야 한다. 무인의 가족도 마찬가지다. 집에 남아있는 아내는 홀로 외로움과 싸워야 한다. 내외간의 강제된 이별! 생사를 장담할 수 없는 전쟁터! 아내는 시시각각 몰려드는 두려움에 맞서야 한다. 이것이 무인과 혼인한 아녀자의 피할 수 없는 운명이다.

하지만, 정작 부인이 할 수 있는 일은 그다지 많지 않다. 남편과 헤어진 길가의 버드나무를 원망할 수도 없다. 하물며 '살아서 돌아와 달라!'는 말은 꺼내기조차 어렵다. 싸움의 승패나 무인의 생사는 신의 영역이다. 따라서 가장을 전쟁터로 떠나보낸 아녀자의 처지에서는, 살얼음이 덮인 강물을 건너듯, 그 어떤 말도 조심스럽고 또 조심스럽다. 그저 남편이 무사히 돌아오기를 간절히 바랄 뿐이다. 이 얼마나 가슴 저린 염원인가. 이런 점에서 〈송부출새〉는 전장에 나간 남편에 대한 근심과 애정이 물씬 묻어나는 수작이라 할 만하다.

한편, 출가한 여성에게 있어서 남편 못지않게 보고픈 사람은 친정 식구들이리라. 율곡(栗谷) 이이(李珥 1536~1584) 선생의 모친이신 신사임당(申師任堂 1504~1551)은 친정어머니를 그리워하는 몇 편의 시를 남겼다. 먼저 〈유대관령망친정(踰大關嶺望親庭)〉이라는 시부터 보기로 한다.

머리 하얀 어머니 강릉에 남겨두고	慈親鶴髮在臨瀛
홀로 장안으로 떠나가는 심정이여	身向長安獨去情
때때로 머리 돌려 북평을 바라보니	回首北坪時一望
흰 구름 아래 저녁 산이 푸르구나!	白雲飛下暮山青

제목을 글자 그대로 번역하면 '대관령에 올라 친정을 바라보며'이다. 이것만 보아도 시가 지어진 상황이 짐작된다. 임영은 강릉의 옛 이름이고,

북평은 사임당의 고향마을이다. 사임당은 19살에 혼인했으나 21살이 될 때까지 친정에 머물렀다. 친정아버지가 돌아가셔서 삼년상을 치러야 했기 때문이었다. 그렇지만 삼년상이 끝난 후엔 좋으나 싫으나 한양 시댁으로 올라갈 수밖에 없었다.

문제는 홀로되신 친정어머니였다. 아들을 두지 못한 터라 어머니는 혼자 지내셔야 했다. 늙으신 어머니를 남겨두고 돌아서는 딸의 심정은 어떠했을까. 바람도 쉬었다가 넘는다는 대관령을 넘으면서 사임당은 고개를 돌려 북평을 한없이 내려다보았다. 먼 훗날, 율곡은 모친의 행장(行狀)에서 그날의 정황을 자상히 적었다. "어머니께서 강릉으로 근친을 가셨다가 돌아오실 때 친정어머니와 울면서 눈물로 작별하셨다. 대관령 중턱에 이르자 한참 동안 가마를 멈추고 북평을 바라보셨다. 흘러가는 흰 구름을 보고 견딜 수 없어 쓸쓸히 눈물을 흘리시면서 시 한 수를 지으셨다."

이와 같이 여인들의 한시에는 정인(情人)에 대한 연모와 출정한 남편에 대한 근심, 친정에 대한 그리움이 여실히 형상화되어 있다. 그녀들의 속내가 잘 드러나 있다. 그런데 허난설헌(許蘭雪軒 1563~1589)의 시에는 남편에 대한 깊은 원망이 두드러져 있어 특별하다.

비스듬한 처마 밑에 제비 쌍쌍이 날아들고	燕掠斜簷兩兩飛
떨어지는 꽃잎은 어지러이 비단옷 스치네	落花撩亂拍羅衣
규방에서 먼곳 바라보며 봄뜻 잃었는데	洞房極目傷春意
강남에 풀 푸르러도 임은 돌아오지 않네	草綠江南人未歸

〈기부강사독서(寄夫江舍讀書)〉라는 시이다. 제목은 '강가 초당에서 독서하는 남편에게 부치며'라는 뜻이다. 난설헌은 15살 때 혼인했다. 신랑 김성립(金誠立 1562~1593)은 17살이었다. 난설헌의 시집살이는 혹독했다. 시어머니는 며느리의 재능을 인정하지 않았다. 심지어 아들이 과거에 낙방한 것도 며느리 탓이라고 구박했다. 게다가 놀기를 좋아했던 김성립은 과거공부를 핑계로 강가에 집을 짓고 따로 살았다. 사정이 이러하니 난설헌은 독수공방하기 일쑤였다.

이렇게 원만치 않았던 결혼생활의 비애가 시 속에 담겨 있다. 제비가 짝지어 날아들고 꽃잎이 분분히 흩날리는 봄밤! 난설헌은 되레 '춘의(春意)'를 잃어버렸다고 독백한다. 강가에 풀이 푸르렀는데도 임은 돌아오지 않기 때문이다. 외롭고 고달픈 삶에 지친 여인의 원망이 스멀스멀 풍기는 대목이다.

우연의 일치였을까. 김성립은 난설헌이 죽던 그해에 과거에 급제했다. 몇 년만 더 빨리 급제했더라면, 부부간의 관계가 호전되었을지도 모를 일이다. 그러나 안타깝게도 난설헌 내외의 불화와 갈등은 제법 깊었던 것 같다. 오죽하면 그녀는 조선에 태어난 일, 여자로 태어난 일, 김성립과 혼인한 일을 평생의 세 가지 한이라고 언급했다는 일화도 있다. 그녀가 남긴 시구처럼, "부용꽃 스물일곱 송이 붉게 떨어지듯" 난설헌은 젊은 나이에 훌쩍 세상을 떠났다. 아마도 어렸을 적부터 동경했던 신선의 세계로 들어갔으리라. 땅바닥에 뚝뚝 떨어진 동백꽃같이, 지금 우리 앞에 남아있는 그녀의 시는 쓸쓸하기만 하다.

규방가사의 몇 가지 얼굴 : 〈계녀가〉, 〈애부가〉, 〈화전가〉

흔히 조선시대 아녀자의 한을 이야기하면 규방가사부터 떠오른다. 중고등학교 시절 입시공부를 하면서 허난설헌의 〈규원가(閨怨歌)〉를 자주 접한 탓이 아닌가 생각한다. 〈규원가〉는 규방가사 또는 내방가사의 대표적 작품으로 '원부가(怨夫歌)'라 불리기도 한다. 사대부 집안 아녀자의 비애와 한탄, 남편에 대한 원망을 잘 그려낸 작품이다.

하지만, 규방가사에는 〈규원가〉와는 결이 다른 부류의 작품도 많다. 예를 들어 '계녀가(誡女歌)'는 아녀자가 행해야 할 도리를 줄줄이 나열한 규방가사이다. 삼강오륜부터 칠거지악까지 성리학적 규범이 언급될 뿐만 아니라, 여인들이 일상에서 지켜야 할 자질구레한 행실까지 다 열거되어 있다. 일종의 '아녀자용 교과서'이다.

다음, '탄식가(歎息歌)'는 여성들의 한탄과 비애를 다룬 작품들이다. 여자로 태어나 친정을 떠나야 하는 슬픔, 시집살이의 고달픔 등을 자탄하는 내용이다. 여자로 태어난 일이 애달프고 절통하다 하면서 후세에는 남자로 태어나고 싶다는 말로 끝맺기도 한다.

〈애부가(愛婦歌)〉는 좋은 며느리를 맞이하고픈 시어머니의 소망을 언술했다는 점에서 조금 색다른 규방가사라 할 만하다.

> 어와 세상 사람들아 이내 말씀 들어보소
> 다른 말씀 다 버리고 자식 소욕(所欲) 먼저 하세
> 세상의 사람들이 자식 욕심 뉘 없으리
> 남자 자식 자라나면 어진 자부(子婦) 소원이요
> 여자 자식 자라나면 좋은 사위 소망이라
> 이렇듯이 먹는 마음 사람마다 있느니라
> 나도 또한 남과 같이 만득자(晚得子)를 성장시켜
> 신미년(辛未年) 사월부터 중심(中心)에 원하기를
> 어찌하면 좋은 집의 어진 자부(子婦) 얻어 만나
> 내 집을 보존하여 유자유손(有子有孫) 살아볼꼬
> 이렇듯이 먹는 마음 십팔 년이 되었구나

중세국어로 표기된 것을 편의상 현대어로 바꾸어 옮겼다. 가사의 전체 내용은 크게 세 부분으로 이루어져 있다. 첫 번째는 아들을 낳아 길러 18 살이 되었는데 어진 며느리를 얻었으면 좋겠다는 소망이다. 두 번째는 뼈대 있는 가문인 월성 손씨댁의 며느리를 얻게 되었음을 기뻐한다. "보고 봐도 싫찮고나 너가 내게 자식되니 / 부모자식 자정(慈情)이야 다 말할 수 없거니와 / 하물며 고부간의 그 아니 소중한가!" 하면서 며느리에 대한 애정을 드러낸다. 세 번째는 가문의 창성을 위해 효성스럽고 근검한 며느리가 되어달라는 당부이다.

이렇듯 〈애부가〉에는 고약한 시어머니가 아니라 자애로운 시어머니의 속마음이 고스란히 그려져 있다. 며느리의 면모를 두루 칭찬하면서 '자식'이라 부르는 것이 새삼스럽게 느껴진다. 우리가 흔히 생각하는 고부의 갈등이 드러나지 않는 점이 특별하다고 하겠다.

마지막으로 〈화전가(花煎歌)〉는 따뜻한 봄날에 경치를 구경하며 꽃놀이를 하는 여인들의 모습을 담은 작품이다.

구경을 그만하고 화전터로 나려와서
빈천이야 정관이야 시내가에 거러노코
청유라 백분이라 화전(花煎)을 지저노코
화간에 제종숙질 우스며 불럿스되
어서오고 어서오소 집에안자 수륙진미
보기는 하려니와 우리일실 동환(同歡)하기
이에서 더할소냐 송하(松下)에 느러안자
꽃가지로 찌거올려 춘미(春味)를 쾌히보고
나믄흥을 못이기어 상상봉 치아다라
한업시 조흔경을 일안(一眼)에 다드리니
저노픈 백운산은 적송자의 노든댄가

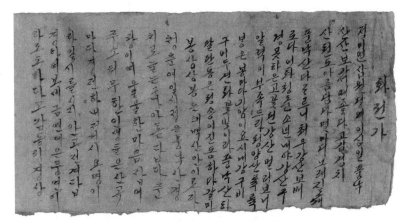

두루마리 형태로 전해지는 〈화전가〉

반석우에 바둑판은 낙서격을 버려잇고
유수한 황학동은 서왕모 잇든댄가
청계변에 복성꽃은 무릉원이 의연하다

화전은 꽃지지미, 꽃부꾸미, 꽃달임이라고도 부른다. 찹쌀 반죽에 꽃잎을 얹어 납작하게 지져먹는 것을 말한다. 진달래를 얹으면 두견화전(杜鵑花煎), 배꽃을 얹으면 이화전(梨花煎), 국화를 얹으면 국화전(菊花煎)이라불렸다. 보통 삼월 삼짇날에는 진달래꽃을 지져 먹었다.

앞에서 인용한 〈화전가〉에서도 음력 2월 25일에 화전놀이를 한 것으로 적혀 있다. 재종 숙질이 소나무 아래 모여 앉아 함께 화전을 지져 먹되, 꽃가지로 찍어 먹는다. 생각만 해도 향긋한 꽃향기가 입안에 가득 퍼지는 듯하다. 얼굴엔 웃음이 절로 흐르고 대화는 봄볕처럼 다정하다. 이처럼 〈화전가〉에는 아녀자들이 즐기는 소풍이자 축제의 현장을 형상화되어 있다.

해학과 역설의 '웃픈' 민요들 : 〈시집살이〉 노래

가사문학이 주로 지체 높은 양반가 아녀자들의 향유물이었다면, 〈시집살이〉 노래는 서민층 아녀자의 속마음을 여실히 담아내는 노래였다. 그만큼 가사와 다른 차원의 현장감과 진솔함이 묻어난다. 해학과 역설로 풀어내는 솜씨가 민요의 매력을 잘 보여주기도 한다. 그래서 시집살이 민요는 아녀자들의 웃기면서도 슬픈, 이른바 '웃픈' 노래라 할 수 있다.

먼저, 〈외딸아기〉라고 부르기도 하는 민요부터 보기로 한다.

무남독녀 외딸아기 금지옥엽 길러내어
시집살이 보내면서 어머니의 하는말이
시집살이 말많단다 보고도 못본체
듣고도 못들은체 말없어야 잘산단다
그말들은 외딸아기 가마타고 시집가서
벙어리로 삼년살고 장님으로 삼년살고
귀먹어리 삼년살고 석삼년을 살고나니
미나리꽃 만발했네 이꼴을본 시아버지
벙어리라 되보낼제 본가근처 거진와서
꿩나는 소래듣고 딸아기의 하는말이
에그우리 앞동산에 꺼더득이 날아난다
이말들은 시아버지 며누리의 말소래에
너무너무 반가와서 하인시켜 하는말이
가마채를 어서놓고 빨리꿩을 잡아오라
하인들이 잡아오니 시아버지 하는말이
어서어서 돌아가자

무남독녀 외딸아기가 시집을 간다. 친정엄마 말을 곧이곧대로 듣고, 석

삼년을 벙어리처럼 살아간다. 시아버지는 며느리가 벙어리인 줄 착각하고 친정으로 돌려보낸다. 이른바 소박을 맞게 된 것이다. 도중에 외딸아기가 푸드득 날아가는 꿩을 보고 '꺼더득이 날아간다'고 소리치자, 며느리를 데리고 다시 시댁으로 되돌아갔다는 것이다.

이것이 〈외딸아기〉 속에 들어있는 대강의 스토리이다. 조선시대에 여자가 시집을 가면 귀머거리처럼 3년, 장님처럼 3년, 벙어리처럼 3년 살아야 집안이 조용하다는 가르침을 풍자적인 노래로 엮은 것이다. 실제로 이렇게 살아간 여인은 많지 않겠지만, 여인들의 말과 행동을 짓누르는 쇳덩어리 같은 관습과 규범은 분명코 존재했었다. 〈외딸아기〉는 그러한 남성 중심 혹은 가부장적 사회의 질서를 슬쩍 잡아 비틀고 있다.

한편, 〈외딸아기〉보다 더욱 엉뚱한 스토리를 갖춘 민요도 있다.

잠아잠아 오지마라 자부다가 혼만본다
혼만이사 보지마는 오는잠은 어찌란고
메늘얘기 자분다고 씨어머니 송사(訟事)가네
송사가도 에렵쟌소 성방(刑房)도 내오래비
이방(吏房)도 내오래비 기동통인 간재통인
통인한쌍 요내족하 좌수별감 요내삼촌
문간사령 청깐사령 사령한쌍 요내종놈
넴일레라 넴일레라 사또하나 남일레라
송사가든 사흘만에 썩문(刑問)삼천(三千)도 맞았다네
이삼천도 맞은후에 한대두대 더쳤으면
이내마음 풀릴거로 앉아자는 저잠으로
누워자라 편지왔소 아가아가 메늘아가
느그우중(宇中) 무섭드라 일후에는 좋게하마
사랑뿌리 삶은물에 고들빼기 심을넣어

씨어머니 죽잡수소 아가아가 메늘아가
무슨죽이 이리씹노 썩문삼천도 맞인입에
벌꿀인들 안씹는가 (경남 통영)

시어머니가 꾸벅꾸벅 조는 며
느리를 관아에 고발했다는 것
이다. 그래도 며느리는 걱정하
지 않는다. 이방, 형방, 통인, 사
령이 모두 친척이기 때문이다.
송사를 갔던 시어머니는 도리어
곤장 3천 대를 맞는다. 누워서
편히 자라고 편지도 보내고, 앞

여러 가지 여공을 그린 김준근의 풍속화

으론 구박하지 않겠다고 다짐한다. 그런데도 며느리는 시어머니에게 올릴
죽에 고들빼기를 집어넣는다. 시어머니가 왜 이리 맛이 쓰냐고 묻자, 곤
장을 맞아 그렇다고 둘러댄다. 이것이 노래 속에 들어있는 대강의 스토리
이다.

이런 스토리는 현실에선 있을 수 없다. 며느리의 졸음은 죄가 아니다.
아무리 악독한 시어머니라고 해도 누가 며느리를 고발하겠는가. 민요적
상상력의 산물일 뿐이다. 그렇지만 고부간의 대립과 갈등이 심각했음은
분명한 진실이다.

현명한 며느리는 파멸의 길을 택하지 않는다. 그저 시어머니에게 곤장
을 치고, 쓰디쓴 죽을 끓여 드린다는 말도 안 되는 내용의 노래를 읊조릴
뿐이다. 그것으로 시집살이의 비애와 고통을 다 풀어버린다. 웃기면서도
슬픈, 요즘말로 한다면 '웃픈' 노래이다. 허전하고 헛헛한 쓴웃음이 터져
나오는 풍자와 해학의 노래다.

"서원하건대, 남자의 몸을 얻게 해주소서!" : 장씨부인의 발원

복장(服藏)이란 풍습이 있다. 불상의 복부 안에 불교적 상징성을 띤 물품을 넣는 것을 말한다. 보통 동서남북과 중방(中方)을 기준으로 다섯 가지를 넣는다. 다섯 가지의 지혜를 상징하는 오경(五鏡), 다섯 가지 보배인 오보(五寶), 다섯 가지 곡식인 오곡(五穀), 부처의 다섯 가지 향기를 가리키는 오향(五香), 다섯 가지 병을 다스리는 오약(五藥) 등을 집어넣는 방식이다.

이러한 복장 풍습은 신라 때 시작되어 고려시대 이후 활발하게 행해졌다. 충렬왕 28년(1302)에 조성된 아미타불상 속에서도 다라니경, 은으로 만든 그릇과 방울, 자색과 백색의 저고리 등이 수습되었다. 이때 창녕군부인 장씨가 쓴 발원문(發願文)도 함께 발견되어 세간의 주목을 받았다.

장씨부인의 발원문은 세상을 떠난 시동생의 극락왕생을 기원하기 위하여 쓴 것이라 한다. 그런데 그 속에 다음과 같은 내용이 들어있어 읽는 이의 마음을 저리게 한다.

> 서원하건대, 인간의 생을 잃지 않고
> 중국의 바른 집안에서 태어나되,
> 남자의 몸을 얻게 해주소서!

현재로선 창녕군부인이 누구인지 알 수 없다. 하지만 남편이 창녕군이란 어엿한 작호(爵號)를 가지고 있고 아미타상을 조성할 때 발원문을 바쳤을 정도라면, 장씨부인은 비교적 높고 부유한 집안의 아녀자였을 것으로 짐작된다. 그런데도 부인은 내세에는 남자로 태어나고 싶다고 서원한다.

조선에 비해 고려시대는 비교적 여성의 지위가 높았던 것으로 알려져 있다. 그러나 아녀자의 처지에서 본다면 고려나 조선이나 도긴개긴이 아니었을까 한다. 고려시대에도 여성들이 일상에서 체감하는 남녀차별이 심했을 것으로 생각한다. 이런 점에서 장씨부인의 서원은 비장하게 들려온다. 부처의 힘을 빌고 싶을 정도로 간절한 바람이라 하겠다.

그러면 요즘 여성들은 어떠한가. 고부간의 갈등은 여전히 풀기 어려운 숙제다. 설날이나 추석 직후에 이혼이 많아진다는 서글픈 통계도 있다. 그만큼 명절 후유증이 크다는 얘기다. 오죽하면 시댁을 '시월드'라 부르고, '시'자가 들어간다고 해서 시금치조차 먹지 않는다고 한다. 장씨부인의 서원이나 허난설헌의 한이 지금도 유효하다는 것이 작금의 슬픈 현실이다. 우리 사회가 머리를 맞대고 진지하게 고민해야 할 부분이라 본다.

풍류의 멋과 흥

　'풍류(風流)'라는 말이 처음 언급된 글은 최치원(崔致遠 857~?)의 난랑비문(鸞郎碑文)이다. 그 앞부분에 "나라에 현묘한 도(道)가 있으니 이를 풍류라 한다." 하였다. 이를 근거로 화랑도를 풍류도라고 부르기도 한다.

　화랑들은 무리를 지어 함께 생활하며 도의를 닦았으며, 함께 어울려 가무를 즐겼다. 또한 경치 좋은 계절에는 명산대천을 찾아다니며 기개를 길렀다. "산수에 노닐어 미치지 않은 곳이 없었다[遊娛山水 無遠千里]"라는 화랑들의 원유(遠遊)는 경주를 벗어나 금강산 일대까지 이르렀다.

　하지만 '풍류'의 뜻은 그리 단순하지 않다. 국어사전에는 '멋스럽고 풍치가 있는 일이나 또는 그렇게 노는 일'이라고 뜻풀이를 해놓았다. 이를 보면 풍류란 멋지고 운치 있게 즐기는 일이라 할 것이다. 양반네들이 봄꽃 구경을 하며 음주가무와 시를 즐기는 상화회(賞花會), 시원한 계곡 속에서 여름 더위를 식히는 피서음(避暑飮), 술을 마시며 국화를 감상하는 황국음(黃菊飮)과 같은 모임이

신윤복의 풍속도 〈춘야흥〉:
악공과 기녀를 불러 봄꽃을 즐기는 모습을 그렸다.

그런 대표적 예이다.

이렇게 선비들의 고아한 즐김만이 풍류일까. 장안 한량들의 호방한 놀이도 풍류라고 불렀다. 시정에서 벌어지는 질탕한 술자리도 풍류라고 했다. 소위 '풍류남아(風流男兒)'라는 말은 시도 잘 짓고 노래도 잘하고 술도 잘 마실 줄 알며, 심지어 여성들의 호감을 끄는 멋진 남자를 지칭하는 말이었다. 이와 같이 풍류란 자연을 가까이하는 일, 멋진 일, 격조와 운치가 있는 일, 놀이와 유흥을 즐기는 일 등을 두루 칭하는 말이다.

우리 고전가요에는 이러한 풍류의 멋과 흥을 읊은 작품들이 있다. 풍류의 얼굴이 하나가 아니듯이, 이들 작품들 속에는 선인들이 즐겼던 다양한 풍류의 세계가 고스란히 그려져 있다. 하나하나 작품을 음미해 보면, 선인들이 즐겼던 풍류의 진면목을 접할 수 있다.

신흥사대부의 기개 혹은 자기과시의 풍류 : 〈한림별곡〉

풍류의 면모를 제법 고스란히 보여주는 첫 번째 시가로는 〈한림별곡(翰林別曲)〉을 손꼽을 만하다. 고려 고종 때 여러 선비들이 함께 지은 최초의 경기체가(景幾體歌)이다. 전체 8개의 장으로 이루어져 있는데, 각각 과거, 책, 붓글씨, 술, 꽃, 음악, 누각, 그네놀이를 다룬다.

元淳文 仁老詩 公老四六 원슌문 인노시 공노ᄉ륙	유원순의 문장, 이인로의 시가, 이공노의 사륙문
李正言 陳翰林 雙韻走筆 니정언 딘한림 솽운주필	이규보와 진화가 두 운을 맞추어 겨루는 시짓기
沖基對策 光鈞經義 良經詩賦 튱긔디ᄎᆡᆨ 관균경의 량경시부	유충기의 대책문, 민광균의 경서풀이, 김양경의 시부

위 試場ㅅ景 긔 엇더ㅎ니잇고 아! 과거 시험장의 그 모습이 과연
　시댱　경　　　　　　　　　　어떠합니까?

琴學士의 玉筍文生 琴學士의 玉筍文生 금의의 죽순 같은 문하생들
금흑사　옥슌문싱 금흑사　옥슌문싱 금의의 죽순 같은 문하생들

위 날조차 몃부니잇고 아! 나까지 모두 몇 분입니까? (제1장)

　유원순, 이인로, 이공로, 이규보, 진화, 유충기, 민광균, 김양경은 당대
를 주름잡던 문인들이다. 유명한 문인들의 이름을 줄줄이 내세운 후, '이
들이 함께 과거시험을 보는 모습이 어떻습니까?' 하고 넌지시 묻는다. 그
것으로 끝이 아니다. 오랫동안 과거시험 감독관을 역임했던 '금의(琴儀)의
제자들이 나까지 몇 명입니까?' 하고 다시 묻는다. 그렇게 대단한 문인들
이 많을 뿐만 아니라 그 속에 '나'도 포함된다고 자랑삼아 강조한다.

　'낯 뜨거운 자기 자랑'은 뒷장에서도 계속된다. 제2장에서는 책 이름을
줄줄이 읊어대면서 독서와 지식에 대한 자긍심을 피력한다. 아무나 문자
를 배울 수 없었던 시절! 문자는 상층민의 독점적 소유물이었고, 문자를

악장가사에 실린 경기체가 〈한림별곡〉

읽고 쓰는 능력은 곧 그들을 하층민과 다른 존재로 구분 짓는 문화적 표지였다.

제3장에서는 각종 서체와 필기구가 나열된다. 당대의 명필들이 모여 여러 서체를 견주는 행위 역시 중요한 자랑거리였다. 제4장은 유명한 술을 나열하여 상층민의 낭자한 취흥(醉興)을 노래한다. 술이야 하층민도 마셨겠으나, 구하기 힘든 명주는 상층민의 전유물이었을 것이다. 제5장은 화원의 정경을 그린다. 모란, 작약, 매화, 동백, 장미처럼 뒤뜰을 장식했을 꽃 이름이 나열된다. 제6장에서는 갖가지 악기와 그것을 연주하는 악공들의 이름이 줄지어 언급된다.

阿陽琴 文卓笛 宗武中琴 아양금 문탁뎍 종무듕금	아양이 타는 가야금, 문탁이 부는 피리, 종무의 거문고
帶御香 玉肌香 雙伽倻ㅅ고 디어향 옥긔향 솽개야	대어향과 옥기향이 함께 타는 쌍가야금
金善琵琶 宗智嵇琴 薛原杖鼓 금션비파 종디히금 셜원댱고	김선이 타는 비파, 종지가 타는 해금, 설원이 치는 장고
위 過夜ㅅ景 긔 엇더ᄒ니잇고 　　과야　경	아! 밤을 지새는 그 모습이 과연 어떠합니까?
一枝紅의빗근笛吹一枝紅의빗근笛吹 일지홍　　뎍취일지홍　　뎍취	일지홍의 성긴 피리 소리 일지홍의 성긴 피리 소리
위 듣고아 줌드러지라	아! 다 들은 다음에야 잠들고 싶도다

(제6장)

악기는 천한 신분의 기녀나 악공들이 다루었다. 대어향, 옥기향, 일지홍은 아마 기녀일 것이다. 아름다운 기녀들이 연주하는 음악에 맞추어 밤새도록 흥겨이 노니는 모습이 눈앞에 훤하다. 풍류의 현장을 생생하게 재현해 놓은 것 같다.

이러한 흥취 넘치는 정경은 7장과 8장으로 이어진다. 7장에서는 신선들이 산다는 명산과 수려한 경치를 자랑하는 누각들이 언급되며, 그런 경관을 유람하는 모습이 펼쳐진다. 8장에서는 후원에 그네를 매고 미인과 함께 그네를 타는 장면을 보여준다.

결국 〈한림별곡〉은 입신양명한 사대부의 삶과 그들이 즐겼던 유흥의 단면들을 파노라마식으로 형상화한 작품이라 생각한다. 마치 8폭으로 그려진 병풍그림을 보는 것 같다. 학문을 독점한 상층민으로서의 자긍심과 함께 술과 꽃과 음악과 기녀가 어우러진 놀이판의 정취가 절로 우러나오는 듯하다.

이런 점에서 〈한림별곡〉은 사대부 계층의 득의만만한 기개와 풍류를 한껏 드러낸 범상치 않은 작품이다. 시선을 달리해서 보면 겸손을 모르는 호방함이 앞섰다고 할 수 있다. 자신에 대한 자긍심이 흘러넘쳐 오만하다 할 수도 있다. 그러나 이것조차 의도했던 바가 아닐까. 정서의 고의적 범람 혹은 자기애의 계획적 과잉이야말로 〈한림별곡〉의 숨겨진 매력이라 생각한다.

공적 풍류와 사적 풍류의 어울림 : 〈상대별곡〉

한편, 〈상대별곡(霜臺別曲)〉은 양촌(陽村) 권근(權近 1352~1409)이 조선 초기에 지은 경기체가이다. '상대'는 곧 사헌부를 이르는 별칭이다. 풍속을 바로잡고 관리들의 비리를 규찰하는 일, 원통하고 억울한 일을 펴주는 일, 외람되고 거짓된 행위를 금하는 일들을 담당했던 관서이다. 업무의 성격상 사헌부 관원들의 말과 행동은 '서릿발'처럼 엄정해야만 했다.

〈상대별곡〉에는 이러한 사헌부 관원들의 하루일과가 그려져 있다.

華山南 漢水北 千年勝地
화산람 한슈븍 쳔년승디

廣通橋 雲鐘街 건너드러
광통교 운종개

落落長松 亭亭古栢 秋霜烏府
락락댱숑 뎡뎡고빅 츄샹오부

위 萬古淸風ㅅ景 긔 엇더ᄒ니잇고
　　만고쳥풍 　경

英雄豪傑 一時人材 英雄豪傑 一時人材
영웅호결 일시인ᄌ 영웅호결 일시인ᄌ

위 날조차 몃분니잇고

화산 남쪽 한수 북쪽 천년의 승지
로다

광통교와 운종가를 건너 들어

낙락장송 우거지고 잣나무 우뚝한 곳
에 추상같은 사헌부가 자리 잡았도다

아! 긴 세월 맑은 바람 그 모습이 과
연 어떠합니까?

영웅호걸 같은 이 시대의 인재들
영웅호걸 같은 이 시대의 인재들

아! 나까지 모두 몇 분입니까(제1장)

화산은 곧 삼각산의 다른 이름이다. 즉 삼각산 아래 한강 북쪽의 운종
가에 자리 잡은 사헌부! 오래된 소나무와 잣나무가 우거진 추상같은 곳!
그곳에 영웅호걸같이 빼어난 인재들이 있다고 했다. 물론 '나' 자신도 그러
한 영웅호걸 가운데 한 사람이라고 자부한다.

제2장에서는 사헌부 관리들의 등청하는 모습이 그려진다. 이른 새벽에
대사헌을 비롯한 관원들이 "물렀거라~" 하는 벽제(辟除) 소리를 울리면서
당당하고 씩씩하게 출근한다고 했다. 그 준엄한 행렬이 바로 허물어진 기
강을 바로 세우는 모습과 흡사하다고 자화자찬한다.

제3장은 사헌부 관리들의 집무 장면을 다룬다. 아침 인사를 마치면 대
청에 줄지어 앉아 시정(時政)의 득실과 백성들의 이해를 일일이 따진 후
에, 서장을 만들어 임금에게 올린다고 했다. 소위 간언을 올린다는 말

이다. 이로써 임금을 밝게 하고 신하를 충직하게 하여 태평성대를 이루게 한다는 것이다.

제4장은 공무가 끝난 후의 흥겨운 연회의 모습을 보여준다.

圓議後 公事畢 房主有司 원의후 공ᄉ필 방쥬유ᄉ	회의 끝내고 공사 마친 후 방주감 찰들이
脫衣冠 呼先生 섯거안자 탈의관 호션싱	의관 벗어놓고 서로 선생이라 부르 면서 섞어 앉아서
烹龍炮鳳 黃金醴酒 滿樓臺盞 펑룡포봉 황금례주 만루디잔	잉어 삶고 닭 구워놓고 금빛 술을 큰 잔에 가득 부어
위 勸上ᄉ景 긔 엇더ᄒ니잇고 　권샹　경	아! 서로 권하는 그 모습이 과연 어떠합니까?
즐거온뎌 先生監察 즐거온뎌 先生監察 　　션싱감찰　　　션싱감찰	즐겁도다 감찰선생이여 즐겁도다 감찰선생이여
위 醉혼ᄉ景 긔 엇더ᄒ니잇고 　취　경	아! 취한 그 모습이 어떠합니까 (제4장)

공사를 마치면 의관을 벗고 둘러앉아 서로 술잔을 권한다고 했다. 요즘 말로 회식을 하는 것이다. 물론 진귀한 안주가 차려진다. '용(龍)'은 잉어를 말하며 '봉(鳳)'은 닭의 별칭이다. 요즘에야 치킨이 가장 대중적인 안주거리지만, 당시로서는 닭을 '봉황'이라 부를 정도로 귀한 음식 축에 들었다. 단순한 희언(戱言)으로 치부할 수도 있겠으나, 사대부들의 자기 과시적 풍류를 엿볼 수 있는 부분이다.

『조선왕조실록』이나 『용재총화』 같은 책을 보면, 〈한림별곡〉과 〈상대별곡〉은 관리들의 연회를 할 때 자주 불렀던 노래였다. 특히 새로 급제한 신참 관원은 선배들을 모시고 성대한 연회를 베풀어야 했다. 이를 신참례(新參禮) 혹은 허참례(許參禮)라고 불렀다. 신참례는 첨석자 수만큼 기녀를 불러야 했고, 진귀한 주효를 장만해야 할 정도로 비용이 만만치 않게 들었다. 이런 모임은 새벽녘이 다 되어서야 끝나기 일쑤였다. 예문관과 홍문관에서는 〈한림별곡〉을, 사헌부와 사간원에서는 〈상대별곡〉을 부른 후에 해산했다고 한다. 그러므로 〈한림별곡〉과 〈상대별곡〉은 자긍심을 앞세운 공적 풍류와 과시적 흥취를 담은 사적 풍류가 잘 어울린 작품이라 하겠다.

유배의 시름을 달래준 치유풍류 : 〈화전별곡〉

〈화전별곡(花田別曲)〉은 중종 때 김구(金絿 1488~1534)가 남해로 귀양 갔을 때 지은 경기체가이다. 총 6장으로 되어 있는데 남해의 풍경과 그곳에서 즐겼던 풍류의 면면을 잘 보여주는 노래다.

天之涯 地之頭 一點仙島 천지애 지지두 일점선도	하늘 끝 땅끝 한 점 신선이 사는 섬에
左望雲 右錦山 巴川高川 좌망운 우금산 파천고천	왼쪽엔 구름 보이고 오른쪽엔 비단 두른 산 파천고천이도다
山川奇秀 鍾生豪俊 人物繁盛 산천기수 종생호준 인물번성	산천은 빼어나고 호걸이 태어났으 니 인물이 번성하도다
偉 天南勝地 景 긔엇더ᄒ닝잇고 위 천남승지 경	아! 남해의 아름다운 그 모습이 어 떠합니까?
風流酒色 一時人傑 風流酒色 一時人傑 풍류주색 일시인걸 풍류주색 일시인걸	풍류와 주색 즐기는 이 시대의 인걸들 풍류와 주색 즐기는 이 시대의 인걸들
偉 날조차 몃분이신고 위	아! 나까지 모두 몇 분입니까 (제1장)

김구의 문집 『자암집』에 실린 〈화전별곡〉(좌), 조선전기 4대 명필인 김구의 글씨

김구는 26살 때 과거에 급제했다. 그 뒤 이조정랑, 동부승지를 거쳐 32살 젊은 나이에 홍문관 부제학에 올랐다. 벼슬길에 들어선 지 6년 만에 성균관과 홍문관을 장악할 수 있는 요직을 차지한 것이다. 거침없는 승승장구의 행보였다. 그의 앞에는 평탄하고 아름다운 비단길이 펼쳐진 듯했다.

그러나 호사다마(好事多魔)라고 했던가. 홍문과 부제학에 제수된 바로 그해 11월에 기묘사화(己卯士禍)가 일어났다. 사림파가 주도했던 정국은 하루아침에 훈구파의 손아귀 속으로 넘어갔다. 세상은 발칵 뒤집어졌다. 사림파는 여지없이 축출되었다. 이때 김구도 개령(開寧)에 유배되었다가 다시 남해(南海)로 옮겨졌다. 그렇게 시작한 섬 귀양살이는 13년간 이어졌다.

절해고도에서의 13년! 결코 짧지 않은 세월이었으리라. 그곳에서 지낸 4,700여 일 동안 끝없는 두려움과 회한에 시달렸을 것이다. 그는 경학에 조예가 깊은 신진학자였다. 그의 글씨는 안평대군, 양사언, 한석봉과 함께 조선전기 4대 서예가로 손꼽힐 정도로 명필이었다. 그뿐만이 아니었다. 그는 개혁정치의 선봉을 맡았던 젊은 사림의 대표이기도 했다. 관원으로서의 포부가 컸던 만큼 그가 느껴야 했던 좌절감과 상실감의 부피도 컸을 것이다.

하지만, 김구는 남해에서 새로운 사람들을 만나 교유한다. 남해를 신선들이 사는 아름다운 섬이라 하면서 그곳에서 하별시(河別侍), 박교수(朴教授), 강륜(姜綸) 같은 사람들과 어울렸다. 김구는 이들을 호걸이라 칭하며 한껏 추켜세운다. 그들과 함께 술과 음악과 기녀들의 춤을 즐겼다. 취태(醉態)를 보일 정도로 풍류와 주색을 향락했다. 한때 잘 나가던 젊은 선비와는 완연히 다른 행태를 보여준다.

그리고는 마지막 6장에서는 번화한 한양보다 태평스런 향촌이 더 좋다고 노래한다.

京洛繁華ㅣ야 너는 불오냐 경락번화	번성하고 화려한 한양을 너는 부러워하는가?
朱門酒肉ㅣ야 너는 됴ㅎ냐 주문주육	큰집에 술과 고기 넘치는 잔치가 너는 좋은가?
石田茅屋 時和歲豊 석전모옥 시화세풍	돌밭에 띠집 뿐이지만 시절은 화평하고 풍년 들었으니
鄕村集會이야 나는 됴하ㅎ노라 향촌집회	향촌사람 회합을 나는 좋아하노라 (제6장)

난데없는 돌출발언처럼 들릴 수도 있다. 하지만 그가 겪은 삶의 굴곡을 생각해보면 충분히 이해가 된다. 한때 영달했던 그에게 있어 귀양살이는 고통과 좌절의 시간이었음이 분명하다. 그러나 어찌하겠는가. 유배의 시름과 회한을 이겨내는 것 또한 사대부의 운명인 것을. 김구는 향촌의 양반들과 어울려 풍류를 즐기면서 그 길고 긴 귀양살이를 견뎌냈던 것으로 보인다. 그에게 있어 풍류는 유배의 시름을 해소하는 치유이자, 해배(解配)를 기다리는 지루함을 잊게 해주는 소일거리였다고 본다.

자연 속에서 즐기는 안빈낙도와 계산풍류 : 〈상춘곡〉

홍진(紅塵)에 묻힌 분네 이내 생애 어떠한고
옛사람 풍류에 미칠가 못 미칠가
천지간 남자 몸이 나만한 이 많건마는
산림에 묻혀 있어 지락(至樂)을 모르는가
수간모옥(數間茅屋)을 벽계수(碧溪水) 앞에 두고
송죽 울울리(鬱鬱裏)에 풍월주인(風月主人) 되었어라

정극인 동상과 〈상춘곡〉 시비

불우헌(不憂軒) 정극인(丁克仁 1401~1481)이 지은 〈상춘곡(賞春曲)〉의 앞부분을 현대어로 옮겼다. 그는 영달한 삶을 살지는 못했으나, 선비답게 평생 청렴하고 소박한 삶을 살았다. 말년의 그는 벼슬을 버리고 처가가 있던 태인(泰仁)으로 낙향했다. 그곳에 있는 비수천(泌水川) 가에 집을 짓고 '불우헌(不憂軒)'이라는 당호를 붙였다. 근심이 없는 집 혹은 근심을 하지 않는 집이라는 뜻을 담은 집이름이다.

정극인은 〈상춘곡〉의 내용처럼 노년을 보냈다. 불우헌 주위에 소나무 숲을 가꾸어 진짜 '송림의 풍월주인'처럼 지냈다. 신록이 우거진 솔숲 속에서 새소리를 들으며 물아일체(物我一體)의 흥(興)을 즐겼으며, 냇가를 천천히 소요하며 한중진미(閑中眞味)를 만끽했다. 어디 그뿐이겠는가. 때로 흥에 겨우면 이웃들과 산수구경도 마다하지 않았다.

> 이봐 이웃들아, 산수 구경 가자꾸나
> 답청(踏靑)은 오늘 하고 욕기(浴沂)는 내일 하세
> 아침에 채산(採山)하고 저녁에 낚시하세
> 갓 괴어 익은 술을 갈건(葛巾)으로 걸러 놓고
> 꽃나무 가지 꺾어 수놓고 먹으리라 (중략)
> 공명(功名)도 날 꺼리고 부귀(富貴)도 날 꺼리니
> 청풍명월(淸風明月) 외에 어떤 벗이 있겠는가
> 단표누항(簞瓢陋巷)에 헛된 생각 아니 하네
> 아모타, 백년행락(百年行樂)이 이만한들 어찌하리

벗들과 함께 시작한 산수구경은 청풍명월과 함께 끝난다. 자연과 함께 하는 풍류! 바로 정극인이 지향했던 은일의 풍류이다. 그는 세상의 명리와 부귀영화에 얽매이지 않았다. 오로지 강호자연 속에 묻혀 살면서 안빈낙도(安貧樂道)를 추구했다. 이렇듯 속세를 떠나 자연과 동화된 풍류라 하여 이를 탈속의 풍류 혹은 계산풍류(溪山風流)라 칭하기도 한다.

계산풍류의 면모는 소위 호남가단(湖南歌壇)에 속했던 송순, 정철 등의 가사작품에서도 쉽게 찾아볼 수 있다. 송순(宋純)의 〈면앙정가(俛仰亭歌)〉 에서는 "술이 익었거니 벗이라 없을쏘냐 / 불리고 타게 하며 켜면서 이어 가며 / 갖가지 소리로 취흥을 재촉하니 / 근심이라 있으며 시름이라 붙었 으랴" 하였다. 정철(鄭澈)의 〈성산별곡(星山別曲)〉에서도 "엊그제 빚은 술 이 얼큰히 익었나니 / 잡거니 밀거니 실컷 기울이니 / 마음의 맺힌 시름 낫는가 하리로다" 하고 노래했다. 고적한 자연 속에서 벗과 함께 즐기는 음주가무와 유유자적! 작은 근심이나 시름도 없다. 이것이 바로 계산풍류 의 멋과 흥이다.

어부의 삶과 흥취를 즐기는 선유풍류 : 〈어부가〉

　계산풍류가 골짜기와 시냇물을 배경으로 하는 풍류라면, 낚시질과 뱃놀이를 즐기는 선유풍류(船遊風流)도 하나의 뚜렷한 전통을 이룬다. 이들을 한데 묶어 〈어부가(漁父歌)〉 계열이라 부른다. 본래 〈어부가〉는 고려시대 때부터 불려졌다. 그러다가 조선중기 농암(聾巖) 이현보(李賢輔, 1467~1555)의 〈어부단가(漁父短歌)〉로 이어져 새로운 꽃망울을 맺는 경지에 이르게 되었다.

　〈어부단가〉는 총 5편으로 이루어진 연시조이다. 그중에서 1,3수만 보아도 한적한 선유풍류의 세계를 엿보기에 충분하다.

　　이 듕에 시름 업스니 어부(漁父)의 생애로다
　　일엽편주(一葉扁舟)를 만경파(萬頃波)애 띄워두고
　　인세(人世)를 다 니젯거니 날가는 주를 알가 (제1수)

　　청하(靑荷)＊애 바볼 ᄡᅳ고 녹류(綠柳)＊에 고기 쎄여
　　노적(蘆荻) 화총(花叢)＊에 빈 미야 두고
　　일반청의미(一般淸意味)＊를 어니 부니 아르실고 (제3수)

　　　　　　　　　　＊청하(靑荷): 푸른 연잎　　＊녹류(綠柳): 푸른 버들가지
　　　　　　　　　　＊노적(蘆荻) 화총(花叢): 갈대와 물억새 덤불
　　　　＊일반청의미(一般淸意味): 일반적으로 말하는 '맑음'의 의미 즉 자연의 맑고 참다운 뜻

　화자는 지금 작은 배를 타고 바다에 나가 낚시질을 즐긴다. 바다로 나간다는 것은 인간 세상과의 거리두기를 뜻한다. 밥은 '푸른 연잎[靑荷]'으로 싸고, 잡은 고기는 '푸른 버들가지[綠柳]'에 꿰어 두었다. 배는 '갈대숲[蘆荻花叢]'에 매어 둔 상태이다. 이 얼마나 평화롭고 한적한 풍경인가. 단

한 점의 시름이나 번잡함도 있을 수 없다. 인간사를 다 잊어버릴 정도로 무심함 그 자체이다.

낚시질은 아침부터 밤까지 계속된다. 물론 고기를 많이 잡기 위함이 아니다. 생업을 위한 조업이 아니라 월출을 기다리기 위함이다. 밝은 달빛 아래서 즐기는 뱃놀이는 한층 더 매혹적이기 때문이다. 이를 통해 시적화자는 '일반청의미(一般淸意味)', 즉 자연의 참뜻을 깨닫는다.

이현보가 〈어부단가〉를 지은 나이는 83살 때였다. 따라서 이 작품은 팔순을 넘긴 유복한 노인으로서, 또한 지중추부사까지 올랐다가 스스로 물러났던 사대부로서, 농암이 즐기고자 했던 풍류의 멋과 흥을 잘 보여준다. 그것은 어부의 삶에 의탁한 한적하기 짝이 없는 선유풍류의 한 모습이다.

한편, 〈어부가〉의 전통을 꽃피운 사람은 고산(孤山) 윤선도(尹善道, 1587~1671)이다. 〈어부사시사(漁父四時詞)〉는 그가 보길도에 은거할 때 지은 연시조인데, 춘하추동 각 10수씩 총 40수로 이루어져 있다.

⑴ 고운 볕티 쬐얀는디 믉결이 기름궃다
　　그믈을 주어 두랴* 낙시를 노흘 일가
　　탁영가(濯纓歌)*의 흥이 나니 고기도 니즐로다 (춘사, 제5수)

⑵ 긴 날이 져므는 줄 흥의 미쳐 모르로다
　　빗대를 두드리고 수조가(水調歌)를 블러보쟈
　　관내성(款乃聲)* 중에 만고심(萬古心)*을 긔 뉘 알고 (하사, 제6수)

⑶ 그러기 떳는 밧긔 못보던 뫼 뵈는고야
　　낙시질도 하려니와 취흔 거시 이 흥이라
　　석양이 빗이니 천산(千山)이 금수(錦繡) ㅣ로다 (추사, 제4수)

⑷ 간밤의 눈갠 후의 경물(景物)이 달랏고야

압희는 만경유리(萬頃琉璃) 듸희는 천첩옥산(千疊玉山)

선계(仙界)ㄴ가 불계(佛界)ㄴ가 인간이 아니로다 (동사, 제4수)

*주어 두랴: 풀어 던져 줄까

*탁영가(濯纓歌): 굴원의 어부사시사, '탁영'은 갓끈을 씻는다는 뜻

*관내성(款乃聲): 뱃소리 혹은 노 젓는 소리   *만고심(萬古心): 만고의 수심

　윤선도는 정치적으로 크게 영달하지는 못했지만, 조상에게서 막대한 재산을 물려받은 해남의 유력한 가문 출신이었다. 그 재산을 바탕으로 보길도에 은거하며 낙서재(樂書齋), 세연정(洗然亭), 동천석실(洞天石室) 등을 지어 놓고 마음껏 풍류를 즐겼다. 은거지 일대의 산세가 마치 피어나는 연꽃 같다고 하여 '부용동(芙蓉洞)'이라 이름 짓기도 했다.

　보길도는 작은 섬치고는 산이 높고 골짜기도 깊은 편이다. 그 아름다운 섬은 세상살이에 지친 고산을 매료시켰다. 그는 해남과 보길도를 오가면서 풍류를 즐겼다. 특히 보길도는 선유풍류에 적격한 공간이었다. ⑴,⑵는

보길도에 있는 세연정

바로 이러한 뱃놀이와 낚시질의 흥취를 잘 표현하고 있다. 탁영가를 홍얼대거나, 수조가를 부르며 뱃전을 두드리는 모습이 선연하다.

흥이 고조되면서 뱃놀이는 또 다른 차원으로 넘어간다. (3)과 (4)에서처럼 그동안 '못 보았던 뫼'가 보이기도 하고, '인간이 아닌' 다른 모습으로 느껴지기도 한다. 선계 혹은 불계 같은 탈속의 세계로 들어감을 말해준다. 이는 현실을 벗어남 또는 현실과 단절됨을 의미한다.

그러나 진정으로 이들 사대부가 현실을 외면할 수 있었을까. 어느 정도의 거리두기는 가능했지만 완전한 단절은 근본적으로 불가능한 일이었다. 그래서 윤선도는 〈어부사시사〉를 부를 때 각편의 끝에서 "강산이 됴타흔들 내 분(分)으로 누얻ᄂ냐/님군 은혜를 이제 더옥 아노이다/아므리 갑고쟈 ᄒ야도 ᄒ:ᅩᆯ 일이 업세라"라는 시조를 부르게 했다. 이는 〈산중신곡(山中新曲)〉에 들어있는 시조작품이다.

하나의 작품이면서도 왜 이리 다른 주제가 섞여 있을까. 답은 비교적 명확하다. 현실과의 단절은 곧 왕조에 대한 부정으로 오해받을 수 있기 때문이었다. 이런 점에서 선유풍류를 즐겼던 사대부들은 현실과의 완전한 단절을 추구하지는 않았다. 그들이 지향했던 바는 현실세계와 거리를 둔 가어옹(假漁翁)의 삶이었으며, 자연과 인간 간의 조화로운 세계가 아니었을까 한다.

시조에 그려진 풍류의 다양한 단면들

한편, 평시조 작품 속에서도 선인들이 즐겼던 풍류의 여러 모습을 찾아볼 수 있다. 다만, 평시조에 담겨진 풍류는 단편적일 수밖에 없다. '단가(短歌)'라는 이름에 걸맞게 길이가 짧은 정형시이기 때문이다.

(5) 보허자(步虛子)* ᄆᄎᆫ 후에 여민락(與民樂)*을 니어ᄒ니
　　우조(羽調) 계면조(界面調)에 객흥(客興)이 더이셰라
　　아희야 상성(商聲)*을 마라 히 져믈가 ᄒ노라 (신흠)

(6) 니동현 거문고 타고 젼필언* 양금 치쇼
　　화션 연홍 미월*드라 우됴 계면 실수 업시
　　그 즁의 풍뉴 쥬인은 뉘라든고 (이세보)

　　(5),(6)은 악곡이 강조된 유흥의 모습을 보여준다. (5)에서 언급된 보허자
와 여민락, 우조와 계면조와 상성은 모두 노래와 관련된 말들이다. (6)에
서는 악공과 악기의 명칭뿐만 아니라 기녀들의 이름이 그대로 열거되어
있다. 아마도 이름난 악공과 기녀를 불러 흥겨운 잔치판을 벌인 것 같다.
(5)가 비교적 격조를 갖춘 풍류라면, (6)은 신명이 넘치는 질탕한 풍류라 할
것이다. 따라서 이들은 악공과 기녀가 동원된 시끌벅적한 유흥적 풍류를
보여준다.
　　이러한 유흥적 풍류와 달리 담박하고 고적한 풍류도 있다.

(7) 이바 노래 ᄒ 곡됴 쟝진쥬(將進酒)로 불러스라
　　압집의 술이 닉고 일촌(一村)이 도화(桃花)ㅣ로다
　　진실노 츈풍이 디나곳 가면 노라볼 셰 업셰라 (권섭)

(8) 자늬 집의 술 닉거든 부듸 날 부르시소
　　초당(草堂)의 곳 픽여든 나도 자늬 청ᄒ옴시

백년덧* 시름 업슨 일을 논의코져 ᄒ노라 (김육)

(9) 시비(是非) 업슨 후(後)ㅣ라* 영욕(榮辱)이 다 불관(不關)타
금서(琴書)*를 흣튼 후에 이몸이 한가ᄒ다
백구(白鷗)야 기사(機事)*를 니즘은 너와 낸가 ᄒ노라 (신흠)

*백년덧: 백 년 동안   **시비(是非) 업슨 후(後)ㅣ라: 세상을 떠난 후이라서
*금서(琴書): 거문고와 서책   *기사(機事): 세상에 번잡한 일 혹은 기말한 일

(7),(8)은 벗들과 함께 봄꽃을 즐기는 모습을 보여준다. 작은 초당에서
선비들이 모여앉아 술잔을 나눈다. 흥이 도도해지면 술잔을 권하는 노래
를 부른다. 굳이 화려한 곡조도, 아리따운 기녀가 없어도 무방하다. 문인
들이 즐겼다는 '시회(詩會)'의 흔적을 떠올리게 한다. (9) '시비가 없다'는 것
은 세상에 대한 관심을 끊었다는 뜻이다. 부귀와 영욕에 더 이상 의미를
두지 않겠다는 말이다. 거문고와 서책마저 놓고 나니 비로소 한가해졌다

1599년 문인들의 시회 모습: 약포 정탁의 가문에 전해오는 그림으로 보물 494호이다.

고 했다. 따라서 이들 시조에서는 소박하지만 인정이 흘러넘치며, 조용하면서도 고적한 탈속의 풍류를 그리고 있다.

한편, 도학적 흥취를 앞세운 색다른 종류의 풍류도 있다.

이런들 엇더ᄒ며 뎌런들 엇더ᄒ료
초야(草野) 우생(愚生)*이 이러타 엇더ᄒ료
ᄒ물며 천석고황(泉石膏肓)*을 고텨 므슴ᄒ료 (제1수)

천운대(天雲臺) 도라드러 완락재(玩樂齋)* 소쇄(蕭洒)*ᄒ듸
만권생애(萬卷生涯)로 낙사(樂事)ㅣ 무궁(無窮)ᄒ얘라
이듕에 왕래풍류(往來風流)*를 닐어 므슴홀고 (제7수)

> *초야(草野) 우생(愚生): 시골에 묻혀 사는 어리석은 사람
> *천석고황(泉石膏肓): '천석'은 자연을, '고황'은 고질병을 뜻함,
> 즉 세속에 물들지 않고 자연에 살고 싶은 고질병
> *천운대(天雲臺), 완락재(玩樂齋): 천운대와 완락재는 도산십팔절(陶山十八節)의 하나
> *소쇄(蕭洒): 기운이 맑고 깨끗함 *왕래풍류(往來風流): 왔다 갔다 하는 풍류

퇴계(退溪) 이황(李滉 1501~1570)이 지은 〈도산십이곡(陶山十二曲)〉 중에서 2수를 뽑은 것이다. 제1수에서는 초야에 묻혀 사는 선비로서 '천석고황'을 고칠 필요가 없다고 했다. 세속에 물들지 않고 자연 속에 묻혀 살고 싶은 고질병을 앓고 있다는 선언적 자기고백이다.

제7수에서는 만권의 서책 속에 무궁무진한 즐거움이 깃들어 있다고 했다. 책은 옛사람과 만나는 길이요, 그들과 대화하는 매개물이다. 퇴계는 이렇게 책읽기 혹은 학문하기를 통해 맛보는 참기쁨을 '왕래풍류'라고 했다. 서책을 통해 고인(古人)과 내가 '오가는 풍류'라는 말이다. 책 읽는 것이 풍류라니, 요즘 사람들이 고개를 갸우뚱할 만한 대목이다.

이와 같은 퇴계의 풍류는 도학적 풍류라고 부를 만하다. 독서와 학문을 통해서 자신을 수양하고 세상의 이치를 깨우치는 기쁨이야말로 선비

들이 즐겨야 할 진정한 의미의 풍류라는 것이다. 조선을 대표하는 도학자다운 풍류의 단면이다. 이와 유사한 작품으로는 율곡(栗谷) 이이(李珥 1536~1584)가 지은 〈고산구곡가(高山九曲歌)〉를 들 수 있다.

사설시조에 나타난 질탕한 놀이판과 유흥풍류

하지만 조선후기 사설시조에는 새로운 경향의 풍류가 나타난다. 질탕한 놀이판을 배경으로 한 유흥풍류(遊興風流)가 그것이다.

> 손약정(孫約正)은 점심(點心)을 추리고 이풍헌(李風憲)은 주효(酒肴)를 장만하소
> 거문고 가야금 해금 비파 적(笛) 필률(篳篥)* 장고(杖鼓) 무고(巫鼓) 공인(工人)으란 우당장(禹堂長)이 드려 오시
> 글 짓고 노래 부르기와 여기화간(女妓花看)*으란 내 다 담당하옴시
>
> (작자미상)

*필률(篳篥): 피리와 비슷한 악기
*여기화간(女妓花看): 기생들을 보살피는 일(이때 花는 和를 잘못 표기하였음)

'약정, 풍헌, 당장'은 향약이나 서원의 일을 맡은 사람들이다. 향촌에 사는 그저 그런 평범한 선비들일 게다. 이들이 모임을 계획하면서 각각 점심, 주효, 악공, 기녀를 분담하자는 것이다. 아마도 봄이나 가을에 꽃구경을 하거나, 한여름에 피서를 위한 친목모임을 열었던 것 같다. 경치 좋은 곳에서 벗들과 함께 시와 음악, 술과 춤을 즐기는 모습을 짐작할 수 있다. 이 얼마나 운치 있는 정경인가.

그런데 이러한 유흥풍류가 한층 질탕하게 묘사된 작품도 있다.

신윤복의 〈주유청강〉: 악공과 기생을 동반한 선상풍류가 담겨있다.

한송정 자진솔 버혀 조고마치 비 무어 타고

술이라 안쥬 거문고 가야금 비파 해금 적 필률 장구 무고 공인들과 안암산

차돌 노고산 수리치 일번(一番) 부쇠* 나전(螺鈿)딘* 궤지숨이* 강릉여기(江

陵女妓) 삼척주탕(三陟酒帑)년* 다 몰속 싣고 둘 밝은 밤에 경포대로 가셔

대취(大醉)코 고설승류(叩枻乘流)*ᄒ여 총석정 금란굴과 영랑호 선유담에

임거래(任去來)*를 ᄒ리라 (작자미상)

강릉과 삼척 일대의 명승지를 배경으로 한 달밤의 선유(船遊)를 그린 작품이다. 온갖 술과 악기, 아리따운 기녀와 주모까지 동원된 경포대 뱃놀이! 뱃전을 두드리며 해금강 일대까지 오가는 취흥이 낭자하게 느껴진다. 하지만 그다지 고상하고 아름답게 느껴지지는 않는다. 넘치는 흥에 비해 멋과 운치가 부족하기 때문이다.

이와 같은 유흥풍류를 담은 사설시조의 출현은 조선후기에 등장한 전문가객과 관련이 깊다. 특히 김천택(金天澤 1680~?), 김수장(金壽長 1690~?), 안민영(安玟英 1816~?) 같은 시조가객들이 유흥풍류를 성행시키는 데 톡톡히 한몫을 했다.

> 터럭은 거무나 희나 세사(世事)는 갓고 짤코
> 거문고 한닙 우희 니 노러 긋지 말고 우리의 벗님네와 잡거니 권ᄒ거니 주야장상(晝夜長常) 노십시다
> 백 년이 꿈갓다 ᄒ들 혓마 어이ᄒ리오 (김수장)

> 비 바람 눈 셜이와 산 짐싱 바다 물결
> 들 더위 두메 치위 다 가초* 격겨시며 빗난 의복 멋진 음식 조흔 벗님 고은 식과 술 노리 거문고를 실토록 지닌 후에 이 몸을 혜여 ᄒ니 백번 불린 쇠 아니면 만번 시친* 돌이로다
> 지금에 니 나이 칠십이라 평생을 묵수(黙數)*ᄒ니 우숩고 늣거워라* 물에 석긴 물 아니면 꿈속에 꿈이런가 ᄒ노라 (안민영)

*가초: 골고루   *시친: 씻은
*묵수(黙數): 마음속으로 수를 헤아림   *늣거워라: 느껍구나

김수장은 나이나 세상일과 관계없이 밤낮없이 줄지어 놀자고 한다. 그리하여 일생이 꿈처럼 생각된들 어떻겠냐고 반문한다. 안민영 또한 벗들

과 함께 술과 노래와 거문고를 싫도록 즐겼다고 했다. 이제 일흔 살이 되어 묵묵히 돌아보니 모두 꿈같다는 것이다. 한 시대를 풍미했던 호호탕탕한 가객의 자태를 보여주는 작품들이다.

이들에 대한 평가는 상반되어 있다. 한쪽에서는 예인의 삶에 대한 긍지를 노래했다고도 하고, 다른 한쪽에서는 신분적 한계에 대한 좌절을 노래했다고도 한다. 둘 다 맞는 말일 게다. 그들은 재주는 뛰어났으나 사회적으로 크게 쓰이지 못했다. 그러한 제약을 넘어서는, 혹은 부정하는, 방편으로 호방한 유락(遊樂)을 즐겼을 가능성이 있다. 평생 동안 세속과 탈속의 경계를 서성거렸을지도 모른다. 이렇듯 호기로운 노래 속에 숨겨진 좌절과 체념의 자취가 오히려 아릿한 연민을 불러온다. 어찌 되었든 이들 가객들이 보여준 질탕한 유흥도 또 하나의 풍류의 얼굴임이 틀림없다.

진정한 풍류 : 나를 위한 운치 있는 선물

풍류는 우리문화의 중요한 부분이다. 누구도 이를 부정하지는 않을 것이다. 그러나 선인들이 즐겼던 풍류의 얼굴과 색깔은 한두 가지가 아니다. 풍류는 신분적 계층이나 시대적 흐름에 따라 상당한 편폭을 보여준다. 고상하고 우아한가 하면 호탕하고 질펀하다. 격조와 운치를 중시하는가 하면 향락의 현장 그 자체이기도 하다. 여럿이 함께 즐기기도 하지만 혼자서 만끽하는 고적한 풍류도 있다. 어떤 이는 책 속에서 성현과 만나 생의 이치를 깨닫는 것까지도 풍류라고 했다. 이처럼 다양한 색깔과 맛을 지닌 풍류를 우리는 어떻게 받아들여야 할지 고민이 아닐 수 없다.

아무리 풍류의 양태가 다양하다 하더라도 그 핵심은 멋과 흥이라 할 수 있다. 그 두 가지가 적절히 어우러질 때 비로소 풍류답다고 할 만하다. 멋이 지나치면 흥취가 덜 하고, 흥이 과도하면 아름답지 못하다. 너무 멋스

럽기만 해도 안 되고, 너무 흥겹기만 해도 안 된다. 둘 사이의 조화와 균형
이 있어야 한다.

또한 풍류는 이질성과 자의성이 있어야 한다. 날마다 반복되는 일에서
는 풍류를 찾기 어렵다. 다른 사람의 강요에 의한 것이라면 참된 풍류가
될 수 없다. 따라서 진정한 풍류가 되려면 일상적 수준과 울타리를 넘어서
는 색다름이 있어야 하며, 내면 깊숙한 곳에서부터 자발적으로 시작되어
야 한다.

이렇게 본다면 현대인들이 즐기는 비일상적 혹은 탈일상적 활동들을 풍
류라고 범칭할 만하다. 자기만의 특별한 목적 아래 특별한 장소에서 행해
지는 흥겨운 이벤트! 이것이 바로 요즘의 현대적 풍류이다.

경치 좋은 명승지를 구경하며 맛있는 음식을 즐긴다거나, 유명가수의
열창에 흠뻑 빠져 열광하는 것도 풍류다. 혼자서 배낭여행을 하거나, 친구
들과 함께 캠핑을 즐기는 것도 풍류다. 위험한 바다낚시를 즐기거나, 고
달프기 짝이 없는 히말라야 트레킹이나 산티아고 순례길을 걷는 것도 풍

류다. 또한 휴가 때 독서에 몰입하거나, 인적 드문 곳에서 홀로 고적함을 즐기는 것도 풍류다.

여기서 간과하지 말아야 할 것은 '자기만의 내적인 멋과 흥'이 있어야 한다는 점이다. 겉으로 드러나는 멋, 외부로 발산되는 흥보다 이것이 더 중요하다. 그래야만 오래도록 지속되는 행복감을 만끽할 수 있으며, 삶의 가치를 스스로 한 차원 더 높일 수 있다. 그러므로 진정한 풍류란 '나를 위한 운치 있는 선물'이라 할 만하다.